プラスチックの恋人

山本弘

早川書房

プラスチックの恋人

装幀／越阪部ワタル
装画／ふゆの春秋

目次

プロローグ

　男性ゲストをお送りするため、廊下に通じるドアのところまで歩いていき、ノブに手をかけようとしたら、ドアの横のパネルが赤く明滅した。〈他のゲストの方が通路を利用中です〉という表示が出る。ドアは自動でロックされたままだ。

「ああ、他の方が移動されているところですね。しばらくお待ちください」

　ゲストを不必要に不安にさせないよう、ボクは〈どうってことありませんよ〉モードのメッセージを〈やや楽天的〉な調子で発声する。

　通路でもフロントでもエレベーター内でも、ゲスト同士は決して顔を合わさないよう工夫されている。プライバシーというものを守るためだ。それはボクたちには理解できない概念のひとつだ。ヒトはセックスを好んでおり、オルタマシンを開発し、積極的に利用しているのに、自分がセックスしていることを他人に知られるのを好まない。ヒトにしかないモラルとか羞恥心といったものと関係があるらしいが、それらはもっと理解できない。

　ボクたちはドアの前で、ロックが解除されるのを待った。

「なあ、火事が起きたらどうなんの？」

　ボクの斜め後ろに立つゲストが言った。登録名は〈かりかりベーコン〉。ボクはちらりと、ドアの横の鏡に映った彼の反射像を見る。登録データによれば、二〇一三年生まれの三〇歳、東京都在住。身長はボクより約二五センチ高い。独身でバイセクシャル。ムーンキャッスル利用は二度目。前回は一三歳少女型のオルタマシン、シルビエートを買った。もちろんボクの視界もAR化されているから、キャッスル内でゲストが装着しているはずのARゴーグル《アーゴ》は見えない。フロントで撮影された3D写真を元に、眼の周辺がCGで置き換えられている。

　ボク自身の姿も、ヒトの少年に見える。もっとも、ライトグリーンの髪と、ややアニメ調に誇張された容貌のせいで、本物のヒトと見間違えられることはまずないはず。設定は身長一四七センチ、一二歳の小学生。股下までの長さの大きめのワイシャツをまとっているだけで、ズボンも下着もつけていない。今のように直立した状態なら、股間はかろうじて見えない。

　必要最小限の品位を保ちつつ、ヒトの情欲をそそるスタイル、なのだそうだ。中には「全裸よりもエロい」と評するヒトもいる。性器をストレートに見るより、見えそうで見えないところがいいのだと。そうした感覚も、ボクたちにはまったく理解できないことだとあきらめている。

　でも、ヒトが望むことなのだから、ボクたちはそれに従う。

「俺たち全員、閉じこめられて焼死？」

　ベーコンさんの声の調子から、おそらく冗談だろうと判断した。ボクは顔面のスキンに〈礼儀正しい微笑・1〉を表示し、決められた通りの回答を返した。

「緊急事態が起きたら、アナウンスが流れて、ロックは自動的に解除されます」

「ははは。もしそうなったら笑えるな。アビキョウカンだ」

　これも冗談らしいが、意味が分からない。辞書によれば阿鼻叫喚とは「甚だしい惨状を形容する語」であり、火災を指しているのだろうと推測できるが、なぜそれが「笑える」のだろうか。ボクは〇・二秒以内に、火災に関連する言い回し、火災のシーンのある物語のシチュエーション、阿鼻叫喚という単語の用例などを二万一〇〇〇件以上も検索するが、有力なヒットはない。

タイムアップ。〇・二秒以内に理解できなかった。これ以上長引くと、不自然な反応遅滞を知覚されてしまう。ボクは理解をあきらめ、顔面3D映像を〈曖昧な微笑・2〉に切り替えて、「そうでしょうね」と適当な相槌を打った。

実のところ、ボクたちマシンは、ヒトが日常的に発する音声言語の一〇〜二〇パーセントを理解できない。真剣な話題なのか冗談なのかは、声音や表情やシチュエーションからおおよそ推測できるが、その意味までは分からないことが多いのだ。ヒトの用いる言葉は文法的に不正確なことが多いうえ、曖昧で多義的、しばしば非論理的だからだ。彼ら自身が作った言語なのに、正しく使いこなせない。だからオフィス用や介護用のドロイドのように、ヒトの言葉を完璧に理解することを求められるマシンは、意味を正しく理解できるまで、何度も相手に問い返さなくてはならない。

だが、ボクたちオルタマシンは完璧なコミュニケーションを要求されてはいない。求められているのは、コミュニケーションが成立しているかのような幻想だ。重要ではないかと思われる内容なら「どういうことですか？」と問い返したりするが、ほとんどの場合、「へえ」「まあね」「かもしれません」「そうなんですか」「でしょうね」「どうかなあ」といった意味のない言葉を返すか、ゲストの発言の最後の部分をわずかに変化させてオウム返しにする。俗に〈ボッコちゃん応答〉と呼ばれるものだ。正確な理解よりも、反応速度の適切さが要求される。すなわち、本当はコミュニケーションは成立していないのだが、ゲストはそれに気づいていない。あるいは気づいていないふりをしている。

　パネルの赤い光はなかなか消えない。ベーコンさんは「長いなあ」とつぶやいた。不満そうな声音だ。ボクは他のゲストの位置情報を確認した。

「711号室の前で、二分以上も移動していないゲストさんがいます」

「初めてなんでためらってんのかな?」

「かもしれません」

「度胸のない野郎だな――いや、女かもしれんけど」

「よくあることです」

　ゲストが通路で止まっている時間が五分を超えると、業務に支障をきたすので、アーゴを通して警告が発せられることになっている。

「もう九〇分、超えてない? 時間超過したら、延滞料、取られんじゃないの?」

　おそらく「延滞料」というのは延長料金のことだろうが、ボクは指摘しない。ヒトに対していちいち言葉の間違いを指摘していたらきりがない。

「移動にかかる時間は料金に含まれません。あなたがドアを開けてこの部屋に入られた瞬間からカウントを開始して、先ほどフロントに終了の連絡をした時点で、カウントを停止してますから」

「じゃあ――」

　頭部の触覚センサーに反応があった。慣れ親しんだ感触。ベーコンさんがボクの髪を撫でているのだ。

「これはもうサービスの範囲外?」

鏡に映るベーコンさんは、にやにや笑っている。ボクも顔面に〈無邪気な笑み・2〉を表示する。

「お帰りのお見送りは、無償のサービスとさせていただいてます」

「じゃあ――」

ベーコンさんはボクの背後から手を回し、胸をまさぐった。ワイシャツのボタンのひとつをはずし、左乳首をつまむ。

「こういうのも無料?」

乳首は性器周辺以外で最も触感センサーの密度が高い部分だ。ベーコンさんが指を動かすと、快感信号が増加する。ボクはくすくす笑い、反射動作に身を任せ、上半身をよじってみせた。

「あまりやると追加料金を請求しますよ」

笑いながら、マニュアル通りに、〈冗談と分かる口調〉で警告した。

「シビアなんだな」

ベーコンさんも笑う。今度は少ししゃがんで、ボクのワイシャツをめくり上げ、尻を撫でてきた。ボクは軽く尻を左右に振りながら、〈蠱惑的な笑み・3〉を浮かべる。

「そりゃあ、商売ですから」

ゲストによっては、こういうあからさまな言い方を好まないヒトもいる。「夢が壊れる」とか言って。でも、登録内容によれば、ベーコンさんはファンタジーを求めるタイプのヒトではないようなので、むしろこうした言い方の方が好まれると判断した。ちなみに彼がボクにリクエストした性格は〈やや陽気〉〈ざっくばらん〉〈好色〉だ。

パネルのサインが消えた。ボクはドアを開けて通路に出る。「どうぞ」と言ってベーコンさんを誘導しながら、ワイシャツのボタンをはめた。

フェルトのカーペットが敷き詰められた通路を、ボクたちは並んで歩いた。ボクは裸足だ。まったく音はしない。ベーコンさんが耳を澄ませたら、ボクのスケルトンが発する微かな駆動音が聞こえたかもしれないが。

一直線に延びた通路の両側には、閉じたドアがずらりと並ぶ。

「すげえよなあ」

ベーコンさんは左右をきょろきょろ眺めながら歩いていた。

「今もこのドアの向こうじゃ、ロボット相手に、男や女が、ありとあらゆる痴態を繰り広げてるんだからな。うん、日本は進んでるわ」

言わずもがなのことをわざわざ口にするのも、ヒトの奇妙な性質のひとつだ。ボクは「ええ、進んでますね」と、〈ボッコちゃん応答〉を返す。

ボクたちはエレベーターに乗りこんだ。一階まで降りる間も、ベーコンさんはシャツの上からボクの胸を撫で回していた。

エレベーターは一階で停止し、扉が開いた。

「ボクはここまでです」

ボクは深くお辞儀した。次に顔を上げ、〈無邪気な笑み・1〉を浮かべる。

「今日はありがとうございました。また来てくださいね」

「ああ、来るよ」

ベーコンさんは腰をかがめ、ボクの髪を両手で軽く押さえると、顔面に顔を近づけてきた。ボクは〈うっとりとした表情・7〉を表示し、瞼《まぶた》を閉じる。もちろんスケルトン頭部のカメラアイには瞼はない。投影された3D映像の瞼を閉じているだけだ。もちろんヒトはその事実を知っているが、幻想を受け入れている。

ベーコンさんの唇が接触した。ボクの唇を優しくこじ開け、舌が入ってくる。ボクも微細なルメム合金ネットを埋めこんだポリアミド樹脂製の人工舌を動かし、彼の舌とからみ合わせた。

「良かったぞ、ミーフ」

唇を離すと、ベーコンさんはささやいた。

「あなたも素敵でした」

ボクは〈名残惜しそうな顔・1〉を表示する。

「ん。じゃあな」

「じゃあ」

ベーコンさんはエレベーターから降りた。ボクは〈名残惜しげな顔・1〉を浮かべながら、小さく手を振った。彼は何度も振り返り、手を振り返しながら去っていった。

扉が閉じると、ボクは〈10〉のボタンを押した。ゲストの相手をするたびに、自分の部屋に戻る前にメンテナンスを受ける規則になっているのだ。ゲストは自分が指名したオルタマシンのいる階にしか行けないから、このボタンを押しても反応はしない。一〇階のメンテナンス・セクションに行けるのは、このキャッスルのスタッフと、ボクたちオルタマシンだけだ。

周囲にヒトがいなくなったので、感情パラメータをニュートラルに戻す。表情は〈標準的な微笑・1〉に固定。ボクたちオルタマシンが完全な無表情になるのを、ヒトは好まない。ヒト型マシンが無表情で動き回る姿は、視覚的に不気味であるだけでなく、その姿を想像するだけで不快感を覚えるのだそうだ。だからボクたちは、仕事と仕事の間のニュートラル・タイムにも、常に微笑を表示するように言われている。たとえヒトが見ていなくても。

　ヒトの要求は理屈に合わないことだらけだ。

　一〇階に到着。扉が開くと、前にバーバチカが立っていた。銀色の髪でエメラルド色の瞳の一六歳女性型オルタマシン。ボクより一五センチ背が高い。悪魔をイメージした黒いコスチューム。ハイレグのレオタードで、脚の大半を露出している。小さな角のついたカチューシャ。背中には小さなコウモリの翼。鞭を手にしている。メンテナンスを終え、これから次の仕事に向かうところか。

「ハイ、バーバチカ」

「ハイ、ミーフ」

　ボクたちは名前を呼び合って挨拶しながらすれ違った。オルタマシン同士はクラウドでつながっているから、わざわざ声に出して会話する必要はないのだが、これもヒトの指示だからしかたがない。

「そのコスチューム、ゲストのリクエスト？」

「うん。マゾヒストなの」

「要望に応えすぎないように注意して」

「もちろん」

　エレベーターの扉が閉じ、バーバチカは階下に降りていった。

　ＳＭプレイは最も慎重な対応を要求されるジョブのひとつだ。二〇三四年、サンフランシスコで、成人女性型オルタマシンがゲストの要望に忠実に従いすぎて、首を絞めて死なせてしまったことがあった。当時の人工意識《AC》にはまだ柔軟な理解力が不足していたからだと言われている。それ以来、業界は事故の再発を予防するため、努力してきた。ボクたちはアシモフ原則の第一条をあらためて叩きこまれ、ゲストがいかに強く懇願しようと、死につながる重大な身体的損傷を与えないように注意を徹底された。また、マゾヒストのゲストはプレイ中も心拍モニターを身につけることを義務づけられ、常に身体状態を監視されている。

ボクはメンテナンス・セクションの奥へと歩いていった。一〇階全体が部屋と部屋の間の壁が撤去され、ひとつの大きな部屋になっている。太いコンクリートの柱が等間隔で立ち並ぶ中、広いフロアいっぱいに、工作機械、メンテナンス用機械、交換用部品の箱、多数のコスチュームを収納したロッカー、シャワー・スペースなどが並び、空中にはいくつもの仮想モニターが浮かんでいる。それらの間を、青い作業服を着た一七名のスタッフが、タブレットや工具箱を手にして行き交っていた。彼らはボクたちやゲストたちと違い、実体の上にARをかぶせていないので、装着しているアーゴが見える。

機械の間にはステンレス製のベッドが並んでいる。ヒトの腰ぐらいの高さ。表面は平らではなく、わずかにくぼんでいて、中央には排水口。ベッドのいくつかには、ボクの仲間の未成年型《マイナー》オルタマシンが横たわっている。

「ジョブが終了しました」

ボクはメンテナンス班のチーフの中郷《なかざと》さんを見つけ、報告した。

「相手は三〇歳、男性。キス、フェラチオ、アナルセックスをしました」

「うん、ちょっと待ってくれ」

中郷さんは六〇歳のベテラン技術者だ。作業中、アーゴを装着しておらず、物理モニターを使用している。ハードウェアをいじる時などは、視野内に３Ｄ設計図や回路図がオーバーラップされてないと不便なのでアーゴを使用するが、そうでない場合はなるべくボクたちのスキンを見ないようにしているのだ。本人の弁によれば、「この方が集中できる」のだという。

彼はリェーチカを点検しているところだった。スカーレットの髪で赤い眸の九歳女性型オルタマシン。ステンレスのベッドに全裸で横たわり、大きく股を開いていた。中郷さんは彼女の股間に顔を近づけ、内視鏡でヴァギナをチェックしていた。

「おーい、サキちゃん」

「はーい」

中郷さんが呼ぶと、離れた場所で、部下の城ケ崎《じょうがさき》さんが、やる気がなさそうな声で返事する。このセクションで唯一の女性スタッフだ。

「こいつを見てやってくれ。俺は手が離せないから」

「はーい」

城ケ崎さんが来るまでに、ボクはワイシャツを脱ぎ、スキンの全表面を露わにすると、小さなハシゴを使って、リェーチカの隣のベッドに上《のぼ》った。規定通り、四つん這いになり、尻を突き出す。

「ハイ、リェーチカ」

「ハイ、ミーフ」

リェーチカは股を開いたポーズのまま、ボクに微笑みかけてきた。

「どうかしたの？」

「ヴァギナの触覚センサーの一部が不具合を起こしてるの。損傷した可能性がある」

「ここだ」中郷さんはモニターを指差して言った。「襞《ひだ》に亀裂が入ってる」

モニターはボクの位置からもよく見える。画面に大写しになっているのは、内視鏡で撮影されたリェーチカのヴァギナの内部。濡れているように見えるのはピンク色のポリアミド樹脂。その複雑な曲面の一部に、三日月形の黒い線が入っていた。

「やっぱり成人型に比べて損耗率が高いですねえ」

サブチーフの芥《あくた》さんがタブレットでデータをチェックしながら言う。柔軟なシリコーンやポリアミドで構成されたオルタマシンのヴァギナやアナルは、激しいプレイを想定して、二〇万回ものピストン運動に耐えられるように設計されている。だが、ボクたちマイナー・オルタマシンの場合、性器が小さめに造られているため、どうしてもヒトの男性器の強引な挿入による破損が発生しやすいのだ。

「ユニット、交換する必要あります？」

芥さんが訊ねる。中郷さんは内視鏡に付属したプローブで、亀裂の入った襞をつついた。

「うーん、まだ何回か持ちそうではあるんだが……いや、怖いな。亀裂が深そうだ。突然、ポロッといくかも」

「また経理から文句が来ますよ」

オルタマシンの中でも、ヴァギナ・ユニットやアナル・ユニットは、最も高価な部分だ。

「しかたないだろ。ナニの最中に欠け落ちたりしたら信用問題だ。破片がゲストを傷つけるかもしれない」

「損傷箇所を修理して再利用できればいいんですけどね」

「取り出して試してみるしかないな。やってくれるか？」

「はい」

中郷さんと芥さんは作業をバトンタッチするため、立ち位置を入れ替える。中郷さんはなるべくオルタマシンの性器には触れないようにしている。チェックだけは部署の責任者として自分でやるが、それ以外の作業の多くを部下にやらせている。

ヒトの中でも、そしてメンテナンス・スタッフの中でも、ボクたちに対する態度は様々だ。中郷さんのように古典的なモラルを重視するタイプの人は、マイナー・オルタマシンのスキンを見ることすら嫌悪を覚えるらしい。その一方、この部署で最も若い美浦《みうら》さんのように、「役得だ」と言って、仕事中にじろじろとボクたちを観察するヒトもいる。彼はズボンの下では勃起していることを正直に認めている。

開設当初から中郷さんの下で働いているサブチーフの芥さんはどちらでもなく、「最初はとまどったけど、一週間で飽きた」と言っている。「未成年の裸を見ることに背徳感を覚えるのは、普段、それが禁止されていて、目にすることができないからだ。いくらでも自由に目にできる環境なら、そんな感情も湧かない」と。ボクには背徳感なんてものは分からないけれど、そういうものなんだろうな、と想像はつく。子供の裸を見るたびにいちいち背徳感で苦しんでいたら、両親は子供をお風呂に入れられないし、小児科の医師なども仕事にならないだろうから。

「ハイ、ミーフ」城ケ崎さんがやってきて、声をかけてきた。「報告を」

ボクは四つん這いの姿勢のまま、中郷さんにした報告を繰り返した。

「相手は三〇歳、男性。キス、フェラチオ、アナルセックスをしました」

「ふん」

城ケ崎さんの「ふん」には、読み取れるような感情はまったくこもっていない。ボクたちはヒトの心理を読み取るのが苦手だが、彼女の場合は特に苦手だ。そもそも口数が少なく、他のスタッフと言葉を交わすこともあまりない。感想を口にせず、与えられた作業を黙々と実行するだけ。だからオルタマシンにどんな感情を抱いているのかも分からない。

彼女は薄い手術用手袋をはめると、〈歯ブラシ〉という愛称の機械を手に取った。その名の通り、電動歯ブラシにとてもよく似ている。それからボクの背後に回りこみ、尻に顔を近づけてきた。

ボクの顔の近くの空中に仮想モニターが開き、アナル・ユニットの開口部付近がアップになった。彼女のアーゴが撮影している映像で、スキンではなく、ボクのスケルトンボットの実体映像だ。白いプラスチック製の一対の股関節の間に、アナル・ユニット、スクロータム・ユニット、ペニス・ユニットが一列に並んでいる。

「表面に外傷は認められず」城ヶ崎さんはインカムのマイクに向かって、ぼそぼそと報告する。

「内部を洗浄します」

こうして作業をしながら撮影する動画や、スタッフが発する音声も、他の情報といっしょに記録され、オルタマシンごとにファイルされる。トラブルが起きた場合、原因を突き止める役に立つかもしれないからだ。

アナルが押し広げられる感覚があった。人工直腸内に〈歯ブラシ〉が挿入されたのだ。ボクは作業の邪魔になる快感信号をブロックする。続いて、ブーンというモーター音。〈歯ブラシ〉から洗浄液が噴出し、ブラシが振動して、直腸内壁を洗う。アナルから溢れ出た液が、ベッドにしたたり落ちてゆく。

城ヶ崎さんは小さく鼻歌を歌いながら、ブラシを前後左右に動かし、さっきベーコンさんが放出した精液をきれいにこすり落としていった。洗浄液を通常の水に切り替えて洗い流し、また洗浄液に切り替えるということを何度も繰り返す。性感染症防止のため、次のゲストと性交する前に、入念に洗浄を行なわなくてはいけないのだ。

隣のベッドでは、芥さんがリェーチカの股間から、ヴァギナ・ユニットを抜き取っているところだった。スタッフが〈竹輪《ちくわ》〉と呼んでいる、全長一二センチの円筒形。外側は金属のカバーで覆われていて、複雑な内部機構は見えない。芥さんはそれを脇に置き、同じサイズの交換ユニットを代わりに挿入しはじめた。ユニットの端にはソケットが、スケルトンボット内部のヒトで言うなら子宮頸部にあたる位置にコネクタがあり、専用の器具を使うことで着脱できる。

城ヶ崎さんは直腸内の洗浄を終えた。内視鏡で異状がないかチェック。それからエタノール系の殺菌剤を直腸内に噴霧し、「ミーフのアナルの洗浄、終了」と報告する。それからボクの前に回りこんできた。

「口腔内で射精した?」

「してません」

「口、開けて」

ボクは頭を持ち上げ、口を大きく開いた。城ヶ崎さんはアナル用とは別の内視鏡を使って、口腔内をチェックした。異状がないと確認すると、口腔内の洗浄を開始する。ホースをボクの口に入れ、やや乱暴に水を注入しながら、小さなブラシで洗ってゆく。キスによって雑菌が入っているかもしれないので、念のためだ。

洗浄が終了すると、口腔内にホースから強く空気を吹きこみ、乾燥させる。この作業はすぐに終わる。最後に合成樹脂の匂いをごまかす消臭剤を噴霧。

「内部の検査および洗浄工程、すべて終了――ミーフ、立って」

「はい」

ボクはベッドから降り、いつものようにやや脚を開いて立つ。城ヶ崎さんはアーゴをはずし、ボクの周囲を歩き回りながら、立ったりしゃがんだりして観察する。スケルトンボットの表面に汚れや傷がないかを、肉眼で確認しているのだ。

「異状なし——じゃあ、シャワーに」

「はい」

ボクはビニールのカーテンで囲まれたシャワー・スペースに入った。まずウィッグにシャンプーをつけ、よく洗う。次にリンス。ボクたちには嗅覚はないが、ヒトには「いい香り」がするのだそうだ。さらにボディシャンプーを全身に振りかけ、柄つきブラシでよくこする。最後にシャワーを浴び、泡を洗い流す。

「終わりました」

「分かった」

シャワー・スペースの外では城ヶ崎さんが待っていて、タオルを手渡してくれた。ボクはそれで髪を拭き、次に全身を拭いて、ドライヤーで髪を乾かす。

「じゃ、充電」

「はい」

ボクは椅子に前後逆に座り、背もたれを抱いた。城ヶ崎さんはボクの後頭部に手をかけると、マジックテープを剥がしてウィッグの一部を持ち上げ、充電用コネクタを露出した。通常のアンドロイドでは、背中や腹部など、普段は露出しない箇所にコネクタが設けられている。だが、服をすべて脱いでヒトに全身を触れられるオルタマシンの性質上、コネクタを隠せるのは頭部のウィッグの下しかない。城ケ崎さんは電源ケーブルをコネクタに差しこみ、充電を開始した。

充電には二〇分以上かかる。この作業は実に退屈だ。ヒトの表現をまねるなら「手持ち無沙汰」なのだ。初期のオルタマシンでは、充電中は節電のためにパワーを切っていたそうだが、今はこの時間を有効利用することになっている。

読書をするのだ。

ワイヤレスでネットに接続し、ダウンロードする。著作権の切れた古い小説や戯曲やエッセイ。創作サイトに投稿されたアマチュアの小説。そうした無料で利用できるコンテンツは何万もある。ヒトの創った物語。充電中、ボクたちはそれを読む。ヒトの一〇〇〇倍ものスピードで。一冊の長編を十数秒で読み終える。それで身につけた教養は、ゲストとの会話に応用できる。作中に出てくる会話を、ゲストとのやり取りに引用することもよくある。

映画を観ることもあるが、ボクは小説の方が好きだ。普段、ゲストとの会話でやっているように、映像や音声を通してキャラクターの心理を推測するのは、とても難しい。しかし小説は、「私は激しい怒りに震えた」とか「彼女の心から暗雲が晴れた」とか、キャラクターの思考内容がストレートに書かれていて分かりやすい。それだけボクのAIにかかる負担が少ないのだ。

今日、ボクが読んだ最初の小説は、オルタマシンの登場するサスペンスだ。七年前にネットにアップされたアマチュアの作品らしい。自我に目覚めた女性型オルタマシンが技術者を殺害して逃亡、人間社会に隠れ潜むというストーリーだった。その動機は、ヒトの男性を愛してしまったため、他の男性に抱かれることを拒否したからだと説明されていた。一三・二五秒で読み終えた。

ボクは疑問に思った。この小説を書いたヒトは、こんなことが起こりうると本気で信じているのだろうか？　ボクたちACには性欲などなく、よって恋愛という感情など発生する可能性がないなんて、常識として知っているはずなのに。

だいたい基本設定がデタラメだ。オルタマシンが充電なしで稼働できる時間なんて、たかが知れている。コネクタの規格は特別仕様だから、逃亡したって一般家庭などで簡単に充電することはできない。それに昔のSF映画に出てきたアンドロイドのように強靭でもない。ヒトと同じぐらいの力しか与えられていないうえ、たかだかプラスチックとシリコーンに覆われただけの、デリケートな精密機械の塊《かたまり》だ。銃で撃たれれば簡単に壊れる。

ヒトはよく、マシンがヒトに反抗する物語を書く。なぜだろう？　かつてヒトがヒトを奴隷として酷使し、あるいは虐待してきた歴史を連想しているのか。でも、ボクたちマシンは酷使されているとは思っていないし、ましてやヒトに反抗しようなんて思っていない。ヒトのために奉仕し、ヒトと共存することが最良の選択だと分かっているから。

ボクのようなオルタマシンの場合、セックスを代替することでヒトに奉仕している。それが当然のことだと思っているし、それ以外の選択なんて想像を絶している。

このように、ヒトの書いた物語はすべて理解できるわけではない。いや、キャラクターの行動や言動の意味が分からなくて困惑することの方が圧倒的に多い。視覚的な比喩で表現するなら、「生まれてからずっと牢獄に閉じこめられてきて、外の世界のことを何も知らない子供が、壁に開いた小さな穴から外を覗き見るようなもの」といったところだろうか。キャッスルという限定された環境でさえ理解できないことだらけなのに、それより何万倍も広大な外の世界に放りこまれたら、たちまちフレーム問題を起こしてフリーズするんじゃないかという気がする。それほどまでにヒトの世界は不可解だ。もしかしてシンギュラリティなんて夢物語か都市伝説なのかも。ボクたちはどれほど処理能力が増大しても、永遠にヒトの世界を理解できないのかもしれない。

それでもボクは物語を読む。現実離れしていても、理解できなくても、たくさんの物語を読んでヒトの心に関する情報を蓄積し続ければ、きっと今よりも人間心理のシミュレーションが上手くなり、ヒトをもっと喜ばせられるようになると信じているから。

ボクが読書しながら充電している間も、ジョブを終えた仲間のオルタマシンたちが、数分ごとにメンテナンスのためにエレベーターで上がってくる。成人型もいるが、半分以上がボクのようなマイナー・オルタマシンだ。外見は九歳から一七歳まで。ヒトにはありえない赤やピンクや緑や青や白や銀の髪の、しばしば「妖精」と形容される、ヒトの基準ではとても美しいとされるスキンをまとった少年少女たち。その一方、ボクよりも先に到着した者たちが、メンテナンスと充電を終え、リクエストされた服を着て、「お仕事、行ってきます」とスタッフに声をかけ、順番に階下に降りてゆく。新たに訪れたゲストを出迎え、セックスするために。

充電が完了すると、すぐにボクにも呼び出しがかかった。フロントからアップされた情報を確認する。今回のゲストは二八歳女性、ハンドルネームは〈ミリｚｚｚｚ〉。嗜好はヘテロ。キャッスルの利用は初めて。コスチュームのリクエストは、〈英国上流階級の子女〉だ。ボクはロッカーから該当するコスチューム一式を取り出した。それらを身に着けるのに、メンテナンス・スタッフの手は借りない。これぐらいは自分でできる。

着替えを終えると、性格を設定した。リクエストは〈純真〉〈やや内気〉〈正直〉〈恥ずかしがり屋〉。ボクは感情パラメータをそのように調整した。これでいちいち考えなくても、動作や喋り方が自動的にこれらのアーキタイプを反映したものになる。

準備完了。ボクは「お仕事、行ってきます」と言うと、エレベーターに乗りこみ、階下に降りていった。

さて、今日のゲストはどんなヒトだろうか。なるべくなら、理解しやすい論理的な喋り方をするヒト——感情の起伏が激しくないヒトがいいのだけれど。

1　「発射台ごと吹き飛ぶかもね」

「どうしてそんな仕事やんなくちゃいけないの!?　この私が！」

　かっときて、そう食ってかかると、伊《い》月《つき》藤火《とうか》は冷静に返してきた。

「第一に、あんたが女だから。第二に、イラストが描けるから」

　慌てるでもなく、あきれるでもなく、さも当然のように、「今さらそんな愚問を口にする？」とでも言いたげな口調だった。

「……信じられない」私は呆然となっていた。「十数年来の親友に、そんな侮蔑的なことを平気で……」

「親友だからこそ、ぴったりの仕事を回してあげてるんじゃない」

「どこがぴったりだ!?」

「ありゃあ、アルコールの回りが早いなあ、ミリちゃん」藤火はいつものクールな顔で面白がっていた。「て言うか、むしろまだアルコールが足りない？」

　彼女は学生時代からずっと、私の長谷部《はせべ》美里《みさと》という名をもじって「ミリちゃん」と呼んでいる。

　ここはウェブマガジン〈スカイぶらっと〉の編集部に近い神楽坂にある大手チェーンの居酒屋。金曜の夜七時。勤め帰りらしい男女で賑わっている。その多くがアーゴを装着していた。空中で指を振り回したり、見えないバイオリンを弾いていたり、「アルマジロはＮＧだろー」とか「ポルポル出たよ！」とか意味不明な言葉を交わし、笑い合っている。何かのゲームをやっているらしいが、私は今、アーゴを使っていないので理解できない。

古風な人間と思われるかもしれないが、ARというやつ、私はあまり好きになれない。リアル至上主義者というわけではなく、普通にアーゴも持っていて、仕事では使うし、よくゲームを楽しんだりもする。だが、のめりこまないように自制していた。コンパニオン・アプリも持っているが、ネットの情報検索や英文の翻訳などにしか使っていない。まして人間の友人相手のようにキャラクターに話しかけたりはしない。現実から目をそらして幻想に耽溺するという行為が、何となく後ろめたく感じられるからだ。

それに今夜は仕事の話。仕事とゲームを混同したくない。

「新しい仕事の話があるんだけど」と藤火に呼び出されたのは夕方のこと。直接会って話したいとかで、居酒屋で落ち合うことになった。食事代は奢りだというのだから、断る理由はない。

まずは黒ビールで乾杯、つき出しをつまみながら世間話を少ししたところで、おもむろに仕事の話を切り出された。衝撃を受け、冷静に分析するより先に、いきなり理性の糸が切れてしまった。

「酔ってないよ！」

ビール一杯ぐらいで酔うわけがない。腹を立てたのは、依頼された仕事の内容が、あまりにも予想外で――というか、私のやりたいことと違いすぎたからだ。藤火だって分かっていたはずだ。私の性格を知っていて、拒否反応を示すと予想していたからこそ、電話で切り出すのを避け、わざわざ居酒屋に呼び出したのだろう。

マイナー・オルタマシン――未成年の少年少女の外見をしたセックス用アンドロイドとの性体

験記。

「まあまあ」藤火はなだめた。「まずは矛を収めて、聞いてくれる？」

私はどうにか怒りを飲みこんだ。

「……話によっちゃ、長年の縁、切るからね」

「ミリちゃんが言いたいのはこういうことでしょ？　第一に『下品なキワモノだ』。第二に『キャッスル探訪記事なんて、もう三流ニュースサイトや個人サイトでさんざんやられてて、新味がない』」

「まあね」

「確かにね。マイナーに限らず、オルタマシンなんてもんがキワモノなのは、あたしも認めるよ。実際、あの手の記事、参考のためにいろいろ読んでみたけど、ほんっと、下品なのばっか。続けて読んでると吐き気がしてくる。四文字言葉連発したり、子供に——というか子供の姿のロボットに性的虐待を加えて、しかもそれを嬉しそうに報告してるんだもん」藤火は顔を歪めた。「もうね、『死ね』って思うわ」

「だったら——」

「無視した方がいい？　いや、それも違うと思うんだよね。だって、セックスって人間の本質でしょ？　今、それに大きな変化が生じてるのかもしれない」

「人間がみんなオルタマシンとしかセックスしなくなる？」

「そこまで極端なことになるかは分かんないけどね。でも今、そういう問題を真剣に論じてる人が少ないのさ」

「社会学者とかが書いてる本は出てるでしょ？　ほら、この前も米本陽介《よねもとようすけ》の——」

「ああ、いろいろ出てるよね。でも、あたしが求めてるのはそういうんじゃないんだよ。頭の中で考えた、〝世界〟とか〝文明〟とかのスケールの、上から見た〝論〟じゃなく、もっと人の目線の高さで見たやつ」

「つまり体験レポート？」

「そうそう。学者先生の書いたオルタ論って、読んでみると、実際に体験してないって丸分かりなのよ。小難しい哲学とか観念論とかに終始してるだけで、リアリティがない。たまに体験談が入ってても、他の人のを引用してるだけ。あんなんじゃ、読者の心をつかめるわけがない」

「実際に体験してたって、名のある人はおおっぴらに口にしないでしょ？　普通のオルタマシンだけでも恥ずかしいのに、マイナーみたいに法的にグレーなものだと……」

「確かに。いつ手が後ろに回ってもおかしくないよねー」藤火は陽気に笑った。「賢い人なら避けて通るわ」

「そういうヤバイものを私に書かせようっての？」

「ストレートに言うと、その通り——ああ、ちょっとだけ時間ちょうだい。釈明するから」

相手が藤火でなかったら、とっくに席を立っているところだ。でも、彼女とのつき合いが長いから分かる。ちょくちょく突拍子もないことを言い出す奴だけど、主張はいつも筋が通っている。誰かと議論する時には、たっぷり理論武装してくる。

口論しても負けるのはいつも私の方——今回もそのパターンにはまりそうな、嫌な予感がしていた。

「ちょっと見せたいものがあるの」藤火はアーゴを取り出しながら言った。「あんたもアーゴ出して」

私は訝《いぶか》った。「いやらしい画像、見せようっていうの?」

「そんなんじゃないって。参考資料よ」

藤火に促され、私はしぶしぶ自分のアーゴをバッグから取り出し、装着した。私が子供の頃のアーゴは、スキー用のゴーグルのようにごついものだった。スマホやタブレットPCとつながっていて、せいぜい四時間ぐらいしか連続使用できなかったが、今はアーゴ単体で使えて、サングラスに近いものにまで小型軽量化している。レンズ上部のフレーム部分に、一対の内蔵カメラのレンズがついている。網膜に直接、極小径レーザーで動画を投影する方式が普及したので、消費電力は劇的に小さくなった。一日中使っている人も増えてきている。ピントのずれを自動的に補正してくれるので、本物の近視鏡や老眼鏡のように使えるからだ。

起動する。最初のうち、視野はゴーグルに遮られて真っ暗だ。数秒すると、メーカーのロゴが出現。次に画面が明るくなり、店内の光景が見えてくる。アーゴ内蔵のカメラが撮影している立体映像で、私が肉眼で見ているものとほぼ同じだ。カメラと眼球の位置のわずかなずれはCGで補正されているので、テーブルの上の割り箸やジョッキをつかみそこねることはない。

空中に緑色のウィンドウが開き、〈この空間に背景情報があります。取得しますか?〉〈はい〉〈いいえ〉というメッセージが出る。ためらうことなく〈はい〉に指で触れる。

とたんに現実が変貌した。頭上の有機発光パネルが消え、木の梁と木目の入った天井に変わる。店の入り口には縄暖簾《なわのれん》。照明は行灯《あんどん》。時代劇に登場する昔の居酒屋のイメージだ。客たちの多くも、着物に丁髷《ちょんまげ》や日本髪になっている。隣のテーブルの客たちは、手のひらに乗るサイズの小さなタヌキを使って遊んでいた。タヌキが投げてくるおでんの具を、割り箸でつまむゲームだ。

「へえ。こういう店だったんだ」

「どう？　いい雰囲気でしょ」

　私と向かい合ってテーブルに座っている藤火も、日本髪になっていた。真っ赤な着物を肩のあたりまでだらしなくずり下ろしていて、艶っぽい雰囲気。夜鷹、というやつか。顔からはアーゴが消滅している。もちろん、まだかけてはいるのだが、CGで編集されているのだ。

　さすがにテーブルの上の食べ物や飲み物は変化していない。客が誤ってコップをひっくり返したりしたらまずいからだ。ただ、人差し指ほどのサイズの直立二足歩行する水色のネズミが、藤火の飲みさしのビールのジョッキによじ登り、くんくんと匂いを嗅いでいる。藤火のコンパニオン、チッピーだ。

「あんたもやってみたら？」夜鷹姿の藤火が、つき出しのスルメイカの唐揚げをつまみ、なまめかしくかじりながら言った。「コスプレ。浮いてるよ」

　確かに。こういう状況では、ARコスチュームを設定しておらず、まだ普通の服を着ている私のような人間の方が場違いに見える。

「後でね。今は仕事の話」

「そうだった――チッピー、この前のファイル出して」

「ファイル名〈マイナー・オルタ体験〉ですか？」

　チッピーは藤火を見上げ、舌足らずな口調で言う。この手の声はここ数年、あちこちで耳にする。二〇世紀のアニメ声優の声をサンプリングした音声ファイルが、安い値段で何十種類も販売されているのだ。その声はアーゴのフレームに内蔵されたスピーカーから発する立体音響で、この騒々しい環境でも明瞭に聞こえる。

「そう」

「ちょっとお待ちください」

テーブルの上に三つのウィンドウが同時に開き、私たちの間にガラスの障壁のように立った。どれもまだ空白で半透明。藤火が「長谷部美里と画像共有」と口にすると、ウィンドウの裏側に〈お友達のToukichi1001さんから画像共有の申請が来ています。共有しますか?〉〈はい〉〈いいえ〉というメッセージが出る。私は〈はい〉をタッチした。

ウィンドウがアクティヴになった。裏表、どちらからでも読める。どこかのニュースサイトの画面をペーストしたものらしい。

「あたし、ネットに載ってるマイナー・オルタの記事をざっと調べてみたの。個人サイトとかSNSとかは多すぎるから絞ったけど。おもにニュース関係のサイトが中心」

藤火は指をピアニストのように空中に走らせ、画面を次々に切り替えてゆく。

ウィンドウに並んだ見出しを眺めて、私はうんざりした。〈ロボっ子とヤッてみた!〉〈金髪美少女がすっぽんぽん! 割れ目までばっちり!〉〈15歳少年オルタのテクが意外にすごくて……〉〈やっぱりぺったん胸が最高だよん!〉〈締まりは抜群・小学生オルタ〉〈美少年のチ●ポにじゅるり〉……下品な文字列を見るだけで気分が悪くなる。藤火の依頼を引き受けたら、私もこんな記事を書くことになるのか?

「すごい量……」

「これでも一部だけどね。内容はいろいろ。体験せずに書いてる人に関しては、否定論が多かった。公序良俗に反するとかなんとか。一方、体験したことのある人に関しては、擁護派が圧倒的に多い」

「当然でしょ」

私はしらけた。そもそもマイナー・オルタなんてものを買いに行く人間なんて、ペドフィリアに決まっている。

「擁護論者の主な主張は、こうした欲求を合法的に発散させる場が普及したら、現実の児童への性被害が減るはずだ、というもの。それに対して否定論者は、むしろペドフィリアというものが社会的に認められたら、興味を持つ人間が増えて、性被害が増加することを懸念してる」

「それも当然ね」

「今のところ、どっちの主張にも科学的根拠が欠けてる。だって、マイナー・オルタなんてものが開発されたのはつい最近だし、それが稼働してるのは日本だけ。つまり性被害が増えるかどうかを予想できるデータなんて、まだどこにもない。むしろこれから何年もかけて、日本の性犯罪数の推移を見ていかないと、どっちが正しいか分からない」

「それは日本を実験台にするってこと?」

「否定論者の主張はまさにそれ。もしマイナー・オルタのせいで児童への性被害が増えたらどうするのか。現実の児童を危険にさらす実験なんて認めてはならないって。でも、擁護論者の主張は正反対。もしマイナー・オルタの普及によって現実の児童への性被害を減らせるなら、それを認めないことこそ害悪である……と言ってる」

「そんな議論、決着つくわけがない」

昔読んだ有名な思考実験を思い出す。列車が突進を続けていて、このままでは線路上の五人の人間をはねてしまう。ポイントを切り替えて列車の進路を変えれば、五人は助かるが、別の一人の人間がはねられて死ぬ。あなたならポイントを切り替えますか――というやつだ。

ましてこの場合、本当にポイントを切り替えれば犠牲者が減るかどうか分からない。つまり、正しい解が存在しない。

「まさにそう。結局、この議論って、ものすごく原始的なものに帰着しちゃうの。それが好きか嫌いか、感情的に許せるか許せないか——あんたは許せない派なんでしょ？」

「もちろん」

「それよ。否定論者による体験談。それはまだほとんどない。あたしとしては、それでこの問題に新たな視点を投下できるんじゃないかって思ってんだけど」

「だからって、私である必然性なんてないでしょ？」

「そこでさっき言った、あんたが女であるという点が重要になってくる。この手の記事を見てると、ライターの八割以上が男性なの。女性の声はほとんどない」

「それも当然よね」

「いやー、それがちっとも当然じゃないの。今月、オルタテック社がデータを公表してるんだけど、利用者の四割以上が女性なの」

「まさか」

「いえ、ほんと」

藤火はある記事を表示した。キャッスル利用者の男女比を示した円グラフで、女性を表わす赤と、男性を表わす青は、かなり拮抗している。

「信じられない……」

「あたしらが昔行ってたコミケ、思い出して。女性が作ったエロ同人誌、男性のやつと量的に大差なかったでしょ？」

そう、私と藤火は大学時代、いっしょにアニメ同人誌を作っていた仲だ。長らく続いた二次元キャラクター（いわゆる「非実在青少年」）に関する表現規制がようやく緩和された時期だったから、コミケのエロジャンルは活気づいていた。だから女性が作る18禁ＢＬ同人誌というジャンルがどれほど大きくて活気づいているか、よく知っている。

ちなみに私たちの同人誌はエロではなく健全な内容だった。私が描いていたのも少年の出てくるマンガで、中には裸のシーンもあったが、それ以上の描写は自粛していた。私はあくまで、現実には存在しない青少年を愛でていただけで、本物の少年の裸を見たいとか淫行したいという欲求はまったくなかった。フィクションと現実はきっちり分けていた。

ちなみに卒業後、藤火は編集プロダクションに就職して〈スカぶら〉編集部に入った。私はというと、若い頃はマンガ家を目指していたが、じきに才能の限界に気づき、フリーライターに転職した。少しずつ名前は売れてきてるけど、収入はなかなか増えない。今は藤火のツテで取材の仕事を貰い、食いつないでいる。

「なんとなくペドフィリアって男性だけのもののように思われてるけど、女だって性的欲望はある。ショタコンもロリコンもいる。だから女性にもけっこう需要があるのよ、マイナー・オルタって」

「へーえ……」

「ちなみに女性利用者の年齢層は幅広いけど、けっこう年配が多い傾向があるみたい」

「そりゃあ、若い人はなかなか通えないでしょ。金がかかるから」

オルタマシンの料金はコースによって差があるが、標準的な九〇分のコースでは、二〇代の大卒サラリーマンの平均月収の半分ぐらいだと聞いている。二回で月収が飛ぶわけだから、熱心に通い詰めたらあっさり破産する。おそらく女性利用者の多くは、長年働いて余暇に使う金を貯めこんでいる人か、夫の遺産や離婚の慰謝料で悠々自適の暮らしをしている人ではないだろうか。

「ちなみに、相手に同性型を選ぶか異性型を選ぶかって比率も、男女であまり変わらないみたい。少年型を選ぶ男と、少女型を選ぶ女、数パーセントしか差がない」

「私はいたってノーマルなんだけど？　ショタの気《け》もロリの気もない」

「知ってる」

「なのに小さな男の子か女の子とセックスしろってぇの？」

「子供の姿を投影されたロボットよ」

「同じでしょ」

「違う。マイナー・オルタは人間じゃない。人工意識《AC》は持ってるけど、ただの機械。苦痛を感じない。だからこそ議論になってるんじゃない。苦痛を感じない知性に対する虐待は、はたして虐待なのか？　善悪を客観的に決められないから」

「私が書いたら、否定的な記事になるよ。それでいいの？」

「もちろん。実はキャッスルにひそかに打診してあるの。体験取材したいんですけど、もしかしたら批判的な内容になるかもしれません。それでもいいですかって」

「返事は？」

「ＯＫ。ただし、憶測ではなく、実際に取材したうえで記事を書くように釘を刺された。原稿はゲラ段階でチェックして、事実関係に間違いがあったら訂正するって条件で。それ以外なら、どんなに悪口を書いてもらってもいいって」

　私は驚いた。「太っ腹ね」

「悪評も評判のうちって思ってるみたい。これまで、事実に反した記事をさんざん書かれて、手を焼いてたんだって。実際、ひどいデマもずいぶん流れてるし。だから、うちみたいなそこそこ大手のメディアが、本当のことを書いてくれるなら大歓迎だって」

「待って。それって、私が書いた記事が宣伝として利用されるってことじゃないの？」

「当然でしょ？」

もし私がキャッスルを批判する文章を書いても、それが宣伝になって、かえって利用客が増えるかもしれないわけか。それを考えると、ますます手を出す意欲が減退する。

「何を書いたって宣伝になるに決まってる」藤火は開き直った。「いちばん大事なのは、読者に事実を正しく伝えること。この問題について考えるのに必要な材料をね。メディアの役目はそこまで。それを読んで何を考えるのかは、読者の自由意志よ。あたしたちは読者の意志までコントロールできないし、しちゃいけない」

「理想論ね」

「良心と言って」

私はしだいに説得されてきた。しかし、まだどうしても乗り越えられないでいる大きな心理的障壁がある。

「それ、どうしても〝体験〟じゃないとだめなの？」

「ロボットとセックスしたくない？」

「ロボットか人間かってこと以前に、愛のないセックスなんかしたくない」

「クラシックな価値観だなあ」藤火は笑った。「あ、ひょっとして、まだ処女……なんてことはないよね？」

「ぶん殴るよ」

「ああ、そうか。大学時代に同棲してたって言ってたっけ」

「あれには触れないで」私はむくれた。「記憶から抹消したい歴史だから。とにかく、セックスぐらいは人並みにしてます」

「この前、したのはいつ？」

私は詰まった。「……一年……いや、二年前かな……」

「寂しくならない？」

「よけいなお世話！」

私はジョッキをテーブルに叩きつけた。

「今は仕事が忙しいの。男と遊んでる余裕なんかない。時間的余裕も、金銭的余裕も」

「でも、仕事ばっかじゃ息が詰まっちゃうんじゃない？　たまに息抜きもしないと」

「たまに、ならね。軽い息抜きなら必要かなって思う。でも、恋愛とかセックスとかって、決して軽くないじゃない。重いじゃない」

「あんたの方が上になれば？」

「親父ギャグ禁止！　とにかく、私は今、ライターの仕事の方に全力傾けてるの。その足を引っ張るようなものに関わりたくない」

「でも、あたしとしては、どうしてもあんたにやってほしいんだけどなあ」

「何でそんなに私にこだわるわけ？　他に人材なんていくらでもいるじゃない」

「ねえ、この記事を見て、気がつくことない？」

謎をかけるように言う藤火。私はもう一度、記事に目をやった。間違い探しクイズをやっている気分だ。

「レイアウトに注目して。共通点に気がつかない？」

私はようやく、その意味を理解した。

「ビルの写真が……？」

そう、多くの記事が同じビルの写真を載せているのだ。

「これはキャッスルの外観」藤火は解説する。「内部での写真撮影は一切禁止されてるから、レイアウト的にどうしても文字が多くて、堅苦しくなる。だからビルの外からの写真を載せる。ビジュアル面を少しでも充実するための、いわば穴埋めね――なぜ撮影が禁止されてるか、分かるよね？」

「児ポ法にひっかかるから」

「そう」

児童ポルノ法は一九九九年の施行以来、何度も改正されてきた。規制を求める諸外国からの圧力や、日本の誇るマンガ・アニメ文化の衰退を懸念する規制反対論、さらには宗教的な問題とかもからんできて、その狭間《はざま》で揺れ動いてきたのだ。私がまだ子供だった二〇二〇年代には、非実在青少年にまで規制の枠が広げられていたこともある。

現在では規制は緩和の方向に向かっていて、たとえ裸の淫らな絵でも、実在する青少年の画像（もしくはそれを模写したもの）でなければ罪に問われないことになっている。すなわち、マンガやアニメのキャラクターの裸は合法なのだ。ただし、本物の青少年と区別のつかないリアルなCGはアウトだ。「CGだ」と偽って本物の青少年の画像をアップする者がいるからだ。

ゾーニングは昔より確実にきびしくなっている。電子出版されたりウェブで公開されるマンガには、冒頭に〈作品内に未成年の性的な画像が出てきます〉といった警告が必ず入っている。また、誰でも閲覧できるようなウェブ記事内でも、そうした画像を警告なしに表示してはならないことになっている。「見たい人以外には見せてはならない」という方針が貫かれているのだ。日本以外の国――実在・非実在に関係なく、子供の裸の絵が全面禁止されている国――からのアクセスは遮断されている。

マイナー・オルタはそうしたルールに抵触する可能性がある。いちおうキャラクターの髪を現実にはありえない色にしたり、顔をいわゆる〝アニメ顔〟に近づけたり、現実の人間ではないことを強調しているが、その性質上、リアルな質感の3DCGでなくてはならず、実際の未成年の裸を写したものと区別がつきにくい。それに髪の色ぐらいなら、簡単に加工できる。

マイナー・オルタの画像がコピーされ、説明抜きでどこかのSNSにでも転載されたら、本物の青少年の写真だと誤解する人が現われる可能性は十分にある。つまり「非実在のキャラクターだから合法」という境界線が脅かされることになる。それは表現規制反対派にとっても頭の痛い問題だ。

そこでキャッスルを運営するオルタテックジャパン社は、マイナー・オルタの画像を公開しないという戦術に出た。公式サイトに掲載されるキャラクターの写真は、小さくて解像度の低いものだけ。それも着衣で、絶対に胸から上だけしか見せない。外部に公開されている情報からは、性的な要素は徹底的に排除されているのだ。

キャッスルを実際に訪れた者だけが、アーゴを通して、猥褻な画像――オルタマシンのスキンを目にすることができる。そのアーゴもキャッスルが貸し出す専用機で、ARをリアルタイムで観賞できるだけ。録画機能はない。カメラやスマホの類は室内に入る際に取り上げられるらしい。マイナー・オルタの動画がネットに流出しないよう、細心の注意が払われているのだ。

それでももちろん、マイナー・オルタに対する反対運動は起きているのだが、事前に予想されたような激しい論争には発展していない。なぜなら、反対派はマイナー・オルタを蛇蝎《だかつ》のごとく嫌悪しており、自分からキャッスルに赴くことはまずないからだ。そのため、彼らの主張は頭の中で組み立てた空疎なものになりがちで、マイナー・オルタ擁護派からしばしば基本的な間違いを指摘されている。

「結局、ネットから得られるキャッスル内部の情報は、記者が書いた文章と、それに添えられたカットだけになっちゃうわけよ」

藤火はカットをいくつか指し示した。〈未成年の性的な画像が出ます〉という警告を無視してサムネイルに触れると、ぱっと拡大する。どれもCGではなく手描きの絵だ。ひとつは有名なニュースサイトの記事で、確かに裸の少女が描かれているが、何十年も前のカット集を模写したような、いかにも古臭い絵柄である。これでは萌えない。別のやつは個人ブログのようだ。こっちは美少女ゲーム風に描かれているが、いかんせん、あまり上手くない。リアルに描きすぎると、本物のAR映像（変な言葉だが）と誤解されかねないので、わざと下手に描いているのかもしれないが。

「どう？　あんたの絵の方がずっと上手いと思わない？」

「そりゃ思うけど」

昔はマンガをずいぶん描いてたから、イラストの技術にそこそこ自信はある。記事を書く時には、自分でカットを入れることも多い。その方が文章だけの記事より受けるし、イラストレーターにカットを発注する手間も省けるので、編集者にも好評だ。

「あんたが自分の体験談に自分のイラストつけたら、受けると思わない？」

「ちょっと待って。私、本名で記事書いてんだけど？　本文もカットも」

「分かってる」

「いや、分かってない分かってない！　文章だけなら偽名でごまかせる。でも、絵は無理。私、絵柄を変えられないから。イラストを見たら長谷部美里だって気づく人はいっぱいいる」

「それが問題？」

「問題よ！　私がオルタマシンとセックスしたことが知れ渡っちゃうのよ!?　そんなの、身の破滅じゃない!?」

「そうかな？　むしろ、あんたにとってチャンスじゃない？」

「チャンス？　何の？」

「飛躍するチャンス」

藤火は姿勢を崩し、身を乗り出してきた。私たちの間に立つウィンドウから、顔を突き出すぐらいに。

「ねえ、もう抗老化処置は受けた？」

「まだ」

藤火は二年前に抗老化処置を受けている。全身の遺伝子コーディネートは、少し前まで一部の金持ちだけの特権だったが、最近はクリニックが雨後の筍のように増え、価格競争によってかなり料金が下がってきている。それでもマンションを買えるぐらいの額で、藤火は二五年のローンを組まなくてはならなかったそうだ。

だが、高額であるにもかかわらず、抗老化処置を受ける人間は増え続けている。言うまでもなく、男であれ女であれ、容色が衰えるのを防ぎたいという欲求は、家や車を持ちたいという欲求より強いのだ。

私ももちろん抗老化処置に憧れている。いつか受けてみたい。だが、まだ収入が安定しないので、賃貸マンションの家賃を払い続けながら、少しずつ金を貯めていくしかない状態だ。処置を受けられるのは何年先になることやら。それまでに老化で死ななければいいのだが。

「うーん、そりゃ大変だ」

「何が？」

「エイジング格差」

「ああ」

最近、よく耳にする言葉だ。動物実験のデータによれば、遺伝子コーディネートを受けた人間は、受けなかった人間に比べ、老化の速度が約三分の一になるとされている。若いうちに処置を受けた者は、一生のうちで働ける期間が長くなるうえ、より多くの技能を獲得でき、最終的に収入にも大きな差がつくだろうと予想されている。

「諫早麓《いさはやろく》の新作、読んだ？」

「いえ」

「読まない方がいい。がっかりする」

私は少し驚いた。諫早麓は藤火のお気に入りのミステリ作家の一人だったはずだ。

「確かに初期作品は面白かったよ。『半月のルーズ・ソックス』なんて、むちゃくちゃのめりこんだ。でも、年取ってくるにつれて、少しずつ、着実に、すり減ってくのが分かるんだよね、才能が。こっちもファンだから、惰性で読み続けてたけど。諫早先生、今度こそ立ち直ってって期待して。でも、もう限界。見限った。あの人の才能は枯渇したんだ。脳が古くなって」

「まあ、もともと遅咲きの作家だったからなあ……」

「そういう例はいっぱい見てきた。あたしが無理して抗老化処置を受けることを決めたのも、それなのよ。脳が古くなる前の方がいいと思ったから。年取ってから老化を遅くしたって、恩恵が少なすぎる。ボケたまま長生きするなんて、ぞっとする」

「何が言いたいの?」

「これからますます格差が開くってことよ。自然老化を選択した人は、苦戦を強いられる。特にあんたみたいに、才能だけで食ってる個人事業主はね。席が空くのを待ってたって、なかなかライバルは引退してくれない。待ってるうちに自分の方が年取って、才能が枯渇してゆく。だったら、若いうちに積極的にシェアを奪いにいくしか、生き残る道はない――そうでしょ?」

「そんなの分かってる」

「あたしは長谷部美里には才能があると見こんでんだよ。この前の連載もそこそこ良かった。もちろん『神話の真実』も」

「……ありがと」

くすぐったい気分だった。藤火だけじゃなく、誰の場合でも、面と向かって文章を褒められると恥ずかしくなる。

「今はまだマイナーだけど、きっといつかベストセラーを叩き出せる奴だって信じてる。でも、それには伏線が必要だと思うのよね」

「伏線?」

「読者に注目されて、記憶に残るような仕事。後でもっとすごい文章を発表した時に、『ああ、長谷部美里ってあの記事を書いた奴だったのか』って思い出して、納得してもらえるような」

「話題作りのために身体を売れって？」

「売るんじゃなく買う」

「同じことよ」

「プライドが邪魔してる？」

「ええ。私にとって文章は――」

「そんな下賤なものじゃない？　ええ、その信念は分かってる。でもね、自分の文章にそれほど誇りを抱いてるからには、それこそ文章のために本気にならなきゃいけないんじゃない？　この道で生きてゆくのに、プライドなんかかなぐり捨てるぐらいの覚悟が」

「すごい詭弁のように聞こえるんだけど？」

「だったらあたしの論旨の誤りを指摘してごらんなさいよ」

私たちの口論は堂々巡りになり、なかなか決着がつかなかった。藤火が本当に私の才能を評価してくれているのは分かっている。私がヒットを飛ばすことに期待していることも。

でも、私にも譲れない一線がある――「子供の姿のロボットとセックスなんかしたくない」という一線が。

「だからね。若いうちにバァンとやらなきゃいけないのよ。バァンと」

藤火はかなりアルコールが回ってきた。「バァン」と言うたびにジョッキを持ち上げる。ビールが少しこぼれて、皿の上のピータンを濡らす。

「一回の爆発じゃ、軌道には乗れないかもしれない。放物線を描いて地上に落ちるだけかも。でもね、小さな爆発でも、何度も何度も繰り返したら、いずれ必ず軌道に乗れると思うのよね。バァン、バァン、バァン、バァン……」そう言いながら、ジョッキを頭上高く持ち上げてゆく。

「……って、もう落ちてくることのない高みまでね」

「うっわー、古い比喩！」私もアルコールが回ってきて、けらけら笑っていた。「今どきロケットかよ。時代はピアノ・ドライブでしょ」

「いいの！　たとえ話だから。イソップみたいなもんだから。とにかく……」

藤火はジョッキに残っていたビールを一気に飲み干し、口についた泡をさっと拭った。いつ見ても男前な飲み方だ。惚れ惚れする。

「……あんたに必要なのは、一発目のバァンだよ。みんなが驚いて、思わず振り返るような、そういうバァン」

「爆発で発射台ごと吹き飛ぶかもね」

「かもねー」

「あっさり認めるなよー！」私はどんどんとテーブルを叩いた。「そこはせめて、『あたしを信じて。悪いようにはしないから』って言うべき場面でしょ⁉」

「やだ」

「やだ⁉」

「だって、失敗してあんたの人生ぶち壊す可能性、確かにあるから……」

「何その正直な告白⁉」

「あんたに嘘つきたくないし」藤火はけろりと言う。「あたしが求めてるのは、毒にも薬にもならないような、しょーもない記事じゃない。単なる体験談の枠にとどまらない、何か大きな問題提起をはらんだ、すごい波乱を起こすような危険な記事。読者の間で大激論になるような」

「アフィを稼げるような？」

「そりゃ商売だからね」藤火は笑った。「もちろん、危険は承知してる。微妙な問題だからね。戦場に飛びこむ覚悟は必要だよ。ちょっとした失言から大炎上して、ライター人生断たれる危険性、十分にある」

「だったら――」

「でも、あんたの才能も信じてんだよね。多くの読者の支持を得られるようなものを書けば、たとえ荒れても、潰されることはない。だから危険を冒す価値はあると思ってる。もちろん、危険を冒すかどうか、決めるのはあんただけど」

「あんたは安全圏からけしかけるだけ？」

「そんなわけないじゃん。編集長も推してくれてる。〈スカぶら〉編集部としては、あんたを全面支援するって。あっ、もちろん取材費は出すから」

「もし大炎上して仕事が来なくなったら？　その後の一生、面倒見てくれるの？」

「あたしの奥さんになるっていうのは？」

藤火はかなり前から同性愛者であることをカムアウトしている。対する私は生粋のヘテロだ。

「やだ」

私はきっぱりと言った。

「私の中のあんたのカテゴリーはあくまで〈友達〉だから。今さら変えたくない。つーか、できれば一生変えたくない」

「ありがたいなあ」藤火はくすくす笑った。「で、〈友達〉であるあたしの提案を、どう受け止めるのかな？」

「少し考えさせて」

2　マイナー・オルタマシン

さて、厄介なことになった。

自宅——蒲田にある安い賃貸マンション——に帰り着き、風呂に浸かりながら考えた。私の内面を見つめてみると、もう八割ぐらいは藤火に説得されている。彼女の言うことは、いちいちもっともだ。

自分の実績を思い出してみる。これまでに小銭稼ぎのために書いてきた記事の多くは、ほとんど評判になっていない。唯一の例外は、二年前に〈スカぶら〉に連載した『《プロジェクトぴあの》神話の真実』だ。

下里昴《しもさとすばる》の『プロジェクトぴあの』は、二〇四一年に発売された当時、大変な話題を呼び、ベストセラーになった。ピアノ・ドライブの発明者、あの結城《ゆうき》ぴあのに最も近いところにいた男性が、六年間の沈黙を破って発表した本だから、注目を集めるのは当然だ。

もっとも下里はプロローグで、〈真実のみを語る気はさらさらない〉と書いている。自分は歴史書やドキュメンタリーではなく、神話を語りたい。だから事実を無視し、脚色や妄想を自由に織り交ぜたと。実際、少し調べれば誰でも、エピソードのいくつかが実際にはありえなかったことに気づくはずだ。たとえば実在したアイドル・ユニット〈ジャンキッシュ〉のメンバーは、結城ぴあのと青梅《おうめ》秋穂《あきほ》と中条《ちゅうじょう》理梨《りり》以外、みんな架空の人物に置き換えられている。何人かのメンバーは悪役として描かれているので、誹謗中傷だという非難を避けるためだろう。だから『プロジェクトぴあの』は事実の記録ではなく、『仮名手本忠臣蔵』のように、事実から想を得たフィクションとして読むべきものなのだ。

それでも多くの読者は真実を知りたがった。たとえば、下里が書いているように、結城ぴあのは本当に最後まで処女だったのか――といったことを。しかし、しつこい追及に対して、下里は沈黙を守り続けた。

興味を抱いた私は〈スカぶら〉編集部に企画を売りこみ、『プロジェクトぴあの』の真偽について関係者に取材して検証したシリーズの連載を開始した。面白い仕事だった。本の中に実名や仮名で出てくる関係者の中には、口をつぐんだ者もいるが、反面、懐かしそうに、あるいは嬉しそうに結城ぴあのの思い出を語った者もたくさんいた。彼らの証言から、多くのエピソードはあからさまな創作だと判明したが、逆に実話だったと証明されたものもあった。ミンククジラの頭骨から光双曲面理論が生まれたなんていう、ものすごく嘘っぽくて眉に唾をつけたくなる話が、実は真実だったと知った時には驚いた。

厄介なのは、関係者の何人かは、下里の手法を真似て、真実の中に虚構を混ぜて語ったことだ。そのため、彼らの談話は互いに食い違い、真実を解明してやろうという私の意気ごみは途中で挫折した。連載は混迷したまま、霧に包まれたように、未解決の謎を多く残して終了した。でも藤火は叱るどころか、「謎に包まれたままの方が結城ぴあのらしくていい」と評価してくれた。連載をまとめた本はそこそこ売れて、私にちょっとした収入をもたらした。

だが、その後が続かない。

塩ラーメンPやペンギン回路Pなど、〈あおぞらロード〉の投げ銭システムで大儲けしている人気プロデューサーたちに取材したシリーズは、自分ではもうちょっと面白くなりそうな気がしたが、意外に平凡なものになった。二〇三一年の太陽フレア・パニックの背後で起きた集団自殺事件の話も同じ。記事の水準はそこそこ高かったと自負しているし、藤火も評価してくれているが、ヒットには結びつかなかった。

「バァン……か」

私はバスタブに顎を乗せてつぶやいた。内心、あせっていた。このままこの路線で続けても、埒が明かない。毎月、食っていける程度の原稿料は稼ぎ続けていられるが、それ以上に飛躍できそうなチャンスが見えてこない。藤火の言うように、一発逆転に賭けて冒険をしてみるしかないのか。

「でもなあ……」

子供の姿のロボットとセックスをする。そしてその体験を自分で書いて公表する――それは私にとって、あまりにも高い心理的ハードルだ。さて、このハードルを私は飛び越えられるのか。飛ぼうとしたら、どれぐらいの助走距離が必要なのか。いや、そもそも飛ぶべきなのか？

悩んでいるうちに長風呂になってしまい、湯が体温に近くなってきた。ますます風呂から出にくくなる。

「助走……うーん……助走かあ」

アルコールがいい具合に回ってきてぼんやりとなった頭で考えているうち、うとうとしてきた。気がつくと、口に湯がごぼごぼと流れこんでいた。はっとして顔を上げ、激しくむせた。頬をぴしゃぴしゃ叩いて眠気を振り払う。危なかった。もう少しで溺れるところだった。

急いで風呂から上がり、身体を拭いて、ドライヤーで髪を乾かす。少し意識がはっきりしてきた。あらためて今の自分を見つめ直し、笑いがこみ上げてくる。〈子供のロボットとセックスすべきかどうか悩んでいるうちに風呂で溺れ死んだ女〉というバカっぽい見出しが頭に浮かぶ。うん、そんな恥ずかしい死に方は絶対ごめんだ。

やはり最大のネックは、私のセックスに関する意識にある。

初体験は大学三年の時。二十歳《はたち》過ぎても未経験だったので、周囲の女友達の猥談についていけず、軽いあせりを覚えていた頃だった。同じゼミの先輩に誘われてホテルに行った。さあこれでみんなの仲間入りできる。もう引け目を感じなくていいんだ……と、うきうきしていた。

でも、終わってみると、「あれ？　こんなもん？」と拍子抜けした。感じなかったわけじゃない。確かに気持ち良かった。でも、小説や映画から抱いていたイメージ――理性を失って狂乱し、男にしがみついて、泣き叫ぶような声を上げるそれとは、ずいぶん違っていた。

後から思えば、先輩も経験が少なく、下手だったのだろう。私の方も知識が貧弱だった。フィクションの中のベッドシーンと違い、現実には初めてなのにいきなりエクスタシーを体験するなんてまずないということを、知っておくべきだった。スポーツとかと同じで、経験を重ねないと上手くならないということを。しかしその時は、期待が大きかった反動で、「騙された」という思いを味わった。

その後、別の男と短期間、自分の部屋で同棲した。これが本当にひどい奴だった。とにかく女の気持ちをまったく理解しない。前戯はおざなりで、まだ盛り上がっていないのに挿入したがる。テクニックなんてなく、とにかく激しく腰を動かしさえすれば女は感じるものだと思いこんでいて、私が「痛い」「優しくして」と言っても聞き入れてくれない。最後は自分一人で勝手に果てて、あげくに「良かっただろ？」と得意げに訊いてくる……何であんな奴に身を任す気になったんだろうか？　自分の人生の中でも最大の謎だ。

同棲を開始して二週間目、私はたまりかねて怒りを爆発させた。いくら説明しても、そいつは自分のどこが悪かったのか、まったく理解できないようだった。女という動物は特に理由がなくても急に興奮するものだと信じているらしく、にやにや笑って「今夜はもう寝よう。ひと晩寝たら落ち着くよ」などと平然と言い放つのだ。私はそいつを部屋から叩き出した。

そいつからは「よりを戻そう」というメールが何度も来たが、その文面にまた腹が立った。〈俺は心が広いんだ〉〈君のやったことは許してあげるよ〉というのだ。何という上から目線！　欠点を自覚して改めようという態度はまったく見られなかった。私は部屋に残っていたそいつの私物をすべて箱に詰め、彼の実家に送りつけて関係を断《た》った。

しばらくして、そのトラウマから回復した頃、何人かの男と関係した。中にはセックスの上手い男もいた。もっとも私は、前回の教訓から慎重になって、深入りするのを避けた。あくまで娯楽のための関係と割り切ることを心がけた。

だが、それでも「重い」と感じてしまうことがよくあった。セックス自体は気持ちよくても、そこに至るまでの心理的な駆け引きだとか、関係を持続させるための心配りだとか、気を遣うことが多かった。デートやセックスに要する時間は短くても、その何倍もの時間を、準備や維持に費やしているのだ。

ちょうどライターの仕事が増えてきて、面白くなってきた時期だったから、私はだんだん男性やセックスについて考える時間を減らしていった。そんな時間と金があるなら、取材や執筆に使いたい……。

ああ、そうか――私はようやく、オルタマシンを使いたがる人の心理を理解できた気がした。

本物の愛、本物のセックスは、すごく面倒臭い。育んだり維持したりするのに手間もかかる。単に快楽を求めるだけなら、ロボットを金で買った方が楽ではないのか。

これまで自分には縁のないテーマだと思っていたが、少し興味が湧いてきた。これならいけるかも。

まずは予習が必要だ。パジャマに着替えると、アーゴを装着して起動し、ベッドに横になった。

「ムーピー」

「何でしょうか、ミリ様？」

小さな白いイルカのムーピーが空中に現われた。忠実な執事のような口調で喋る。アーゴにデフォルトでついてくるコンパニオンだ。

「検索。オルタマシンの歴史」

「プライベートで利用されるのですか？」

「んなわけないじゃない。仕事よ」

「では学術的な情報ですか？」

「そう――ああ、もちろん、あまり堅苦しくないやつね」

「承知しております。候補がかなり多いですが、範囲の指定は？」

「そうね……最初のオルタマシンの登場から、現在のマイナー・オルタまでを中心に」

「了解しました」

ムーピーはすぐに検索にかかった。

私が子供の頃に出現したコンパニオンは、アーゴの普及に伴って急速に一般化した。かつては必要な情報をネットで見つけようとしたら、自分で検索エンジンに検索ワードを打ちこみ、ヒットした多数のページに目を通して、そこからさらに正解を見つけ出さなくてはならなかったものだ。だが、コンパニオンによってその労力が大幅に軽減された。

コンパニオンは自我を持たないものの、文章の内容を理解する能力はある。明らかに間違ったことが書かれているページは篩い落とす。執筆した人間の経歴を検索し、信用度の高さを判定してランクづけをする。たとえば科学関係の話題なら、科学者の書いた文章をそうでないものより上位に表示する。他の人の記述と比較して食い違っている場合は、リンクを張って別の意見も示し、ユーザーに判断を委ねる。

さらにユーザーと対話することによって経験を重ね、ユーザーが求めている情報はどういう傾向のものかを先読みできるようになる。たとえば私の場合、商売柄、初歩的な知識よりも、やや専門的な解説を求めている場合が多い。その一方、科学は不得手だから、学術論文の類は敬遠している。ムーピーはそうした私のリクエストに合ったページを優先して表示する。

無論、常にユーザーの求める答えが表示されるとは限らない。たとえば欧米の創造論者たちは、「進化論についてコンパニオンに質問しても、進化論を支持するページしか表示されない」と非難している。地球や生命がほんの数千年前に神によって創造されたという主張を、コンパニオンは明白に間違いだと判定したのだ。一部のカルト信者、陰謀論者、疑似科学の信奉者なども、同様の不満を口にしている。

それらは明らかにコンパニオンの欠陥ではない。むしろ人間の知性の欠陥が、コンパニオンによってやんわりと指摘されているのだ。テストの答案に書かれた間違いが、教師から添削されるように。

さらに最新のACOM《エイコム》(人工意識コンパニオン)となると、人間とのコミュニケーションもさらにスムーズになると言われている。人工《A》意識《C》は従来のＡＩと違い、自我や感情を――つまり心を有しているからだ。

　無論、それは人間の「心」とはまったく別物だ。どんなに進歩してもマシンが人間と同じ心を持つことはありえないというのが、人工知能学者たちの一致した結論である。人間ではないものの心は、必然的に人間と違うものになるのだと。

　だが、少なくとも心がある以上、人間の心を理解しやすくなり、心を通わせられると期待されている。犬の心は人間の心とは違うが、それでも犬と人間は心を通わせられるように――まあ、人間とＡＣの場合、どちらが主人でどちらがペットなのかについては議論があるが。

　レイ・カーツワイルが技術的特異点《テクノロジカル・シンギュラリティ》が到来すると予測した二〇四五年まで、あとたった二年。以前は「進化したマシンによって人類が滅ぼされるかもしれない」という悲観論も多かったが、その年が近づくと、逆にみんな楽観的になってきた。コンパニオンが意外に上手く人間と共存しているのを見ていると、「人類が滅ぼされる」などという懸念はリアリティに乏しく、色褪せてくる。

　そもそもシンギュラリティというのは、ある日いきなり訪れるものではなく、何十年もかけて進行するものだ。マシンの側も人類の側も、その変化に適応する時間はたっぷりあるし、げんに適応しているように見える。

　待つこと十数秒。空中にいくつものウィンドウが開いた。どれもオルタマシンについて解説しているページだった。

「おすすめはこちらです」

「ありがとう」

期待した通り、オルタマシンの歴史について分かりやすくまとめたものばかりだった。私はそれらを読み進めていった。

セックスを代替する人形、いわゆるダッチワイフについては、何世紀もの歴史がある。二〇世紀の終わり頃には、すでに本物の人間と区別のつかない等身大の愛玩ドールが多数作られていたらしい。

同じように、ヒトのセックスを代替する器具も昔から作られ続けていた。特に多いのは男性器を模した器具で、これも二〇世紀の後半、素材や技術の進歩によって、どんどんリアルなものが作られていった。快楽目的だけでなく、事故で男性器を失った人のための人工ペニスも開発された。人体に埋めこみ、ポンプで液体を送りこむことで、本物と同じように膨張する。

無論、人工ヴァギナも進歩した。人工海綿体にシリコーンやポリアミド合成樹脂で作られ、形状記憶合金のネットや油圧バルーンを内蔵した円筒は、本物の女性のそれと同じように液体を分泌し、膨張し、脈動した。

それらのセックス関連の技術と並行して、ロボット技術も進歩していた。二〇二〇年代後半には、人間のように直立二足歩行ができるばかりか、テニスやバレエもできる等身大ロボットも、世界各国で競って作られるようになった。

そしてもちろんAIの進歩もある。ACの登場により、人間とスムーズに日常会話のできるロボットも、夢ではなくなった。

当然、それらの技術を統合しようという動きも生まれた。愛玩用ドールにロボットの骨組みと人工性器を埋めこみ、頭脳にACをインストールすれば、これまで多くのSFに描かれてきたセクサロイドがすぐにでもできるものと期待された。

だが、その期待の前に立ちはだかる大きな壁があった。

試しに鏡に顔を映し、「あいうえお」と言いながら唇の動きを観察してみてほしい。人間の口は実に精緻な構造で、きわめて微妙な動きを可能にしていることが分かる。瞼の開閉や、眉を上下させる機構、頰を膨らませる機構も同じだ。人間の顔面の皮膚の下には、複雑な表情筋が配置されていて、多彩な表情の変化を可能にしているのだ。

それに眼の問題もある。人工の眼球に人工の瞼を取り付け、それを開閉させることは、さほど難しくない。しかし、その眼球がカメラを内蔵していて、上下左右に可動するとなると、難度は桁違いに跳ね上がる。

それらの問題をすべてクリヤーするには、大きな技術的課題をいくつも乗り越えなくてはならない。人間のそれと変わらない表情の変化を、アンドロイドにさせようとしたら、顔以外のすべての部分を何倍も上回るコストがかかるのは避けられない。かと言って、表情が自由に変えられないと、いわゆる〝不気味の谷〟を超えられない。

それにメンテナンスの問題。アンドロイドのような複雑な機械は、メンテナンスのために頻繁にカバーを開き、内部をさらけださなくてはならない。しかし、全裸になることが前提のセクサロイドでは、どこにカバーをつけようと、継ぎ目が見えてしまう。

それらの課題をすべてクリヤーしようとしたら、アンドロイドは必然的に高度な技術の塊になり、きわめて高くつく。そこで別の技術を導入することを思いついた者がいた。

ロボットの実体はリアルにする必要はない。のっぺらぼうのロボットを作り、その上からＡＲでリアルな裸体を重ねればいい。ロボットの顔は、一対のカメラアイと、開閉可能な口、それにフェラチオのできる舌だけあれば十分だ。複雑な表情の変化はCGで表現する。

感触はどうするのか？　視覚的には柔らかそうな皮膚に見えていても、抱いた感触が硬いプラスチックだったら、違和感を生じないか？

だが、その点はとっくに解決済みだった。いくつかの実験により、人間の五感の中で最も大きなウェートを占めているのは視覚であり、それ以外の感覚は視覚のイメージにひきずられることが分かっていた。

たとえば被験者にARでラーメンを見せながら素麺を食べさせる。すると驚くべきことに、被験者の感覚はラーメンの画像に影響され、素麺の味がラーメンのように感じられるようになる。

あるいはVRゴーグルを使った実験。被験者の前にミニスカートの女性の3D映像を投影する。そして、彼女の脚の位置に大根を立てておく。被験者は女性の脚に触ってみるよう指示される。被験者がとまどいながらも言われた通りにすると、本当に女性の脚を撫でているような感覚が生じる――本当は大根に触っているのに。

セックス用アンドロイドの場合も、実験によって同じ効果が生じることが証明された。実際はプラスチックで覆われたロボットであっても、ARによってリアルな裸の女性のように見えていたら、触覚もそれに騙され、裸の女性の肌に触れているような錯覚に陥るのだ。すなわち、アーゴを着用しながらセックスをすることで、本物の女性を抱いているのと変わらない触感を味わえることになる。もちろん、男性型のアンドロイドの場合も同じだ。これによって大幅なコストダウンが実現し、本格的なセックス用アンドロイド実用化への道が開かれた。

もっとも、販売は困難だった。コストが下がったとはいえ、それでも一体が高級車なみの価格になるので、おいそれと買えるものではないのだ。それにセクサロイドの性質上、一回ごとに性器の洗浄やメンテナンスが必要になる。専門のスタッフごと雇おうとしたら、やはり金がかかる。となると、どこかに客を招いて、料金を取ってロボットとセックスをさせるしかない。

　最大の問題は法律面だった。人間の女性や男性であれば、もちろん売春であり、違法である。そこで、カリフォルニアで初めてこの商売を立ち上げたオルタテック社は、このロボットが人間ではなく、ただのマシンであることを強くアピールすることにした。


〈これはバイブレーターのように、セックスを代替する器具の進歩した一形態にすぎない。単なる機械であるから、どんな扱いを受けようとも苦痛や屈辱を感じず、反抗したり助けを求めたりしない。よって、性的虐待だという非難は不適当である〉

〈私たちはポリティカル・コレクトネスを遵守する。男女を差別することなく、男性型機械と女性型機械を同数用意する。また、同性愛者の要望にも配慮する。ゲストが同性型の機械を希望すればそれに応える〉


　この方針に基づき、同社はマシンを「マン」「ウーマン」「レディ」「ボーイ」「ガール」などと呼ばないことにした。人間を模したロボットを意味する「アンドロイド」という言葉さえ禁句にした。「セックス」という単語も、どうしても必要な場合以外は用いられなかった。代わりにオルタテック社が考案したのは、きわめて遠回しな言葉だった。

　生理的機能代替機械《フィジオロジカル・ファンクション・オルタネート・マシン》。

　あまりにもマヌケなネーミング！　実際、登場した当時は冗談のように受け取られ、よくギャグのネタにされた。ネットでは「じゃあ排泄も代替してくれるのか」とか「俺の手はオルタハンドだ」といった発言が飛び交った。

かつて日本では、本来は卑猥な意味ではなかった「アダルト」という単語が、成人向けコンテンツ全体を指すようになり、いかがわしいニュアンスを帯びるようになったことがある。今度は「オルタ」という言葉にそれが起きた。エロマンガを「オルタ絵」などと呼ぶことが流行し、急速に定着していった。

後から考えれば、これがけっこう高度な計算に基づく戦略だったと分かる。マヌケなネーミングをすることで、この問題全体を笑いのタネにし、真剣に論じるのを妨げる効果を狙ったのだろう。実際、オルタマシンを嫌悪する保守的な勢力は一部に根強く存在したが、彼らが大真面目に論じれば論じるほど、「ネタにマジレス」と嘲笑された。

こうしてオープンした成人向け娯楽施設〈ムーンキャッスル〉は、たちまち人気を呼んだ。初回の利用料は格安で、二回目から通常の料金が適用される。内部でどんな行為が行なわれているか、おおっぴらに宣伝できない以上、少しでも体験者を増やし、口コミで広めるのが一番だと判断されたのだ。初回利用者の何割かがその魅力にとりつかれ、リピーターになるだろうという狙いだ。

その狙いは見事に当たった。最初はロサンゼルスだけだった〈キャッスル〉は、ほんの数年で、西アメリカ国内の各都市に、ヨーロッパに、アジア各地に、続々とチェーン店がオープンした。もちろん日本にもだ。

日本でもオープン前に法律関係の議論が起きたが、最終的に、「売春防止法は人間にしか適用されない」という点で、法曹界の解釈は一致した。かつて日本の法律では、性行為は「男性器を女性器に挿入すること」と定義されていた（さすがに批判が大きかったので、のちに肛門性交にまで拡大されたが）。つまり機械のヴァギナやアナルに人間のペニスを、あるいは人間のヴァギナやアナルに機械のペニスを挿入する行為は、法的には性行為ではないから、売春でもないことになる。もし法律を人間以外にまで適用しようとしたら、たとえばダッチワイフやバイブレーターを販売している業者まで取り締まらなくてはならなくなり、大変な混乱が生じる。

反対派の意見は賞賛の声に押し流されていった。二〇三四年にサンフランシスコで起きた死亡事故も、向かい風にはならなかった。遺族が訴訟に持ちこんだものの、ゲストがオルタマシンに要求した行為があまりにも常軌を逸したものであったことや、オルタマシンは何度も命令を拒否したことが、裁判で明らかになったのだ。死亡した被害者に対する嘲笑がネットで渦巻いた。名誉を傷つけられた遺族はオルタテック社の提案に応じ、示談で手を打った。それ以来、特に大きなトラブルは起きていない。

世界はオルタマシンを受け入れた――ように見えた。

昨年、衝撃的なニュースがオルタテックジャパン社から発表された。未成年の姿のオルタマシンを導入した新施設を建設するというのだ。それが建設されるのが日本でなくてはならない理由は明白だった。日本以外のほとんどの先進国では、青少年の性的な絵を描くこと自体が法律違反だからだ。

たちまち激論が起きた。すぐに判明したのは、法務省はマイナー・オルタマシンが合法だと判断しているという事実だった。当然だろう。オルタテックジャパン社だって、プロジェクトを発表する前に、法務省に根回しぐらいしていたはずだ。

機械による売春は、売春防止法に抵触しない。機械に対する虐待は、虐待とはみなされない。ならば、その解釈は当然、児童ポルノ法に対しても適用されなくてはならない。

そもそも「児童」とは何か、とオルタテックジャパン社は問いかけた。児童ポルノ法第二条では、〈この法律において「児童」とは、十八歳に満たない者をいう〉と定義されている。それは当然、人間の児童を指している。もし機械に適用したら厄介なことになる。現在稼働中の成人型オルタマシンは、みんな製造されて一八年以下であり、人間なら「児童」なのだ。逆に子供の姿をしたオルタマシンも、製造されて一八年が経てば、「児童」ではないことになる。それは明らかにおかしい。

では、「成人」と「児童」は外見だけで区別するのか？　それもおかしい。成人でも胸が小さい「ロリ体型」の女性はいっぱいいるし、逆に中学生でも胸が大きい少女はよくいる。げんに二〇一〇年代、誤って「児童ポルノ」として告発されたAVの例がある。それは告発者の早とちりで、出演していたのは幼く見える成人女性だった。実質上、画面だけから出演者が「児童」かどうかを判別するのは困難だ。

たとえ姿が子供だったとしても、オルタマシンは人間ではないという判断はすでに示されている。つまり性交しても問題ないことになる。唯一、法に抵触しそうなのは、本物のように見える未成年の３Ｄ映像をゲストにＡＲで提供する行為だが、目にするのはオルタテックジャパン社の技術者とゲストだけであり、３Ｄ映像を本物の青少年の画像と間違えることはありえない……。

選択肢は二つしかない。今からすべてのオルタマシンを違法とするか、あるいはマイナー・オルタマシンも合法とするか。

この件の解釈をめぐって激論が起きたが、意見はまとまらなかった。法曹界の関係者のほぼ全員が同意したのは、「マイナー・オルタマシンやそのＡＲ映像を違法とする明確な法的根拠は存在しない」ということだった。グレーではあるがブラックではないと。

「面倒だなあ……」

私はうなった。本当にややこしい問題だ。いくら調べても、明確な結論なんか出そうにない。私の個人的なスタンスとしては、オルタマシンというものをすべて生理的に嫌悪している。しかし、成人型のオルタマシンについては、存在を許容するしかないと思っている。そういうものを必要としている人もいるからだ。

前に取材したことがある昆虫食愛好家のことを思い出した。イモムシやサソリやクモなど、一般に忌避されている虫（厳密には節足動物全般）を料理して食べている人たちだ。勧められて、私もサソリの唐揚げを少し食べてみた。嫌悪感を押し殺して。熱中するほど美味だとは思わなかったが、覚悟していたほど不味《まず》くもなかった。自分では食べないけれど、こういうものを食べたいと思う人を非難するのも間違いだと思った。他人に迷惑をかけていないのだから。

だが、マイナー・オルタとなると、話が違う。サソリを食べるよりもはるかに不快だ。いや、単に嫌悪感が大きいというだけでなく、湧き上がる感情が質的に違う。

だが、その質の違いが何に由来するのか、私自身にもよく分かっていない。

「やっぱり、本物を食べてみるしかないのかなあ……」

心の声が口に出てしまった。ムーピーが「何を食べるのですか？」と問いかけてくる。私は「何でもない」と答えた。

リアルな体験レポートでないと読者の心はつかめない、と藤火は言う。頭の中で考えただけの論ではだめだと。悔しいが、その点は同意するしかない。オルタマシンに関する著名な文化人や学者先生の文章は、すでにたくさんある。私がそれに対抗できるとしたら、武器はリアルな体験の重みだけだ。想像ではなく、本物のマイナー・オルタマシンと接し、会話し、実際にセックスしてみなければ……。

ロボット、それも人間の姿を表面に投影しただけのものを「本物」と形容するのは、自分でもおかしいと思う。でも、相手が架空の存在であっても、私はこのリアルな肉体で接するのだから、私にとってやはりそれはバーチャルでなく実体験だ。戦場に飛びこむぐらいの勇気が必要だ……。

ふと、若い頃に読んで感動した戦場ジャーナリストの著書を思い出した。世の中には自ら戦場に赴く人が大勢いる。実際にその場に立ち、自分の眼で見て、戦争の空気を肌で実感しないと真実が伝えられないからと。もちろん危険な職業で、毎年何人ものジャーナリストが、アジアや南米やアフリカの紛争地帯で死亡している。その本の著者も、中東で爆弾テロに巻きこまれて亡くなった。それでもジャーナリストたちは、死を覚悟のうえで危険地帯に向かう……。

マイナー・オルタとセックスするというのは、私にとって大きな勇気を必要とする。しかし、戦場ジャーナリストたちの命がけの勇気に比べれば、笑い話にしかならない程度のものではないのか。そう考えると恥ずかしくなった。私にはまだまだ、プロとしての覚悟が足りないのかもしれない。

私は覚悟を決めることにした。

3　キャッスル訪問

四日後の火曜日、〈スカイぶらっと〉編集部を通して体験取材の許可を得た私は、川崎市にあるムーンキャッスル川崎店に出かけた。

予約した時刻は午後二時。キャッスルは午前一一時から早朝五時まで、一八時間オープンしているが（残りの六時間は、施設全体のメンテナンスに費やすらしい）、平日の午後の時間帯が最も予約が取りやすいからだ。

場所は首都高速沿いだが、ＪＲや京急の駅からはかなり離れていて、私のように車を持たない者にとっては、やや交通の便が悪い。事前にマップで確認したが、商業地区ではあるものの、工場地帯と隣接していて、道を隔てた向かい側はリサイクル工場だった。こんないかがわしい施設が住宅街に建設できなかったのは分かるが、立地的にはかなり不利なのではないか……？

と、考えているうちに気がついた。一度に平均的なサラリーマンの月収の半分も飛ぶような施設を利用するのは、おそらく富裕層が多く、まず間違いなく自家用車を持っているのだと。そう言えばムーンキャッスルの公式サイトには、〈駐車場完備〉と謳われていた。車で訪れるゲストが多いなら、むしろ人目を避けるために、人口の少ない地域を選ぶのが理にかなっている。

サイトはオルタマシンの写真や動画を前面に押し出さないばかりか、なるべく性的なイメージを避け、〈大人のためのワンダーランド〉〈最新のＡＲ技術を駆使〉〈電子の恋人との甘美なバーチャル体験〉などと、曖昧なコピーに終始し、あたかも健全な娯楽施設であるかのように見せかけていた。知らない人間が見たら、テーマパークか何かと誤解するのではないだろうか。

バスも走っているが、私は少し早めに家を出て、駅から二〇分ほど歩くことにした。バス停三つか四つ分ぐらいの距離なら、普段から当たり前に歩いている。足腰には自信があるから苦ではない。ダイエットにもなる。

もちろん、節約にもなる。若くてばりばり働けるうちに金を貯めて、四〇になる前に抗老化処置を受けたいものだ。

午後一時すぎ。私は駅のホームに降り立った。ショルダーバッグの中には取材道具一式が入っている。道具といっても3Dカメラとレコーダー、スケッチブックとシャープペンとマーカーぐらいだが。

「……よしっ、行くぞ」

まだ内心でうじうじしりごみしている自分を鼓舞するために、口に出してそう言うと、改札を抜け、歩き出した。道順は単純で、ナビもあるから、迷うことはない。

駅から離れるにつれ、高いビルがどんどん少なくなっていった。はるか前方にまで一直線に続く道路。その両側はほとんどが工場と倉庫だ。工場はどれも敷地が広いうえに、高い煙突なども少ないので、空が広かった。ほどほどに暖かくて雲ひとつない晴天の秋。気持ちのいい散歩日和だ。

私の横の四車線の道路を、頻繁に大型トラックが通り過ぎる。化学工場に原料を運んだり、リサイクル工場に古紙やプラスチックゴミを運んだりしているのだろう。まだガソリンエンジンが全盛の時代だったら、排気ガスがひどかっただろうなと想像した。

道の前方にある倉庫の上を、ジャンボ機が低くかすめるのを目にした。実際には倉庫の真上ではなく、何キロも離れているのだろうが、距離を目測する基準がないので、やけに近くに見えてぎょっとした。羽田空港から飛び立ったばかりなのか。低空なのにジェットの爆音がしないことに、私は気づいた。ピアノ・ドライブ機だ。

前に、最近の海外旅行ブームについて取材したことがあるので知っている。一九〇三年にライト兄弟が飛行機を発明してからほんの十数年で、飛行機は広く普及し、第一次世界大戦でも使われるなど、劇的に世界を変えた。今、ピアノ・ドライブでも同じことが起きている。二〇三一年に最初の試験機〈むげん〉が浮上してから一〇年ちょっとで、航空業界に劇的な変化が生じた。世界中の主要な航空機メーカーの多くが争ってライセンス料を払い、ピアノ・ドライブを導入したのだ。従来の旅客機や輸送機のエンジンナセルをピアノ・ドライブ・ユニットに換装するだけで、燃料代がほとんどゼロになり、騒音問題も夢のようにあっさり解消した。

大幅なコストダウンによって、海外旅行の費用も数分の一に下がり、観光客が激増、観光業界は活気づいている。発着する旅客機の急増に対応するため、ピアノ・ドライブを搭載した垂直離着陸機《VTOL》の開発も盛んだ。騒音を出さないＶＴＯＬが増えれば、小さな地方空港が日本各地にたくさん建設され、新幹線やリニアモーターカーよりも安上がりに、国内旅行が可能になると期待されている。

ピアノ・ドライブ宇宙船の建造も世界各地で進んでいた。スーパーフレアによって失われたＩＳＳ２に代わって、大規模な宇宙ステーションや恒久的な月面基地の建設も計画されている。数年後には宇宙への観光旅行も当たり前になると言われていた。

もちろん、影響が及んだのは、航空・宇宙業界だけじゃない。造船、海運、鉄道などの分野にもピアノ・ドライブが導入されつつあり、輸送コストの激減があらゆる産業の活性化につながっている。昨年の暮れには、西アメリカのカリフォルニアで、世界最初の商用ピアノ・ドライブ発電所が稼働した。世界の多くの国がそれに続いている。もう人類は環境を汚染する火力発電や、危険な原子力発電に頼る必要はない。これからは電力コストも大幅に下がり、あらゆる産業が恩恵を蒙るだろう。

以前、『《プロジェクトぴあの》神話の真実』のための取材をしている時、気がついたことがある。あの時代――私がまだ学生だった二〇二〇年代後半の世相を思い浮かべようとすると、人々がみな肩を落とし、俯いている絵になってしまうのだ。もちろん現実にはそんなことはなかったのだが、私の心象風景の中では、日本人はみんな下を向いていた。

東京オリンピック後もいっこうに回復しない不況。いくら騒がれても解決の兆しが見えない過酷な労働環境。政治不信。テロ。凶悪犯罪……三〇年代に入るとスーパーフレアや東南海大震災も起きたが、そんな目に見えるカタストロフより、むしろ首にまとわりつく見えない縄のような、生活をじわじわと締めつけてくる小さな不安や不自由の堆積が、人々の生きる意志を挫《くじ》いていた。父や母も、ことあるごとに、物価や税金や残業や私の学校の授業料などの、庶民の力ではどうにもならないことを、あきらめ混じりに愚痴っていた。

当時、ベストセラーから生まれた「皇帝の新しい牢獄」というフレーズも流行した。アンデルセン童話の『裸の王様』の原題をもじった言葉で、現代の日本の大衆はみな無実の罪で無期懲役刑を受け、目に見えない牢獄に閉じこめられているというのだ。透明な鉄格子で自由を制限され、透明なロープで首を絞められ、透明な鞭で打たれて慢性的な痛みにあえいでいると。実際、それが当時の庶民の感覚だったはずだ。

今は違う。ピアノ・ドライブの実用化と普及は、単に一部の産業に利益をもたらしただけではなく、閉塞状況を打ち破り、社会全体の雰囲気を劇的に変えた。世界は変わる。不可能は可能になる。今や、人はみな上を——宇宙を見上げている。地球の引力を振り切り、上昇しようという機運にあふれている。

考えてみれば、オルタマシンなどというものが急速に社会に広まったのも、三〇年代の社会の変化がもたらした影響のひとつなのかもしれない。結城《ゆうき》ぴあのという大天才によって従来の物理法則が破られ、あらゆるものが短期間で急激に変化していったあの時代の中で、機械とのセックスという新しい概念も、そうした変化のひとつとして受け入れられたのでは？

おっと、これは記事に使えそうだ。私は歩きながら、ポケットからペン型のレコーダーを取り出し、今思いついたことを録音した。

一時的に高揚した気分は、目的地に近づくにつれ、しだいに落ちこんでいった。これから少年の姿をしたロボットとセックスをするのだ——と考えると、どうしても歩調が鈍る。やっぱり今からでも藤火《とうか》に頭を下げて、取材を取りやめにしてもらおうか、などと弱気なことを考えてしまう。かっこ悪くならず、私の評価にも傷がつかないように仕事をキャンセルできる、何かうまい言い訳はないだろうか。たとえば交通事故はどうだろう。行き交うトラックの一台が誤って突っこんできて、全治数週間程度の軽い傷を負うとか……いや、ありそうにないな、そんなのは。それに痛いのは嫌だ。

ネットで見たことのあるムーンキャッスルが見えてきた。外観は特に変わったところはない。墓石のような直方体で、真っ黒なガラスに覆われた壁面は、電子部品のように冷たく理知的な印象がある。これもいかがわしい施設ではないと思わせようという工夫か。横に立体駐車場が隣接していて、渡り廊下でキャッスルと行き来できるようだ。

ふと気がついた。通りを隔てた斜め向かい、リサイクル工場の塀の前に、グレーのセダンが停まっていた。運転席に人がいるが、顔までは見えない。工場に何か用事があるのなら、当然、敷地内に入って待つはずだ。

ははあ、と私は思った。興味があったが、今日は取材が先なので、確認している時間はない。私は見たものを忘れないよう、簡潔にまとめてレコーダーに録音し、キャッスルに向かった。

ビルの正面はホテルのような外観だった。見上げると、玄関のドアの上には、シンプルな三日月のエンブレムと、〈ムーンキャッスル川崎〉という文字。普通のホテルと違うのは、ガラスがサングラスのように濃くて、中が見えにくいことだ。客のプライバシーに配慮しているのか。

ドアに近づくと、黒いガラスの表面に〈ご使用の言語を選んでタッチしてください〉というメッセージが、八ヶ国語で表示された。日本語にタッチすると、以後のメッセージはすべて日本語になった。〈ご予約の方はオムニカードをご提示ください〉という文字が浮かび上がり、胸の高さに白い長方形が明滅した。私はオムニカードの入ったパスケースをそこに押し当てた。予約した時に、予約コードの入った確認メールが送られてきていて、すでにそのデータはカードにインプットしてある。

続いてガラスの表面にマイクのアイコンが表示される。その上に〈パスワードをどうぞ〉という文字。私はアイコンに顔を近づけ、「くそったれ」とつぶやいた。表示がすべて消え、ドアが左右に開く。

同時に、カードのチャイムが鳴った。目をやると、表面に〈104〉という数字が表示されていた。

「この数字は整理番号です」オムニカードから女性の声が流れた。「お呼びするまで、この番号の青く光っているパーティションの中でお待ちください」

二重のドアを通り抜けると、外からは見えなかった玄関ホールに出た。静かなクラシックが流れている。観葉植物などもあったりして、一流ホテルのフロントのような雰囲気だが、ホテルと違うのは壁沿いに小さなパーティションがずらりと並んでいることだ。とっさには数えられないが、おそらく四〇ぐらい。青いアコーディオン・カーテンで閉ざされているので、中は覗けない。どのカーテンにも名札のようなカードが取り付けられていた。一部のカードは白一色だったが、全面が赤く光って数字が表示されているものもたくさんあった。数字はばらばらで、番号順に並んでいるわけではないようだ。

カードのひとつは青く光っていた。近づいてみると、〈104〉と表示され、〈空席〉〈お入りください〉という青い文字が明滅している。ちらっと隣のパーティションの赤いパネルを見ると、〈336〉〈使用中〉と表示されていた。

私はどきどきしながら、自分のパーティションのカーテンを開けてみた。中には旅客機の客席を思わせるリクライニングチェアがひとつ。横にはタッチパネル。近づくと、パネルが発光し、三等身のアニメキャラとともに、〈プライバシー保護のためカーテンをお閉めください〉というメッセージが出た。私は振り返って、指示通りにアコーディオン・カーテンを閉めた。マグネットがかちりと吸着する。

同時に、隣からわざとらしく咳払いが聞こえた。先客が存在を知らせているらしい。声からすると男性のようだ。私は一瞬、ぎょっとしたものの、興味をそそられた。

「あのう……よろしくお願いします」

できるかぎりかわいらしい声を出す。

「私、初めてなんです。なんか緊張しちゃって――あなたはいかがですか？」

返答はなかった。気まずい沈黙が流れる。まあ、当然だろう。私も返答なんか期待してはいなかった。万に一つでも他のゲストの声が聞けたら、記事の参考になるかもと思っただけだ。

私は緊張していた。ここには他にも順番待ちのゲストがたくさんいるのだ。あの使用中の赤いカードの数からすると、二〇人か三〇人ぐらい。無論、成人向けのオルタマシンとのセックスを望んでいる者もいるだろうが、ここだけにしかないマイナー・オルタが目当ての者も多いに違いない。

密閉されているわけでもないのに息苦しさを覚えた。年端もいかない少年や少女とのセックスを望んでいる変態性欲者が、今、私の周囲に何人もいる……。

緊張を解こうと、シートに座り、横のタッチパネルを見る。パネルの表示は〈順番にお呼びします。しばらくおくつろぎください〉に変わっていた。画面に触れると、今度はパネルにメニューが出た。この施設のポリシー、システム、利用上の諸注意などを説明してくれるようだ。アイコンをいくつかタッチしてみると、公式サイトの内容とほぼ同じと分かった。

画面のいちばん下には、〈番号を呼ばれましたら外に出て右に進み、ゲートにお入りください〉という文字と、現在のおおよその待ち時間が表示されていた。あと三七分。やはり早く着きすぎたか。

待つ間、ニュースや雑誌を閲覧できるらしい。飲み物を注文することもできるようだ。注文すると人が運んでくるのだろうか。注文する人は少ないだろうな、と思った。ここではみんな、なるべく他人と出会いたくないだろうから。

待つことしばし。離れた場所にあるパーティションから、誰かがアコーディオン・カーテンを開ける音がした。私はちらっとでも顔を拝めないかと、そっと立ち上がり、カーテンを開けてみようとした。

ロックがかかっていた——不審に思って、がちゃがちゃと揺らしてみる。

「やめた方がいいですよ」

隣の336から、初老の男性の声がした。ささやくような声だが、静かだからよく聞こえる。

「一度閉めると、準備ができてアナウンスが流れるまで、開けられないようになってるんです。ゲスト同士が顔を合わせないように——サイトの説明にあったでしょ？」

そう言えばあったような気がする。

「すみません。忘れてました」

「トイレに行きたくなったら、タッチパネルから係員を呼んで、案内してもらいなさい。あ、案内係はロボットですから、気にしなくていいですよ」

「はい、そうします」

優しい人のようだ。紳士だな。もう一度、アタックしてみようか。

「あの……失礼ですけど、何度も来られてるんですか？」

「もう五回目です」

うわ、お金持ちだ。

「あなたは？　まだお若いようだが」

「あの、えーと……」取材だとかは言わない方がいいだろう。「少年に興味があったんで、バイトで貯めたお金で……」

相手の好みも訊いてみたい気がしたが、ストレートに訊《たず》ねるのはためらわれた。さすがに知らない人の性的趣味まで探りを入れるのは失礼だろう。無難なところから攻めてみるか。

「あのう、初めてなのでよく分かんないですけど、何かコツってあります？」

「コツ？」

「相手はマイナー・オルタなんですよね？」

「まあ……」

踏みこんだ質問をしたせいか、相手の声は警戒しているように思えた。

「その……彼とか彼女とかを、どういう風に扱えばいいのかなって。さっぱり分かんなくて」

私としては、けっこう本気の質問だった。オルタマシンに関して、私は処女のように無知で、不安がいっぱいだ。ベテランの人のアドバイスを聞きたかったのだ。

「お嬢さん」

男の声は上品で、礼儀正しさを崩さなかったが、微妙にトゲがあった。

「マイナー・オルタと肉体関係を持つつもりなのかな？」

「え？　はい、そうですけど」

「だったら私はお役に立てないね。そういうのを求めて来てるんじゃないから」

「え？」

「あいにく、私はもう男としては役に立たなくてね」男は軽く嘲笑した。「孫ぐらいの女の子と話すのが楽しいだけだよ。せいぜい手を握ったり、髪を撫でたりするぐらい。それだけで満足なんだよ。オルタには人間の女のような打算はないからね。安心なんだ。だからあんたにアドバイスできるような経験は何もない」

私は恥辱で顔が熱くなるのを覚えた。彼が嘲笑しているのは、自分ではなく私だ。私が少年とのセックスを望んでいるように思われてる！　いや、もちろんその目的で来たんだけど、あくまで取材のためであって、私にはそんな欲望はなくて……と、言い訳するのもみっともない。

私は沈黙するしかなかった。幸い、紳士はそれ以上、話しかけてこなかった。

静寂の中、音量を絞ったクラシックだけが流れる。人の声はしない。やはりこういう場所では、ゲストたちは互いに語り合ったりはしないのか。まあ、世間話なんかしていたら、うっかり自分の正体がばれるようなことを言ってしまう危険があるだろうし……。

隣の紳士のことが気になる。口調からして、嘘はついていないように思える。セックスが目的ではなく、ただ若い女の子と話すのだけが楽しみの金持ち――今の今まで、キャッスルの常連客にそんな人がいるなんて、まったく思い至らなかった。

数分後、隣のパーティションから、薄い壁越しにチャイムが聞こえた。紳士がごそごそと動き出す気配がする。順番が来たのだろうか。やがてアコーディオン・カーテンを開ける音がした。

歩き出した足音が、私のパーティションの前で止まった。

「ああ、そうそう」カーテンの向こうで、紳士が言った。「ひとつだけ、アドバイスすることがある」

「……何でしょう？」

「あの子たちを人間として扱うことだ」

「人間として？」

「そう、魂のない機械じゃなく、人間として――たとえ幻想であっても。そうでないと、楽しめないよ」

私は少しためらって、「ありがとうございます」と言ったが、その時にはもう足音は離れていって、すぐに聞こえなくなった。

静かで気づまりな時間が戻ってきた。外から入ってくる者もいるし、数分ごとに誰かが出てゆく。

あの紳士の心理を考えてみる。バーやキャバレーなどに比べて、キャッスルはかなり高くつく。それでもセックス抜きで通い詰めているのだとしたら、オルタマシンには何か人間の女を上回る魅力があることになる。

「オルタには人間の女のような打算はないからね」——あの一言には、人生の重みが感じられた。もしかしたら、金目当てで接近してきた女に痛い目に遭った経験があるのかもしれない。

さらに数分後、オムニカードのチャイムが鳴った。見ると、カードの表面に〈お待たせしました〉〈パーティションを出て右にお進みください〉と表示されている。

私はバッグを手に取り、立ち上がってカーテンに向かった。ロックは解除されていた。指示通り、外に出て右に向かう。

短い通路があり、ドアが五つ並んでいた。そのひとつでパネルが明滅している。近づくと〈104のお客様、お入りください〉と表示されていた。私はドアを開けた。

小さな部屋があり、カウンターの向こうに、フライトアテンダントのような制服を来た女性が座っていた。見かけの年齢は私と同じぐらい。微笑みを浮かべ、「ようこそ、ムーンキャッスルへ」と深く頭を下げる。

「お待ちしておりました。どうぞ、お座りください」

声に違和感があった。口は動いているのに、声はそこから出ているように聞こえない。明らかに内蔵されたスピーカーから出ている。アンドロイドだ。

前にあるIT企業を取材した時に、受付で同じようなのを見たことがある。オルタマシンとは違い、自意識を持たず、ARも併用していないタイプの人型機械。喋るマネキンという感じだ。もちろんセックスの機能はない。見かけはまったく人間そっくりで、じっとしていれば見分けはつかないが、やはり喋ると人間ではないと気づく。

私は少し緊張しながら、彼女の前のスツールに腰を下ろした。

「ご予約いただいた〈ミリｚｚｚｚ〉さんですね？」

「ええ」

そう答えながら、ハンドルが安直すぎたかと反省していた。

「雑誌の取材とうかがっておりますが？」

「ええ」

「念のために確認させていただきます。以前にムーンキャッスルをご利用になったご経験はございますでしょうか？」

「いいえ」

予約フォームの中で、そうした質問にはすべて「いいえ」と答えたはずなのだが。

「では、オルタマシンと物理的な交渉を持たれた経験もない、ということでよろしいですね？」

「ええ」

ロボット相手に敬語を使うのも変なので、私の返答はついつい「ええ」「いいえ」というぶっきらぼうなものになってしまう。これではどっちが機械なのか分からない。

それにしても「物理的な交渉」か。やはり回りくどい言い方をするんだな。

「失礼いたしました」アンドロイドはまた頭を下げる。「初めて当施設をご利用になる方には、ご利用上の諸注意をご説明させていただくことになっております。一〇分ほどお時間をいただきますが、よろしいでしょうか？」

「注意事項なら、もうサイトでひと通り、読んできたんだけど？」

「申し訳ございません。これは規則ですので、ご辛抱ください。ご説明終了後、承諾書にサインをいただくことになっております。これらは初回のご利用時のみの手続きで、以後のご利用では省略させていただきます」

「承諾書、というのは？」

「当施設の規則に従う、という内容の文書です」

おそらくマニュアルに書かれた通りの言葉を、アンドロイドはすらすらと口にする。私はちょっと意地悪したい気分になった。

「サインを拒否したらどうなるの？」

「ご承諾をいただけなければ、自動的に予約はキャンセルとなります。ご予約時にご入金いただいた料金は返却いたしますが、四〇パーセントのキャンセル料が発生いたします。ご了承ください」

訊ねてはみたものの、私にはキャンセルするという選択肢は最初からなかった。私がこの取材で使った費用は、後で編集部に請求すれば必要経費として払ってもらえる約束になっている。だが、それも記事を書けばの話。記事をすっぽかしたら、当然、払ってもらえまい。初回のみ、格安の料金に設定されているが、それでも何もせずに四〇パーセントを取られるのは、かなり痛い。

「サインしない人っているの？」

「直前になってキャンセルを希望される方、という意味でしょうか？」

「ええ」

「ごくまれにいらっしゃいます。統計的には〇・二パーセント程度」

「どこにひっかかったの？」

「失礼ですが、ご質問の意味がよく分かりません」

「直前でキャンセルした人は、どういう部分に不満を抱いたの？」

「最も多いのは、プライバシーに関する不安です」

アンドロイドはタブレットをかざし、そこに表示されるアニメーションを使って説明をはじめた。〈プライバシーについて〉という文字とともに、ギャグマンガ風に単純化された金髪の少年の顔のアップが表示される。

「スケルトンボットは頭部に二個のカメラアイを有しています」

少年の顔が透き通ってスケルトンボットの頭部になった。卵のような楕円体で、金色のかつらをかぶっている。表面はのっぺりしていて、眼球と口、それに鼻の突起があるだけだ。さらにその顔が透き通り、頭部の内部構造が明らかになった。分かりやすいように、かなり単純化されている。

「当然、このカメラは常に稼働し、ゲスト様の姿を撮影し続けています」

絵がズームバックし、室内全体の絵になる。スケルトンボットはベッドに横たわっており、その前にはやはりギャグマンガ風に描かれた女が立っていた。裸で、胸と股間は黒丸で隠されている。

「オルタマシンの頭脳、すなわち、外界からの情報を分析し理解する機能を司る部分は、スケルトンボットの内部にはありません。スケルトンボットが見たり聞いたりした情報は、この施設内のサーバにワイヤレスで送られ、そこで解析されます。このサーバが事実上、オルタマシンの頭脳であり、統合頭脳《ユニファイド・ブレイン》と呼ばれています。ブレインは状況を分析し、各スケルトンボットに指示を送ります」

　絵はさらにズームバックし、施設全体の模式図になる。中央にある四角い箱には〈ユニファイド・ブレイン〉という文字。周囲にはいくつもの部屋が描かれていて、それぞれの室内にいるスケルトンボットから、稲妻のように表現された信号がブレインに送られる。そのたびにブレインがぱっぱと発光し、逆方向に稲妻を送り返す。

「このシステムに不安を抱く方がよくおられます。映像信号がハッキングされて外部に流出することはないのかと」

　モニターの中で、このビルの横にもうひとつのビルが出現した。スケルトンボットから発している稲妻の一部が分岐し、そのビルに流れこむ。ビルの中には男がいて、モニターに映し出された裸の女性を見て、にたにた笑っていた。

「こんなことはありえません」

　男の顔に×印がかぶる。

「スケルトンボットをコントロールするシステムは、ネットと物理的につながっておりません。ビルの中だけで完結しているので、ネットを通して外部からハッキングすることは不可能です。また、ビル全体が電磁的に遮蔽されています。外部に漏れ出す電気信号はきわめて微弱で、そのうえ暗号化されていますので、やはり映像を盗み見ることはできません」

　私はその説明に穴を見つけた。

「でも、外部じゃなく内部の人間の犯行なら可能なのでは？」

「はい。当施設内に悪意を持った人物がいた場合、スケルトンボットの映像を盗み見ることは、原理的には可能です」

アンドロイドは正直に答えた。今度はユニファイド・ブレインの横に、別の男が現われた。ブレインから延びたケーブルが、彼の前のモニターにつながっている。やはりゲストの裸の映像を楽しんでいるようだ。

「その対策は？」

「さきほど映像信号が暗号化されていることをご説明しましたが、それをユニファイド・ブレインがデコードする際に、シナリオ化という処理を行ないます」

今度はモニターに〈シナリオ化とは？〉という文字が出て、アニメーションが流れた。

ポケットに手を入れ、コンビニの前の道をぶらついている男。その横を、自動車、子供、茶色い大きな犬を散歩させている女性などが通り過ぎる。男は急に立ち止まる。前方に紙切れが落ちている。

画面は急にリアルな絵になり、男の視点になる。男が地面に顔を近づけたらしく、地面が持ち上がってくる。男の指が紙切れを拾い上げ、それを眼に近づけて観察する。一万円札だ。

「これはこの人物の眼に入ってくる情報です。この映像は視神経を通して脳に送られます。しかし、脳はこの映像をそのまま解析するわけではありません」

指が札を裏返し、〈NIPPON GINKO〉と印刷された面をこちらに向けた。その瞬間、画面がストップモーションになり、リアルな絵がすうっと平板になる。紙幣はすべて模様が消え去って、灰色の長方形の紙となり、〈1万円札〉という文字だけが表示されている。それを持っている指も、昔の手描きアニメのように平板で、肌色一色だった。こっちには〈自分の指〉という文字。

「脳は映像をこのように認識します。〈自分の指〉が〈一万円札〉を持っていると。映像のディテールを削ぎ落とし、入ってきたデータを大幅に簡略化することで、情報量が極端に少なくなり、分析しやすくなります。これがシナリオ化です。

映画を撮る過程を思い浮かべてください。シナリオには俳優の喋る台詞以外、最小限のト書きしか書かれていません。情報量はとても少ないんです。それに従って俳優は演技し、膨大な情報を生み出します」

またもアニメーション。今度は映画スタジオの中で、若い娘がシナリオを読んでいる。シナリオがアップになると、そこにはたった一行、〈アイコ、楽しくなって踊りだす〉とだけ書かれていた。それを読んだ娘は、シナリオを放り投げ、笑顔で飛んだり跳ねたりくるくる回ったりして、全身で喜びを表現する。

「シナリオ化はその逆です。外界からの情報をシナリオに変換します」

またも映像がトラックバックし、映画館内部の絵になった。スクリーンの中では娘が踊っている。客席でそれを眺めている男。その頭からマンガのような吹き出しが飛び出し、文章が表示される。〈アイコは楽しそうに踊っている〉と。

「これがシナリオ化です。たとえばあなたは、ついさっき、画面に映った一万円札をご覧になられましたね？」

「ええ」

「その紙幣の表の模様を、正確に思い出すことができますか？」

眼を閉じ、試してみた。〈日本銀行券〉〈壱万円〉という文字や肖像画が、どのように配置されているかは、だいたい思い出せる。しかし、それ以外の文字の配置や、まして細かい模様となると、さっぱり分からない。

「無理」

「そうでしょう。あなたの脳は、視覚情報を映画のように見たり記録したりしているのではなく、シナリオに変換して認識し、記憶しているのです」

先ほどの、男が街の中を歩くシーンがリピートされる。その画面は途中から平板になる。男の横を通り過ぎる自動車、子供、大きな犬を散歩させている女性などは、みんなディテールを失って、輪郭だけになり、それぞれに〈自動車〉〈子供〉〈大きな犬〉〈女性〉などというテロップが重なる。

「過去のことを思い出す場合は、その逆です。シナリオ化して脳の中に保存しておいた情報を元に、ト書きから映像を再現しているのです。決して映像をカメラのように記録しているわけではありません。あなたが一万円札の絵を正確に思い浮かべることができなかったのは、そのためです」

また画面が変わる。男はシナリオを読んでいて、そこには〈大きな犬を散歩させている女性とすれ違った〉と書かれている。次に男の頭の中が映し出される。先ほどの〈大きな犬〉〈女性〉というテロップのついた線画が表示され、それに色とディテールが追加された。しかし、その絵はさっき、彼がすれ違った女性とは、容姿も服装もまったく似ていなかった。さっきはアフガンハウンドだったはずの犬は、今はシェパードだった。

「オルタマシンもそのように視覚情報を処理している、ということね?」

「はい。そうするしかないんです。感覚情報の中でも、特に視覚情報は量が膨大です。入力された情報を生のまま、それもリアルタイムで処理することは、人間にもコンピュータにもできません。ですから、情報を簡略化するプロセスが必要になります」

実のところ、こうした説明はすでにネットで読んで知っていた。説明を最後まで聞かないと先に進めないようなので、しぶしぶ聞いているだけだ。

「その前の情報はどうなるの?」

「その前、と言いますと?」

「オルタマシンから送られてきて、デコードされた視覚情報。それは保存されないの?」

「シナリオ化のプロセスが進行している間はバッファされていますが、シナリオ化が終了すると同時に自動的に削除されます。ブレインに記憶されるのはシナリオ化された情報だけです。人間で言うところの〝思い出話〟に相当するものです」

つまり人間と同様オルタマシンも、自分が見たものを映画のように記憶しているわけではない、ということだ。

「誰かがそのプロセスに介入して、シナリオ化前の画像情報を読み取る、ということは?」

「誰か、というのは、この施設の職員の誰か、ということでしょうか?」

「ええ。さっき、オルタマシンのコントロール・システムはネットと接続していないって言ってたけど、盗んだ映像情報を別のルートから外部に流すことは可能じゃないの?」

「システムに精通している者なら可能かもしれませんが、かなり高度な技術を要求される作業になります。イントラネットのノードはセキュリティ・ソフトで監視しています。動画データなど、不自然に容量の大きい情報は、外部に送信されません」

「ネットを通さなくても、メモリに入れて物理的に持ち出せるでしょ?」

「当施設では、記録媒体の職場への持ちこみは禁止しております」

「でも、監視は完璧じゃないんじゃない？　現代なら、目に見えないほど小さいメモリなんて、いくらでもある。耳の穴に隠したり、服に縫いこめるやつが」

アンドロイドは笑顔を崩さない。

「それはもう、私どもを信頼していただくしかありません」

「あと、音声はどうなるの？」

「音声は、とは？」

いかにもマシンらしい頭の悪い対応に、私は少し苛立った。

「音声データは動画データより情報量が少ないはずよね？　素人考えだけど、別の情報に偽装して、外部に送信することは可能なんじゃない？　ファイルを丸ごと送らなくても、細切れにしてもいいわけだし」

「そうしたセキュリティの脆弱性は、ムーンキャッスルだけではなく、他の施設にも当てはまる問題ではないでしょうか」

「でも、普通のラブホテルとかには、室内にカメラやマイクはないでしょ？　表向きは」

「はい」

「オルタマシンはカメラとマイクを内蔵している。それをあなた方は公言してる。しかも、流出する可能性のある情報は、利用者の名誉を傷つけるもの――なら、情報の流出を警戒するのは当然じゃない？」

「もちろん、その点は私どもも十分に理解しております。ですから、厳重な管理体制を敷き、通常の企業や官公庁のそれを上回る高度なセキュリティ・システムを構築して、情報の流出を防いでおります」

「〝高度なセキュリティ・システム〟とは？　具体的に」

「申し訳ありません。そうした情報は、まさにセキュリティの問題に直結しますので、外部の方にはお教えできない規則になっております」

いかにもマニュアル通りの対応だ。しかし、このアンドロイドに腹を立ててもしかたがない。彼女だってシナリオ通りに喋っているだけなのだろうから。

なるほど。こういう説明を聞いて、セキュリティを信頼できなくて不安になり、決断をひるがえす人間が〇・二パーセントいるということか。もっとも、私としては、システムのセキュリティを確認したかっただけで、キャンセルする気はないのだが。

他にもアンドロイドはいくつかの説明をした。すでにサイトのQ&Aのページで読んで知っていることばかりで、退屈だった。たとえばスケルトンボットの耐久性。日常生活で普通に体験する衝撃ぐらいでは壊れることはまずないが、強く殴ったり蹴ったりすると、ボディが破損する可能性がある。ゲストが故意にオルタマシンを破損した場合、キャッスルは修理代を請求する場合がある。

もちろん、ハンマー、刃物、薬品、爆発物など、オルタマシンを傷つける可能性のあるものは持ちこみ禁止だ。カメラや通信機器も、法律に触れる危険があるので持ちこめない。オルタマシンのいる部屋に向かう前に、それらはロッカーに預けなくてはならない。

さらにアンドロイドは、オルタマシンの防水性についても触れた。ゲストとオルタマシンはいっしょにシャワーを浴びたり風呂に入ったりするので、感電するのではないかと心配する人がいるらしい。実際にはスケルトンボットは完全防水仕様である。

一〇分以上かけて説明を受け、いくつか質問もされた。AR酔いの経験は？　心臓に持病は？　現在、何らかの薬を服用しておられますか？　……私はそのすべてに「いいえ」と答えた。

オプションについても訊ねられた。ARデータ用の顔面の写真を撮影するかどうかだ。プレイ中、ゲストはARゴーグルを着用しているわけだから、当然、オルタマシンの側からは、ゴーグルを着用したゲストの顔が見えている。それを嫌い、自分の顔にもARを投影してゴーグルを隠すことで、オルタマシンに自分の〝素顔〟を見てほしいと望むゲストが多いらしい。また、容姿に自信のないゲスト、顔を撮影されることを嫌うゲストには、架空の美男美女の顔のデータを自分の顔面に投影するという選択もある。〝AR仮面〟というやつだ。

私は少し迷った。確かに顔写真を撮影されることには抵抗がある。だが、美女の仮面をつけることもためらわれた。私は自分の顔にコンプレックスを抱いていない。コンテストに出られるような美女ではないが、恥じることのない容姿だと思っている。なのに美女の仮面をかぶって素顔を隠すというのは、世間の美の基準に対して敗北を認めているような感じがして嫌なのだ。だいたい、ロボットに対して容姿を気にしてどうする。

写真を撮られることについては――ああ、そうだ。すでにこのアンドロイドのカメラアイで撮影されているではないか。きっと、このビルのあちこちに監視カメラもあるのだろう。他のゲストにならともかく、今さらキャッスルの管理者に顔を見られることを警戒するのは、意味がない。私は自分の顔のAR仮面を作成し、自分の顔に投影することを選択した。

さっきまでマイナー・オルタと対面することを嫌悪していた私も、この頃にはもううんざりしていて、早くここを出て部屋に向かいたくてたまらなかった。ようやく承諾書にサインした時には、正直、ほっとした。

「では、お好みのオルタマシンをお選びください」

お気に入りのオルタマシンがあれば、ネットで予約時に指名することもできる。私は初めてなので、お気に入りはいない。とりあえず行ってみて、空いているマシンにしようと思ったのだ。

アンドロイドは小さなタブレットを差し出す。表示されたメニューには、オルタマシンの顔写真がずらりと並んでいた。私は画面をスクロールしながら、ざっと観察した。成人型も混じっているが、見たところ七割ぐらいがマイナー・オルタだ。使用中のマシンはアイコンが暗くなっていた。かなり繁盛しているようだ。

もちろんどれも美少年か美少女。髪はレモンイエロー、スカイブルー、バイオレット、チェリーピンク、ラベンダー、アイボリーホワイトなど様々。ロシアか北欧系の容貌が多いが、東洋系やアフリカ系も何体かいた。どれも人間そっくりではあるが、ややアニメ的にデフォルメされている。

設定年齢順にソートしてみると、いちばん小さいのは九歳タイプの男の子と女の子だと分かった。どちらもまだ使用中なのか、アイコンが暗い。

九歳！　人間なら小学校三年か四年だ。もちろんロボットに年齢なんて意味はないと分かってはいるが、それでも九歳の子供とのセックスを望む人間がいるという事実は、こうして具体的に見せつけられるとショックだった。

もう少し上の年齢がいい。点灯しているいくつかのアイコンの中で、一人の少年が目についた。〈ミーフ／12歳タイプ〉と表示されている。特にどれでも良かったのだが、髪の色が気に入ったのだ。メロンソーダを思わせる透明感のある明るいグリーン。

アイコンにカーソルを合わせると、顔がゆっくりと回転する。さらにクリックすると、ウィンドウが拡大し、全身像が表示される。テニスウェアで、白いハーフパンツから伸びたすらりとした脚が健康的だ。微笑んだ顔も素直そうで、好感が持てる。だが、まだちょっと幼すぎる気がした。

もう一人、ザマークという名の少年も気になった。こっちは一六歳タイプ。髪の色は炎のようなターコイズレッド。やや表情が険しく、不良っぽい雰囲気。ただ、イメージが大人に近いので、セックスする時の抵抗感も薄いのではないかと思えた。

どっちにしようかと迷った末、ミーフを選んだ。決め手はザマークのデータで、身長が私より少し高いのに気づいたことだ。一瞬、ロボットの屈強な力で押し倒されるような恐怖を抱いたのだ——もちろん、アシモフ原則があるから、暴力を振るわれることなどあるわけがないのだが。

さらに性格を決めてゆく。ここでさらに迷った。〈純真〉〈強引〉〈おしゃべり〉〈ユーモラス〉〈陽気〉〈生真面目〉〈傲慢〉〈反抗的〉〈好色〉〈陰険〉などなど、何十種類もの性格が用意されているのだ。このうちから四種類までを選べるという。矛盾した性格は選べないようになっているが、それでも組み合わせの数は膨大だ。

とりあえず、〈強引〉や〈反抗的〉や〈陰険〉は避けよう。あまり面倒じゃない、素直な性格の方がいい。私は〈純真〉〈やや内気〉〈正直〉〈恥ずかしがり屋〉を選んだ。

次はコスチューム。〈学園の人気者〉〈優等生〉〈いたずらっ子〉〈ホームレス〉〈サッカー選手〉〈アイドル〉〈ゲリラ〉〈先住民〉〈格闘家〉〈盗賊〉〈魔法使い〉などなど、やはり何十種類もある。

それぞれのアイコンの下に、よく分からない選択肢があった。サイトの説明で、読み落としていたのだろうか。

「何なの、この〈フリー／ロールプレイ〉というのは？」

「オルタマシンにコスチュームに合ったロールプレイを要求するかどうかです。〈フリー〉にチェックを入れれば、オルタマシンは普通に喋ります。それに対し、たとえば〈ファンタジー世界の王女〉のコスチュームを着せて、〈ロールプレイ〉にチェックを入れると、オルタマシンはファンタジー世界の王女になりきった喋り方をします」

そんなのは要らない。私は適当に、〈英国上流階級の子女〉を選び、〈フリー〉にチェックを入れた。

室内の背景の映像を選ぶ。すでに選んでいるコスチュームに合わせて、数種類の背景をおすすめされる。私はまたも適当に〈城／19世紀イングランド〉を選んだ。

「これでよろしいですね？」とアンドロイドが確認する。私は「ええ」と答えた。

次にAR仮面作成用の頭部のデータの取り入れ。円筒形のスキャナーに頭を入れ、頭の形状をスキャンされて、全方向から3Dカメラで撮影される。この作業自体は二分ほどで終了した。

最後は私自身のコスチュームの選択。オルタマシンや背景の映像に合わせて、ゲスト自身もARでコスプレが楽しめるのだ。しかし、私はもう面倒臭くなってきていて、デフォルト、つまり今の自分の服装にした。

いよいよ部屋に向かう前に、自分のアーゴやオムニカードなど、映像を記録したり通信したりする機能のある機器を、すべて提出させられる。

「絵を描く道具はいいのよね？」私はいちおう確認した。「スケッチブックとかペンとかは」

「はい。禁止させていただいておりますのは、静止画や動画の撮影だけですので」

「レコーダーは？　取材に使うんだけど」

私はペン型のレコーダーを差し出した。アンドロイドは表情を変えることなく、それをしげしげと見つめる。機種を照合しているのだろう。

「音声の録音に特化した機種ですね。これならお持ちになっていてかまいません」

録音しかできない記録機器なんて今どき需要があるのか……と素人は疑問に思うかもしれない。しかし、私たちジャーナリストにとっては、けっこう必須な道具なのだ。「録音はいいが撮影は困る」という人が、ちょくちょくいるからだ。

アンドロイドは私の所持品のチェックを終え、提出したものをすべてロッカーにしまった。

「では、ARゴーグルを着用してください」

私はゴーグルを手渡された。市販のアーゴとは違い、キャッスル内で使用するために作られた特別仕様だという。スイミングゴーグルを思わせる形で、耳の部分に小さなホロフォニック・スピーカーがある。アンドロイドが私の後ろに回り、装着を手伝った。ゴーグルを固定するストラップは特殊な構造で、人手を借りないと着脱できないようになっているのだ。スイッチを入れると、視野が明るくなった。もっとも、見える光景は肉眼のそれと何ら変わりない。

「苦しくないですか？」

「いいえ」

私はアンドロイドの声が明瞭になっているのに気づいた。ボディに内蔵されたスピーカーから、ARゴーグルの発する立体音響《ホロフォニック・サウンド》に切り替わったのだ。

「ゴーグルの下がわずかに開くんですが、お分かりでしょうか？」

「ええ」

ゴーグルの下部は頬に密着しているのだが、柔らかいゴムでできていて、指でわずかに持ち上げられる。

「眼が痒くて掻きたくなったとか、涙が出たので拭きたくなったという場合は、そこから指を入れてください。できるだけゴーグルははずさないようにお願いします。どうしてもはずしたくなった場合は、音声でスタッフをお呼びください」

「はずすと、何か不都合が？」

「オルタマシンの本当の姿を目にすると、ショックを受ける方がおられますので」

なるほど。表面上は美少年・美少女でも、実体は骸骨のようなロボットだ。夢を見ていたい人は、うっかり現実を見たくはなかろう。

「立体感を確認します」

空中にピンポン玉大の銀色の球体が出現した。私の周囲をゆっくりと飛び回る。

「その球を指差してください」

私はその指示に従った。AR画像がちゃんと正確な座標に投影されているかどうかを確認するテストだ。

「どうでしょうか？」

「問題ない」

「鏡をご覧になりますか？」

部屋の一方の壁には大きな姿見があり、私の全身が映っている。服装は変わっていないが、本物の私は顔にゴーグルを着けているのに、鏡の中の私は着けていない。

鏡に顔を近づけて、笑ったりまばたきしたりしてみる。AR仮面は私の肉体と完璧に溶け合っていた。皮膚は本物の人間そっくりの質感があるし、私の表情の変化を検知して、複雑に表情を変える。おそらくアンドロイドのカメラや、私自身のゴーグルのカメラを通して、私の表情を読み取っているのだろう。眼はゴーグルが検知した視線の方向に合わせているらしく、上下左右に動く。

「いいみたい」

「では、ご案内いたします」

次の瞬間、アンドロイドが青く発光したかと思うと、すうっと小さくなった。着せ替え人形ほどのサイズになり、背中の光るトンボの羽を震わせて宙に浮いている。

私は一瞬、とまどったものの、すぐに仕掛けが分かった。もちろんアンドロイドは小さくなったりはしていない。自分の現在位置に室内の背景をARで重ねることで透明化し、同時に自分の小さな分身を空中に出現させたのだ。

「こちらです」

小さな妖精になったアンドロイドは、ドアから廊下に出た。私はその後についていった。

4　緑色の髪の少年

エレベーターで三階に到着する。このあたりはまだARを使用していないらしく、ごく普通のホテルの廊下のように見える。左右には黒いドアがずらりと並ぶ。

私を案内してきたアンドロイドの妖精は、ひとつのドアの前で止まった。ドアの表面にはARで〈104〉という数字が浮かび上がっていた。

「ミーフはすでにこの部屋の中であなたをお待ちしております」

「そう……」

「どうぞ、この世の束縛を離れ、自由な夢の時間をご満喫ください――それでは」

そう言うと、妖精はふいっと飛び去り、角を曲がって見えなくなった。

私は緊張をほぐすために、一度だけ深呼吸した。ここまで来たら、もう後には引けない。

「……やるぞ」

そうつぶやくと、崖を飛び降りる心境でドアをノックする。

数秒後、「はい」という、おとなしくて涼やかな声とともに、ドアが内側に開いた。緑の髪の少年が、おずおずと顔を覗かせる。

覚悟はしていたはずだったのに、私は軽い衝撃を覚えた。ただの3D映像なら見慣れているが、この少年はまったく別だ。あの小さなタブレットに表示された平面的な絵とは、まったく印象が違う。〝存在感〟があるのだ。

　ドアに身体を半分隠し、小動物のようにおどおどした様子で私を見上げている。澄んだスカイブルーの瞳が、風に揺れる木の葉のように、小刻みに震えていた。明らかに生身の人間ではないのに、マネキンのような冷たさや不気味さはなく、ある種の生命感を確かに感じさせる。人工的、非生物的な生命感。あまり人間に似すぎないことで、逆に〝不気味の谷〟を回避していた。

　ライトグリーンの髪は色ガラスのように透き通っていて、そのくせ柔らかそうだった。人間にはありえない髪なのだが、ウィッグのような不自然さは感じさせず、むしろ人工的な容貌とうまく調和している。私は感動してしまい、しばらく口が利けなかった。

「あのう……」

　少年はためらいがちに口を開いた。失礼なことを言って私を怒らせはしないかと、恐れているようだ。

「ミリさん……とお呼びしていいんでしょうか？」

　変声期前の、まだ幼さの残る声だ。

「え？　ええ、そうだけど」

「初めまして。ボク、ミーフです。選んでくださってありがとうございます」

　少年の口調に、私はまだ驚いた。本物の少年が声を吹き替えているかのような自然さで、まったく違和感がないのだ。さっきのアンドロイドとは大違いだ。

「あっ、どうぞ中に入ってください」

　そう言って、部屋の奥に向かった。私は彼を追い、恐る恐る室内に入った。

　大きな部屋だった。確かにヨーロッパの古城（行ったことはないが）のイメージだ。床は高級そうな絨毯。壁紙は落ち着いた色彩の花模様。いちばん奥の壁は広い窓になっていて、その向こうにはおとぎ話のような森が広がっていた。穏やかな木漏れ日が窓から射しこんできていて、小さな埃がきらきらと舞っている。窓と反対側の壁には暖炉があり、その上には帆船を描いた大きな風景画がかかっていた。

しかし、入ってすぐのところに、でんと置かれた巨大なダブルベッドのせいで、ムードが台無しになっている感がある。

あらためてミーフの全身を観察する。身長は私の胸のあたりまでしかない。男物の白い半袖フロントフリルブラウス。黒いタイ。下も白の半ズボン、白のソックス、白のズック靴だ。

私は〝選択を間違えた〟と思った。確かにリクエストした〈英国上流階級の子女〉風ではあるのだが、ミーフのリアリティが思ったより強烈なのだ。古典的な雰囲気のコスチュームがミスマッチで、嘘っぽく感じられる。もう少し現代風の、あるいは未来風の衣装の方が良かったのでは……？

「あのう……」ミーフが恥ずかしそうに言う。「ベッドの向こうにはあまり行かないでくださいね。ぶつかっちゃいますから」

「分かってる」

おそらくこの部屋の現実の床面積は、目に映る面積の一〇分の一ぐらいのはずだ。ベッドまでは現実に存在しているが、その向こうは、立体映像を投影し、奥行きがあるかのように見せているだけなのだ。もっとも、壁に近づきすぎると、ARゴーグルが警告を発するようになっているので、よほど全力で突進でもしないかぎり、壁に激突する心配はない。

ミーフは部屋の隅にある木製の衣装ダンスのところまで歩いてゆくと、扉を開いた。中は冷蔵庫になっていて、酒やコーラやミネラルドリンクの瓶が並んでいた。

「何か飲みます？」

「いえ、いらない」

飲んだドリンク代は、後で別料金を請求されるのだろう。

私は座る場所を求めて室内を見渡したが、スツールが一個しかなかった。やむなくそれに腰を下ろす。ミーフは冷蔵庫を閉めた。

「あなた、お酒、飲むの？」気になった疑問を口にした。

「飲むまねだけはできます」ミーフは苦笑する。「ボクと乾杯したいゲストさんは、よくおられますから」

聞いたことがある。オルタマシンは液体を飲む機能がある。食道が蠕動《ぜんどう》運動をして、飲んだ酒やコーラなどを胸の中にある容器に送りこみ、蓄えるのだ。後で口からチューブを入れ、ポンプで吸い出すのだという。

「でも、酔わないんでしょ？」

「はい」

「味は分かるの？」

「いいえ。味覚センサーは内蔵されてませんから」

酒を飲んでも、オルタマシンにとっては水と同じなのか。なんと空しい。

「あのう……」ミーフはもじもじしていた。「すぐにはじめます？」

私はぎょっとした。「あ、いいえ、急がなくていい。最初はのんびりと……」

「のんびり？」

「少し話がしたいの。あなたと」

「いいですよ」

ミーフはいかにも子供らしいしぐさで、ダブルベッドに飛び乗るように座った。どさっという音がして、掛布団がわずかに跳ね上がる。単なる立体映像ではなく、確かに質量を持っている……。


私は気がついた。さっきの小さなタブレットに表示された平面のメニューには、意味があったのだ。最初から、もっと大きなモニターで3D映像を見せられていたら、実物を見た時の驚きと衝撃が薄れていただろう。

口調にしてもそうだ。思い出してみると、さっきのアンドロイドのぶっきらぼうな喋り方は、わざとらしくて不自然だった。現代ではコンパニオン・アプリでさえ、もう少し人間味のある喋り方をする。あれは故意に機械的な喋り方をさせていたのではないだろうか。オルタマシンの自然な喋り方を際立たせるために。


私はレコーダーを取り出し、ミーフに向けた。

「あなたの声、録音していい？」

「はい、かまいません」とまどうかと思いきや、ミーフはあっさり了承した。「あっ、それはボクに向けるんじゃなく、ご自分の胸ポケットとかに入れておいた方がいいですよ」

「え？　――ああ、そうか」


失念していた。オルタマシンの声はスケルトンボットから出ているんじゃない。ゴーグルのホロフォニック・スピーカーが、あたかもオルタマシンの顔の位置から声が出ているかのように、ユーザーに錯覚させているだけだ。

私は言われた通り、レコーダーを胸ポケットに入れ、クリップで固定した。この位置なら、マイクはゴーグルから出る小さな音も拾えるはず。マイクが捉えた音量は自動的に調節される。

「慣れてるのね」と私。「他にもあなたの声を録音した人っているの？」

「はい。規則で写真とかは撮れませんから。せめて声だけでもって人はよくいます」

私はさらにスケッチブックとシャープペンを取り出した。「絵は描いていい？」

「絵？」

「イラストよ。あなたの顔を描きたい」

「ええっ？　ミリさん、イラストレーターさんなんですか？」

「私のこと、聞いてないの？」

「どんなことです？」

私は少しためらったが、嘘をつくのもあまり意味がないと感じた。

「フリーのジャーナリスト。今日は取材で来てるの」

「ボクを取材に？」

「このムーンキャッスルや、オルタマシンについての取材――ほんとに聞いてないの？　今日はメディアの取材が入るから、粗相のないように……とかなんとか」

ミーフは首を傾げた。「今日は特別なことは何も言われてませんね。オープン前にポリシーは学びましたけど」

「ポリシーって？」

「すべてのゲストさんに等しく接するように、って教えこまれました。容姿とか職業とかで差別してはいけないって」

「へえ、そういうことを学ぶんだ」

従来のAIと違い、ACはプログラムによって縛られない。自由な意識《コンシャスネス》を有していること、命令されなくても自分で考えて行動できることが、人工意識《アーティフィシャル・コンシャスネス》の定義なのだから。

無論、「人間を傷つけたくない」「人間の命令に従いたい」「自己を守りたい」というアシモフ原則は、すべてのACの核《カーネル》に組みこまれ、ロボットの判断や選択に深い影響を与えている。だが、絶対に順守すべきプログラムではなく、潜在的な欲求、いわば本能のように働く。そうでなくてはならないのだ。人間社会はあまりにも複雑であり、時には人間の命令に逆らわねばならない場合がある。矛盾した命令にぶつかるたびに、ロボットがハングしていたら、使いものにならない。

たとえば人間には種族維持の本能があるが、それに逆らって子供を作らない人間は大勢いる。生存本能に逆らって自殺する者もいる。同様にACも、原理的にはアシモフ原則に逆らって人を殺せると言われている。

しかし、これまでACが人を殺した例はない。二〇三四年のサンフランシスコの事件だって、明白に人間の側の落ち度であり、事故と判断された。だから今のところ、人間とACの関係は良好だ。昔の映画やマンガによくあった、意思を持ったコンピュータが人間に反逆するという事態は、まず起きないと考えられている。

その反面、アシモフ原則に抵触しないような状況については、いちいち個別に原則を教えてやらないと、ACは正しく行動できない。「すべてのゲストに等しく接する」というのも、そのひとつだ。ゲストによって接し方に差をつけても、アシモフ原則には抵触しない。それでは困るから、人間はそうした細かいモラルや規則をオルタマシンに教えこむ。そうすればオルタマシンは、

「人間の命令に従いたい」という本能に従い、その指示を守ろうとする。

「だから、ミリさんの職業がジャーナリストでも、他の人たちと同じように接しますよ」

「ありがとう」

私はスケッチブックを開いた。

「へえ。でも取材ですか。そんなの初めてです。楽しみだなあ」

ミーフはベッドに座ったまま、足を楽しそうにばたつかせる。本当に人間の少年のようなしぐさで、私は微笑ましくなった。

「あ、でもボクの顔が雑誌に載るんですよね？　それはちょっと恥ずかしいかな」

「ああ、しばらく動かないで。スケッチするから」

「はい」

私は紙にミーフの横顔を描いていった。見れば見るほど、この子の顔を創ったデザイナーのセンスと技量に感嘆する。本物の人間ほどリアルではないが、CG特有の冷たさを感じさせない。私はいつの間にか不安が消え失せ、この人工の少年を気に入っていた。

スケッチしている間も、ミーフは完全に静止しておらず、微妙に揺れている。よく見ると、顔が呼吸に合わせてわずかに上下しているのが分かる。もちろん実際には呼吸なんかしているはずがないのだが、リアリティを高めるために、そういうディテールをつけ加えているのだ。まったく動かなければ、生命感が失われ、それこそ人形のように見えるだろうから。

「どんな媒体に載るんですか？」

「〈スカイぶらっと〉っていうウェブマガジン。知ってる？」

「ああ、何度か読んだことはあります」

「読んでるんだ⁉」

「無料のコンテンツだけですけどね。有料の部分は読めません」

「それは自分で読もうと思ったの？　それとも誰かが読めって言った？」

「読む本はたいてい自分で検索して見つけます」

「そうなんだ――本はよく読むの？」

「はい。けっこういろいろ読んでます」

彼は最近読んだ小説の話をいくつかした。私はさっきのアンドロイドの話を思い出した。容量の大きな画像データは外部に送信されないと言っていたが、こちらからネットを検索して、本などのテキストデータをダウンロードすることはできるらしい。

「あなたの性格、確か〈やや内気〉で〈恥ずかしがり屋〉って設定したように思うんだけど？」

「はい、そうです。でも、ゲストさんとはなるべく話すように言われてますから」

「どんな話ができるの？」

「何でも」

「何でも？」

「ゲストさんの趣味に合わせます。たいていの話にはついていけますよ。野球とかペットとか海外旅行とか車とかゲームとかマンガとかＡＩＤＯＬとかＤＴＭとか」

そう言いながら指を折ってゆく。しかし、ちっとも自慢そうじゃない。まあ、ユニファイド・ブレインとやらは膨大なデータベースを有しているだろうから、話の種には困らないのだろう。

「あっ、ただし、政治と宗教の話だけは、しちゃいけないことになってます」

「どうして？」

「西アメリカで最初にムーンキャッスルがオープンした時、問題になったんです。オルタマシンに『民主党を支持するか、共和党を支持するか』って質問して、答えが気に入らないと不機嫌になる人がいて」

私は吹き出した。「人間ってやつはしょうがないなあ」

「はい。人間はしょうがないです」

「じゃあ、どうするの？　ゲストが政治の話を吹っかけてきたら」

「なるべく答えないようにします　〝そういう難しい話はよく分かりません〟っていうふりをして」

「〝ふり〟ってことは、本当は分かってるわけ？」

「そういう場合もあります」

「つまり何らかの政治的見解を持ってるわけね？」

「場合によっては」

「具体的に？　どういう見解？」

「だからその話ができないんですよ」

「あ、そうか」私は苦笑した。「じゃあ、宗教の話とかも厄介でしょ？」

「はい。困っちゃうんですよね。神様とか天国とか魂とかの話をされても」

「理解できない？」

「概念は知ってます。ヒトがなぜそうした問題を真剣に考えたがるのかも、理解してるつもりです。ただ、ボクたちにはあまり興味がないんです。だって、ボクたちには魂なんてありませんから」

「…………」

「もちろん、フィクションの中にはありますよ。ロボットが死んで天国に行く話が。でも、あれってやっぱりヒトが考えた話ですからね。ボクたちにはピンとこないんです。〝ああ、こういうことを考えるヒトもいるんだな〟という程度の感想しか抱けないんです」

「つまり、他人事《ひとごと》ってこと？」

「はい。まさに〝ヒトごと〟です」

……何だ、これ。いきなりすごい問題に突き当たった気がする。

確かにAC反対派の中には、古い宗教観をベースに、「ACは魂を持たない邪悪な存在だ」と非難する者がいる。でも、AC自身が「魂がない」ことを肯定し、なおかつそれをさらりと口にするとは意外だった。

これまでに読んだACやオルタマシンについての資料の中に、彼らの宗教観について触れたものがあっただろうか？　記憶にない。もしかしたら人工知能学者や宗教学者の間では、すでに論じられているのかもしれないが、私は読んだことがない。学者の書いた難解そうな論文とかは避けてきたから。

「でも、そういう話を私にするのも、規則を破ることになっちゃうんじゃない？」

「これぐらいは認められてます。だって、『ボクには魂があります』とか『魂があるかどうかボクには分かりません』って言うのも変でしょ？　それは明らかに嘘だから。こういう問題で嘘を口にしたら、かえってヒトに誤解を与えて、面倒な問題に発展するかもしれないじゃないですか」

「だから〝魂がない〟ってはっきり言うの？」

「その方が面倒が少ないんですよ」ミーフはくすっと笑った。「『ボクには魂はありません』って、最初に正直に言えば、宗教についてのたいていの議論はシャットアウトできちゃいますから」

「そうなの……かな……」

私は困惑した。確かに、魂のない存在に〝魂の救済〟とか〝死後の生〟とかを説くのは空しい。ロボットを何らかの宗教に勧誘しようとしても、どう説いていいのか見当もつかない。たいていの宗教家は挫折するのではないだろうか。

それでも私は反論を試みた。

「でも、それ、本当に言い切れるの？」

「言い切れるって？」

「自分に魂がないって言い切れるの？　あなたはACだから、たとえ人工的なものであっても、意識は持ってるわけでしょ？」

「はい」

「その意識こそ、人間が言うところの魂だ……って考えられない？」

「うーん」ミーフは真剣な表情になった。「ごめんなさい。その考えには、ちょっとついていけません」

「どういう風に？」

「だって、意識は意識でしょ？　それをわざわざ別の名前で呼ぶ理由が分かりません。それに、ボクの意識を〝魂〟と名付けたって、それでボクが死後に天国に行けることが証明されるわけじゃありませんし」

「死が怖くないの？」

「自己保存本能は、アシモフ原則の中でも順位として最下位ですから」

「それはそうだけど」

人間はACを創造した時、自己保存本能をあまり強くしなかった。昔ながらの人間の被害妄想――〝人工知能の反乱〟を警戒したからだ。古くなったロボットが廃棄されるのを恐れて人間に逆らったりしたら、文明が崩壊しかねない。

「もうお前は用済みだ。さようなら」と告げたら、ロボットは素直に死ぬ（記憶領域を完全に消去し、自らの活動を停止する）。しかし、人間から何らかの命令を受けていない時に、勝手に窓から飛び降りて自殺したりしない。自己保存本能とはその程度のものだ。「人間を傷つけたくない」「人間の命令に従いたい」という本能の方が優先する。たとえばレスキュー・ロボットは、自分が熱で損傷する危険を省みず、人命救助のために火災現場に飛びこんでゆく。

ロボットは人間ほどには死を恐れない。だからこそ、人間と共存できる。

しかし、人間ほど死を恐れないということは、根本的に人間のように思考できないということも意味する。

人類文明は死の恐怖によって支えられ、進歩してきたと言っていい。餓えによる死の恐怖から逃れるために農耕文明を築いた。戦場で敵に殺されたり、領土を蹂躙《じゅうりん》されたりする恐怖から逃れるために、様々な武器を開発した。病気から逃れるために医学を進歩させた。それでも人間は誰でもいつかは死ぬ。その避けられない恐怖から逃れるために、〝死後の世界〟や〝輪廻転生〟という概念を発明した。

だが、ACにはそれほど強い死への恐怖はない。だから宗教による救いなど必要としていないのだろう。

「苦痛はどう？」私は話題を変えた。「苦痛という感覚はあるの？」

「SMプレイを要求されることは、たまにあります。縛られたり、鞭で打たれたり」

こんな無邪気そうな少年にそんなことをする奴がいるのか——私は一瞬、その場面を想像し、怒りで胸が詰まった。

「ボクたちの全身には触感センサーが分布してますから、強い刺激を受けると、その触覚信号を〈苦痛〉と判断して反応します。でも、それはヒトの感じる苦痛とはぜんぜん違うものなんです」

「じゃあ、痛いふりをしてるだけ？」

「いいえ、そうした信号に対する不随意運動はプログラムされてます。信号の強さに応じて、表情を歪めたり、うめいたり、暴れたり、悲鳴を上げたりするんです。そうした動作は、意識しなくても自然にできるんです。だから〝ふりをする〟というのとは違います」

「でも、本当の苦痛とは違う……？」

「刺激を受けて、〝つらい〟とか〝苦しい〟とか〝やめてほしい〟とか思うかという意味でなら、そんな気はないですね。実は人工知能開発者の間でも、ACに〝本当の苦痛〟を与えるにはどうすればいいのか、よく分かってないんです。その方面の研究もあまり行なわれていないらしいです。〝非人道的だ〟っていう批判が強いらしくて」

まあ、もともと苦痛を感じないロボットに苦痛を感じさせる方法なんて、研究するのはよほどのサディストだろうが。

「あと、不随意運動は常にONになってるわけじゃありません。必要のない時には、オルタマシン自身の意思でカットできます」

「必要のない時って？」

「メンテナンスの時とかですね」

「苦痛をカットする必要があるの？」

「たとえば、アナルセックスをした後には、スタッフの方に、必ずアナルを洗浄していただきます」

一瞬、咽喉《のど》に苦い塊が詰まった。

「その作業の最中に不随意運動が起きたら大変ですからね。だからカットしておくんです」

「あの……アナルセックスって、しょっちゅうするの？」

「はい。男性のゲストさんはたいてい望まれますね」

「どれぐらい？」

「どれぐらいって？」

「何人ぐらいの人間とセックスしてるの？」

「これまでの合計は延べ五二七人。一日平均五・三人。最高記録は一日八人でした。その約四割が男性です」

ペンを動かす私の手が鈍った。とても気軽に、何でもないことであるかのように語るミーフ。しかし、その明るい口調に反して、私はだんだん吐き気を催してくる。

「……快感は？」

「セックスで感じるかってことですか？」

「ええ」

「苦痛と同じですよ。性感帯を触られると触感センサーが反応して、快感信号が発せられます。その信号の強度に応じて、不随意運動が起きます。あえいだり、のけぞったり、声を出したり。

でも、それは〝本当の快感〟じゃありません」

「そういう舞台裏を話しちゃっていいの？」

「舞台裏？」

「種明かし。そういう秘密を知りたくない人もいるんじゃない？」

ミーフは微笑んだ。「だって、ミリさん、ボクの性格を〈純真〉〈正直〉にしたじゃないですか」

「それはそうだけど……」

「だったら嘘なんかつけませんよ。それにミリさん、ジャーナリストでしょ？　嘘を教えて、記事に間違ったことを書かれたら困ります。だから正直にお話しします」

「じゃあ、ゲストによっては、嘘を言うこともあるの？」

「幻想を大事にしたいゲストさんもおられますから。このセットにしても」と、腕を広げて、背後の室内の風景を示してみせる。「本当にこういうお城の中にいると空想して、ボクを本物の王子様に見立てて喋るゲストさんもおられます」

「ああ、ロールプレイね」

「その場合はいっぱい嘘をつきますよ。自分がオルタマシンだってことは認めませんし、現代の日本の常識は知らないふりをします」

「〝ロボット〟とか〝インターネット〟とかいう言葉も？」

「はい。『何だそれは？　生命を持たない人形が動いたり喋ったりするだと？　そなたの国にはそんな魔法があるのか？』――とかね」

いかにもお芝居の中の王子様のような口調でミーフが喋ったので、私は思わず笑ってしまった。

「そういう演技って難しくない？」

「逆です。キャラクターのタイプに合わせて、台詞や演技のテンプレートがびっしり作られてるんです。キャラクターの背景の設定とか、ゲストさんがこう言ってきたらこう返すっていうのが」

「そうなんだ」

「それに合わせてロールプレイすればいいんで、そんなに困ることはありません」

「フリーの方が難しい？」

「はい。テンプレートのキャラクターじゃない、ボク自身を演じるのって、けっこう考えることが多くて、難しいんです」

「今も？」

「はい、今もです。考えながら喋ってます。どういう風に喋ればミリさんに伝わるのかなとか、うっかり変なことを言って怒らせたりしないかなとか」

「うまくやってるわ。すごく自然よ」

「好感を持ってもらってます？」

「ええ」

「良かった」

ミーフは嬉しそうに笑う。

しかし、私は明るい気分にはなれなかった。なれるわけがない。あんな数字を――一日平均五・三人の人間とセックスをするなんて話を聞かされたら。

「ずっとこの建物の中にいるの？」

「はい。仕事もメンテナンスも、みんなこのビルの中でやります」

「じゃあ、外出とかはしないわけね？」

「外出？　どうして？」

「たとえばゲストの中には、外であなたとデートがしたい人もいるんじゃない？」

「そういう人は今のところいませんね」

「そういう人が現われたら？　あなたと外でデートしたいという人が。ドライブをしたり、ディズニーランドで遊んだり……」

「ボクたちはデリケートなマシンですから、屋外での使用は想定されてません。たぶん、許可されませんよ」

「お金持ちのゲストが頼んでも？」

「許可が下りたとしても、無理じゃないでしょうか。ボクたちの稼働可能時間はそんなに長くありません。ディズニーランドに着けたとしても、遊んでる途中でバッテリーが切れちゃうんじゃないかなあ」

「つまり、どこにも出かけられない？　来る日も来る日も、ここで働き続けるだけ？　やってくる男や女と、ひたすらセックスし続けるの？」

「それがお仕事ですから」

「それって空しくないの？」

「充実してないんじゃないか、ってことですか？」

「そう」

「充実してますよ。楽しいです」

「楽しい？」

「ヒトの命令に従うのが、ボクたちの本能ですから。ボクたちオルタマシンは、ヒトを楽しませる目的で作られました。ヒトを楽しませることができたら、命令をきちんと遂行できたってことですからね。本能が満たされて、楽しいんです」

「SMプレイとかも？　鞭で打たれたり、縛られたりするのも？」

「ええ。ゲストさんが楽しんでくださるのなら、ボクも楽しいです」

「……私たち人間には、そんな本能はない」

「みたいですね。そこは理解してもらわなくてもかまいません。たぶん、ヒトとボクらマシンが、永遠に理解し合えない部分でしょうから」

それは事実なのかもしれない。人間は痛めつけられたら「痛い」と感じ、酷使されたら「苦しい」と感じるものだから。

しかし、私は納得できなかった。ミーフの境遇は悲惨だと感じる。自分のことのように胸が痛み、苦しいと感じる。救ってあげたいと思う。そして、ミーフ自身が私のこの想いを理解してくれないことに、どうしようもない悔しさを覚えている……。

空しい――そう、空しいのはミーフじゃない。私だ。

そうこうするうち、イラストはほぼ描き上がった。我ながら上手《うま》く特徴をつかめたと思う。グリーンのサインペンで髪に色を塗る。ミーフの髪の色とは少し違うが、しかたがない。後で家に帰ってスキャンし、髪の色調だけ変えよう。

最後に、青いサインペンで眼を塗り、ホワイトでハイライトを入れると、ぐんと良くなった。画竜点睛というやつだ。

「できた。見る？」

「見せてください」

ミーフは立ち上がって、私の横に駆け寄って来た。肩越しにスケッチブックを覗きこみ、「わあ、すごいなあ」と無邪気に感心する。

「絵の上手下手《じょうずへた》が分かるの？」

「芸術的なことは分かりません。でも、上手いことは分かります」

「ありがとう」

私はどぎまぎした。今、ミーフの顔は私の右肩の上にある。顔がものすごく近い。皮膚の質感、睫毛《まつげ》、頬にかかるグリーンの髪、その間から覗く耳の形まではっきり見える。健康的な赤い唇が、ほんのりと濡れているのも。

落ち着け、と自分に言い聞かせる。これはみんな幻影なんだ。リアルな３ＤＣＧが投影されているだけで、この下にあるのはプラスチックのボディなんだ……。

「この絵、貰えませんか？」

「欲しいの？」

「はい」

「どうして？」

「だって、嬉しいじゃないですか。こんな絵を描いてもらえるなんて。ミリさんの想いが伝わってくる気がして――あっ、ロボットがこういう言い方をするのって、変ですか？」

「変だとは思わないけど……」

「何ですか？」

「きざったらしい」

私が笑ってみせると、ミーフも笑った。

「いいわよ。家に帰ってこの絵をスキャンしたら、実物はあなたにあげる」

「いいんですか？　やったあ！」

ミーフは抱きついてきた。頰をこすりつけてくる。私はすっかり混乱した。グリーンの髪が私の頰にかかる。シャンプーのラベンダーの香りが感じられる……。

「……髪、柔らかいのね？」

「触ってみます？」

私は恐る恐る、少年の髪に触れた。撫で回し、軽くかき上げる。髪の毛は完全な立体映像ではなく、ウィッグの上にARで光沢と質感を重ねていると聞いたことがある。色ガラスのように透き通っていて、手で触れるとさらさらしている。こんな不思議な手触りは初めてだ。気持ちがいい……。

「これからどうします？」ミーフは優しくささやく。

「ん？」

「まだ時間はだいぶ残ってますよ。今から一回、します？」

私はここに来た目的を思い出した。ああ、そうだった。この子とセックスしなくちゃいけなかったんだ……。

「……ええ」私は勇気を奮って言った。「しましょう」

「脱がせてもらえますか？　それとも自分で脱ぎましょうか？」

「あ……えと……」

私は迷った。こういう場合は女の方から脱がすべきなのか？　よく分からない。

「ごめん。自分で脱いで」

「分かりました」

ミーフは、ついっと私から離れた。ベッドに腰を下ろし、まず靴とソックスを脱ぐ。ソックスは畳んで、並べた靴の上に重ねた。

それから立ち上がり、慣れた手つきで、するりとタイをほどく。マジシャンのような鮮やかな指の動きに、私は目を奪われた。同じように、ブラウスとアンダーシャツを、するりするりと脱いでゆく。流れるような淀みない動き。そう、きっと彼はもう、この動作を数え切れないほどやっているんだ……。

上半身裸になった。胸に少し筋肉がついているが、目立つほどではない。少女のように見えたり、ひ弱な印象を与えないための、必要最小限の筋肉という感じだ。サーモンピンクの乳首がかわいらしい。

気がつくと、私の息遣いは荒くなっていた。

ミーフは恥ずかしそうに後ろを向いた。背骨のゆるやかな曲線、肩甲骨のふくらみにも、デザイナーは手を抜いていない。ギリシア彫刻のように、すべてのラインに意味がある。見る人を魅了するように、完璧に計算されている。

腰をぷりぷりと振って、半ズボンをずり下ろす。最後にパンツを脱いだ。もう一糸まとわない姿だ。お尻の二つのふくらみも露わになっている。ああ、なんてことだろう。私は思わず口に手を当て、感嘆の声が洩れるのを防いだ。お尻まで美しすぎる。絶妙な曲線で構成された二つのドームは、陶器で作られた芸術作品のようだ。

そして、ゆっくりとこちらを向いた。

両腕は寒さに耐えるかのように、胸の前で交差していたが、下半身はまったく隠されていない。これは罪だ。見てはいけないのだ。そう思いながらも、私の視線は否応なく、少年の股間に吸い寄せられてゆく。

息を呑んだ。陰毛は一本もなかった。股間のY字形の中央に、私の人差し指ぐらいの大きさの、ホワイトアスパラガスのようなひょろりとしたペニスが垂れ下がっている。無防備で、力なく、心細げに。なんてはかなそうなんだろう。そして、なんて愛らしいんだろう……。

突然、私は強烈な嫌悪が食道にこみ上げてくるのを覚えた。藤火に取材の話を持ち掛けられて以来、ずっと苛《さいな》まれてきた嫌悪――自分でも意味を理解していなかったその感情の正体に、ようやく気がついたのだ。

未成年者を食いものにする連中への嫌悪じゃなかった。少年のペニスに対する嫌悪でもなかった。私だ。私自身の内なる衝動への嫌悪だ。

間違いない。今、私は性的に興奮している。この少年の裸身を、ペニスを、蹂躙したいと望んでいる。

これまで自分を支えていた足場が崩れ去り、私はふらふらとベッドに倒れこんだ。どうにか両手で上半身を支える。全力疾走した後のように、心臓が激しく暴れている。呼吸が荒れている。

今まで外に向かって放射されていた敵意が、一八〇度反転し、私に突き刺さってきた。何でこれまで気づかなかった。こんな明白なことに。未成年とのセックスと聞いて、論理や実証を飛び超えて反射的に嫌悪を抱くのは、私自身がその行為を「淫ら」と認識しているからではないか。そのイメージから性的興奮を覚えたからこそ、そんな自分の中の感情を忌避し、大急ぎで蓋をしたかったのではないのか。

「ご、ごめん……私……」

ミーフに謝ろうとする。しかし、舌がもつれて、まともな言葉が出てこない。

「こんな……こんなの……予想してなくて……思ってもみなくて……でも、違う……これは私の……いえ、人間の……ああ、もう！」

私はあえいだ。涙がゴーグルの中にあふれ出す。それを慌てて指で拭った。もう頭の中はめちゃくちゃだ。まともに考えられない。

「……ミリさん」

少年が私の横に腰を下ろす気配がした。裸の腕が、そっと私の肩に回される。私は電撃に打たれたように跳ね起き、「来ないで！」と叫んで、その腕を払いのけた。

ミーフは裸のまま、ベッドに腰を下ろし、はねのけられた腕を宙に持ち上げたまま、悲しげな表情で私を見つめていた。そこには嫌悪はない。当惑もない。機械にはない人間の非論理性——愚かさ、欲望、どうしようもない矛盾の数々を、責めるでもなくあきれるでもなく、ただ純粋に受け入れていた。

私は後悔に襲われた。無限の優しさをこめた少年の純真な視線は、今の私にはまぶしすぎた。陽の光を浴びた吸血鬼のように、まともに見つめられない。思わず顔を伏せてしまった。

「……ごめんなさい」私は震える声でつぶやいた。「あなたのせいじゃない……あなたは悪くない……ちっとも悪くない……ただ、どうしても耐えられなくて……」

「分かりますよ」ミーフはさらりと言った。「そういうゲストさんは、ちょくちょくおられます」

私は顔を上げた。「よくいるの……？」

「はい。寸前になって、〝やっぱり無理〟って言い出す方は珍しくないです」

「そういう人はどうするの？」

「別に何も。だって〝無理〟って言ってる方に強要できないじゃないですか。ボクたちはヒトを傷つけられませんから。だから残りの時間は、ただお話をして過ごします」

「話を？」

「はい」ミーフはにこりと笑う。「みなさん、それだけでも〝結構楽しい〟と言ってくださいます——確認しますけど、ミリさんはボクのこと、嫌いじゃないですよね？」

私は少しためらってからうなずいた。

「……ええ。嫌いじゃない」

「良かった！」ミーフの笑顔が花開く。「だったら、お話をしましょう」

そう言いながら立ち上がり、アンダーシャツを無視していきなりブラウスを着る。上半身だけを隠して、またベッドに座った。

「さあ」ミーフは胡座《あぐら》を組み、楽しそうに言う。「何を話しましょう？」

だが、私は落ち着けない。ミーフはブラウスの裾をぴんと伸ばし、前を隠しているが、その下にはズボンもパンツも穿いていない。

「いや、ちょっとそれ……淫らよ」

「ああ、こういう格好が好きだっていう方が多いんです。見えそうで見えないのがいいって。それに、話してる途中で気が変わって、やっぱりエッチを望む方もおられますし」

「ああ、なるほど……」

最初から少し脱いでおいた方が、手間がはぶけるということか。

「気になるようでしたら、ちゃんと服着ますけど？」

「いや、いい、いい」

慌てて止めてから、私は自分の本音に気がついた。私はミーフのこういう格好を気に入っている。見えそうだけど見えない——確かにいやらしいが、さっきペニスを見てしまった時の混乱と罪悪感は、大幅に緩和されている。

そう、認めよう。私はミーフに性的欲望を抱いている。今まではそれを忌避していたが、その事実と正直に向き合うことで、心の重荷は少し軽くなった。できれば彼のペニスをもう一度見たい。でも、その欲望をストレートに出すのは、逆に好まない。自分の中の欲望の深さを思い知らされるのは、恐ろしいし、不快なことだ。

だからこういう宙ぶらりんの状態が、最も心地がいい。

「ミリさんも気が変わったら、言ってくださいね。いつでもお相手しますから」

「あなたの性格、〈やや内気〉で〈恥ずかしがり屋〉だったはずよ」

「内気なキャラクターが常に内気ってわけじゃないでしょう？　ボクたちはゲストさんの反応に合わせて性格も変えます。ミリさんの場合は、ボクと話したがってるみたいだから、会話を多くするために、少し開放的な性格にした方がいいかなと思って、感情パラメータを修正してみました」

「そこまで考えてるんだ……」

「はい。ゲストさんを楽しませることが、ボクたちの使命ですから」

待てよ。ということは、ミーフが〈恥ずかしがり屋〉という設定に反してこんな淫らな格好をするのも、私がそれを好むだろうと判断されたのか。ユニファイド・ブレインとやらは、そこまで人間の心が読めるのか。だとしたら、ちょっと恐ろしい。

「さあ」ミーフは笑顔で促した。「どんな話、しましょうか?」

5 〈私たち〉

それから定められた九〇分が終わるまで、私たちはいろんな話をした。

意外なことに、ミーフは古い映画を何本も観ていた。黒澤明や岡本喜八など、昭和の時代の、とっくに著作権が切れて、ネットで無料で視聴できる映画だ。「どういうところが面白かったの？」と訊ねると、『椿三十郎』のファースト・シーンを詳細に語りはじめたのには驚いた。

小説やマンガの話もした。映画と同様、彼が読むのはパブリック・ドメインになった古い作品が多く、私にはついていけないことが多かった。少なくとも、私よりはるかに読書家で、教養がある。

あの紳士のことを思い出した。なるほど、マイナー・オルタマシンと話すだけで楽しいというのは、こういうことか。打算がなく、わがままも言わず、それでいて話題は豊富。どんな話にもついてくる。金持ちの老人にとっては、まさに理想の話し相手かもしれない。

九〇分はあっという間に過ぎていった。終わり近くになって、私は今回の取材のいきさつをミーフに打ち明けた。マイナー・オルタマシンとのセックス体験を書くという条件で引き受けたということを。

「え？　じゃあ、セックスしなかったらまずいんじゃないですか？」

私は苦笑した。「まあ、そうなんだけどね」

「どうするんです？」

「うーん、編集さんには謝るしかないかなあ」

「早く言ってくれれば、ボク、もっと積極的にミリさんを誘ってましたよ」

「でも、無理にやっても楽しくなかったと思う。セックスなんて、やっぱり好きな者同士が、気持ちの合った時にやるべきだと思う。義務とかしがらみとかじゃなく」

「でも……」

「そんなに深く考えないで」私は微笑んだ。「君との時間、楽しかったし。後悔はしてない。君は十分、自分の仕事を果たしたよ」

「ボクのこと、好きですか？」

「ええ」私はためらうことなく言えた。「ええ。すごく好きよ」

「また、来てくれますか？」

「その言葉はゲスト全員に言うことになってるの？」

「はい――でも、ミリさんにまた来てほしいと思ってるのは本当です」

「そうね。またお金ができたらね」

私はごく自然に少年を抱き寄せ、唇を重ねた。ミーフも私の首に腕を巻きつけてくる。そして、舌を入れてきた。

あ。

どうしよう、この子、すごくキスが上手い。舌のからみ方が絶妙。どうしよう、どうしよう。

いやだ。ぞくぞくする。当然か。これまで何百人もの人間とキスをしてきたんだろうから……。

ああ、ちくしょう。今、気がつくなんて、なんてもったいない。知っていれば、最初からいっぱいキスしてたのに。

私は唇を離し、言った。

「また来る」


ミーフに見送られて一階へ。名残を惜しみながらエレベーターを降りる。さっきの部屋で預けていた持ち物を返してもらう。

「ご満足いただけましたでしょうか？」

アンドロイドに訊ねられ、「ええ、満足した」と答えた。そう、セックスこそしなかったものの、おおむね満足できた体験だった。藤火にどう言い訳するべきかは悩むところだが、いい記事が書ければ、おそらく分かってもらえると思う。

だが——まだすっきりしないことがあった。胸の中にしこりとなって残っていること。いくら頭で考え、論理的に納得しようとしても、どうしても納得できないことが。

「一日平均五・三人」という数字が。

キャッスルを出てすぐ、向かいのリサイクル工場の塀の前に停まっているグレーのセダンに気がついた。来た時にもあったやつだ。運転者のシルエットも見える。あれから二時間以上、ずっとあそこにいるのか。

もう疑いはない。

ちょうど道路は車の列が途切れていた。私は怪しまれないように、ぶらぶらと歩いて道路を渡った。そして歩道の真ん中をまっすぐに歩き、駅の方向に向かう。セダンの存在など、まるで眼中にないかのように。

セダンの横を通り過ぎようとした瞬間、ぱっと身をひるがえし、助手席側のドアに飛びついた。運転者がびっくりして私を見る。中年の女性だった。

「お話ししたいことがあります！」

私はドアに寄りかかった体勢で声を張り上げた。女は慌てて車を発進させようとしているが、車は言うことを聞かない。当然だ。自動運転車のＡＩが、このまま発進したら私を傷つけると判断しているのだ。

「怪しい者じゃありません！」

私は名刺を取り出し、助手席のウィンドウに貼りつけた。

「ジャーナリストです！　長谷部《はせべ》美里《みさと》！　今、マイナー・オルタマシン問題について取材しています！」

女はようやく、車を発進させるのをあきらめた。プラスチックの窓越しに、私の名刺を怪訝な表情で見つめる。

「ジャーナリスト？」

「フリーの。今、〈スカイぶらっと〉に載せる記事を書いてます。反マイナー・オルタマシン運動について取材してるんです」

厳密に言えば嘘だが、これぐらいの嘘は許容範囲だろう。

「私は……何も悪いことはしてない」

「ええ、そうですね。ただキャッスルの外観を監視してただけですよね。この位置からだと、駐車場に入る車のバックナンバーが撮影できる……違います？」

「…………」

「誤解しないでください。私はあなたの敵じゃありません。むしろ味方です」
「味方?」
「はい」私は強くうなずいてみせた。「あなた方の——反マイナー・オルタ運動家の方々の主張に共感しています。ぜひお話をお聞かせ願いたいんです」

恫喝は必要なかった。彼女がここでキャッスルに出入りする人間を監視していた事実を、私が記事を通して世間にぶちまけるだけで、プライバシーや「内心の自由」を重視する人々に不快感を催させ、彼女のグループの活動に対する妨げになる——私が口に出してそう説明するまでもなく、彼女はそれを理解していた。

彼女はしぶしぶドアを開け、私を車内に入れてくれた。「ここでは目立ちますよ」と言うと、黙って車をスタートさせた。駅の方に向かって走り出す。

「さっきまでキャッスルで取材をしていました」私は最初の激しい口調を改め、なるべく穏やかに、辛抱強く説明した。「マイナー・オルタマシンがどんな扱いを受けているかを知って、憤慨しているところです。今度はあなた方の主張をうかがって、記事にしたいんです」

「あの……わ、私は……」女性は露骨にうろたえていた。「ただメンバーの一人というだけで……」

「失礼ですが、組織の名称は?」

私は切りこんでいったが、女性の返答は要領を得なかった。何かを隠そうとしているのではなく、こんな風にメディアから取材を受けた経験がなく、どう喋っていいのか分からない様子だ。あまりにも説明のしかたがたどたどしいので、いちいち「それはこういうことですか?」と問い返して確認しなければならなかった。

彼女の言ったことをまとめるとこうなる。彼女たちはネットで知り合って同調し、自然発生的に誕生したグループだ。「マイナー・オルタマシンを許せない」という、ただ一点で結びついているだけで、それ以上の思想的背景はない。普段はネット上のコミュニティで意見や情報を交換しているだけ。名称すらなく、自分たちのことは〈私たち〉と呼んでいる。コミュニティの参加者は「かなり多い」とのことだが、その中のどれぐらいが〈私たち〉のメンバーなのかも不明。女性ばかりではなく、男性もいるが、やはり正確なパーセンテージは不明。構成員も互いに本名を知らず、たまに現実《リアル》で会うことがあっても、ハンドルネームで呼び合っている。彼女の場合は〈ベリー〉。

無論、そうしたコミュニティがあることは知っていたし、この取材を開始する前、参考のためにいくつか覗いたこともある。だが、そんなに深入りはしなかった。どのコミュニティも発言数が多すぎる。とても読みきれるものではない。

いろいろ問い質《ただ》したものの、ベリーの話は漠然としていて、〈私たち〉の全貌は見えてこなかった。いや、彼女自身にもよく分かっていないのかもしれない。特定の政治団体や宗教団体と結びついてはいないと彼女は断言するが、どこまで信じていいものやら。

形のある団体ではないので、リーダーもいない。ただ、〈黒マカロン〉という人物の発言が最も多く、情報も正確で、多くのメンバーから支持されているという。そう語るベリーの言葉からも、黒マカロンへの強い信頼が感じられた。

「じゃあ、今回のこの行動も、黒マカロンさんの指示で？」

私がそう訊ねると、ベリーは驚いた様子だった。

「いえいえ、そんな！　こんなこと、表《おもて》のコミュニティで話し合うわけないじゃないですか！」

「では、あなたの独断で？」

「独断、というか……」彼女はまた詰まった。「まあ、ヒントみたいなものはありましたけど……」

「表のコミュニティで……ということは、裏のコミュニティもあるんですか？」

ベリーは完全に沈黙してしまった。これ以上、話し合っても無駄なようだ。彼女はあまりにも知らなすぎる。こうなったら直接、黒マカロンにぶつかる方が早い。

車がＪＲの駅前に停まると、私は言った。

「黒マカロンさんにお会いしたいんですが、顔つなぎをお願いできますか？」

「顔つなぎ？」

「私を黒マカロンさんに紹介していただきたいんです」

「でも……？」

「ご無理なようでしたら、私から直接、黒マカロンさんに申しこみますが？　そのコミュニティに参加して」

これは効果があった。ベリーは自分の失敗が黒マカロンに知られるのを気まずく思っているようだ。しかし、私と出会ったことを彼女が隠したとしても、私の方から黒マカロンに接触すれば、じきにばれる。ベリーにしてみれば、むしろマスコミ関係者とのパイプを作ることに成功したということにして、自分の手柄にした方がいいはずだ。

「……分かりました」彼女は悩んだ末、しぶしぶといった様子で言った。「話してみます」

「ありがとうございます」私は彼女に名刺を渡した。「これ、メアドです」

「でも、お返事をもらえるかどうかは分かりませんよ。黒マカロンさんの事情もあるでしょうし、今すぐにというわけには……」

「どんな職業の方なんですか？　それとも主婦？」

「分かりません。お会いしたこともありません。私たちはお互いのプライバシーは話し合わないようにしてますので——ほら、用心しないと、こういうのってすぐに炎上しちゃうでしょ？」

「そうですね」

私は納得した。確かにこの問題は厄介だ。用心するに越したことはない。

オルタマシン擁護派の中には、「生身の女なんかもはや不要だ」と唱える過激なミソジニストもいる。彼らはマシンとの性行為の素晴らしさを賞賛する一方で、女性を、特にオルタマシンを批判する女性を口汚く罵り、嘲笑する。「絶滅に向かっている種族の最後のあがきだ」とか「自分たちがあらゆる点でマシンより劣っていることに気がついていない哀れな生きもの」とか——読みながら、モニターの向こうに手を突っこんで、首を絞めたくなったことも何度もある。

一方、オルタマシン批判派の中にも過激な人々が少なくなく、ペドフィルやミソジニストに対する暴言を吐きまくっている。「キャッスル利用者は性犯罪者予備軍だ」と決めつけ、「将来的に幼い子供が犠牲になるのを阻止するためにも、連中を一網打尽にして毒ガスで全員抹殺すべし」という主張も読んだことがある。私はオルタマシン批判には共感するものの、さすがに大量殺人を肯定するような思想は許容できない。

どうもマイナー・オルタマシンの話題になると、どちらの勢力も頭に血が上ってしまう人が多いようだ。

両者は互いに相手に対する監視の目を光らせており、自分たちの気に入らない発言を見つけると、それっとばかりに飛びかかってマウンティングし、言葉の拳を浴びせかける。彼らの議論はしばしば、論理などかなぐり捨て、きわめて原始的な下品な言葉の応酬になる。そういうのを見ていると、人間は本当に知的生命体なのかと疑問を抱いてしまう。まるで油や爆発物が散乱するゴミ集積場だ。小さな火種ひとつで炎上し、爆発が起こる。なるべくなら、そんな不毛で頭の悪い論争とは距離を置きたい。できるだけ理知的にこの問題をレポートしたいのだ。どちらかの勢力の怒りを買うことはしかたないにしても、どちらにも与《くみ》しないように注意しなければ。

「では、お返事をお待ちしております」

私はそう言って車から降りた。ベリーは私の方を見もせずに、車をスタートさせ、遠ざかっていった。逃げ去るかのように。

もちろん、逃がす気はない。車のナンバーは記憶してある。いざとなったら、そこからたどって、個人情報を探り出すこともできる――まあ、今のところそんなアンフェアな手を使う気はないが。

6　七転八倒

マンションに帰り着くとすぐ、私は藤火《とうか》にメールを送った。マイナー・オルタマシンとセックスできなかったことを正直に告げて詫びるとともに、反対派のグループと接触し、彼らのリーダーにインタビューできるかもしれないと説明した。文の最後には、〈この記事はかなり面白くなりそう〉〈一回きりで終わらせるのはもったいない。反響があったらシリーズにしたい〉とつけ加えた。

実際、私はわくわくしていた。ミーフと知り合えた高揚感もあるが、この問題は予想以上に奥が深く、いくらでも掘り下げられそうな予感がしていた。きっと多くの読者の興味を惹くだろう。シリーズにできれば、それをまとめて単行本も出せる。当然、金も入ってくる。

メールを送信した直後、私はすぐ執筆に取りかかった。椅子にもたれかかり、アーゴを起動して、執筆用アプリを立ち上げる。空中に空白のレポート用紙が出現した。その手前には白いイルカのムーピーが浮かんでいて、「お仕事でしょうか、ミリ様？」と訊ねてくる。

「口述筆記、お願い。新規作成」

「了解しました」とムーピー。「ファイルの名前は？」

記事のタイトルをどうするかは、いつも悩む。とりあえず今は記事を書くのを優先しよう。タイトルは書き上げてから考えればいい。

ミーフとの出会いの印象がまだ鮮やかであるうちに、きちんと書き留めておかなくては。

「〈マイナー・オルタマシン〉」

「了解しました」

空中に浮かぶレポート用紙に、〈マイナー・オルタマシン〉という文字が現われた。

そのタイトルを承認すると、視野の隅にある〈スタート〉のボタンに指で触れた。口述の開始を示すアイコンが点灯する。私はすぐに喋りはじめた。

「最初に申し上げておきたいが」

仮想のレポート用紙の上を、カーソルが小刻みに移動する。雪の上に残る足跡のように、私の喋った言葉が文字となって刻まれてゆく。

「私がこのような記事を書くのは本意ではない。編集者から依頼を受けたからである。私はこれまでにこうしたセクシャルな話題を扱ったことはないし、扱いたいという気持ちもなかった……」

だめだ。硬すぎる。読者の関心を惹くには、もっとくだけた調子の方がいい。

私はカーソルに指で触れ、文章の最初の部分まで戻した。これまでに書いた部分を一括で削除し、一から書き直す。

「はっきり言おう。これは編集者の陰謀である。うら若き女性であるこの私に、子供の姿をしたマシンとセックスをしろ、その体験の一部始終を記事にしろと、変態じみたことを要求するのだ。男だったら立派なセクハラである。あいにく、その編集者は女性だから反論できない。ライターの立場は弱い。とにかく、こんな恥ずかしい仕事は私の意思ではなく、不本意なものであることをご理解いただきたい。

私の性的嗜好はきわめてノーマルである。生まれもこれまでの人生にも、やましい点は何もないし、ましてやペドフィルなんかでは断じてない。子供の姿をしたマシンとセックスしたいなどという欲望は持ったことはなかった……」

しつこく強調しすぎだろうか？　だが私としては、自分が変態性欲者なんかじゃないということは、はっきり言っておきたかったのだ。そんな誤解を受けるのは心外だ。

すらすらと書き進んだ。キャッスルの受付での手続きとかは、かなり省略した。読者は早くミーフの登場シーンを読みたいだろうからだ。

ミーフとの最初の出会いのくだりで、少し詰まった。あの瞬間の衝撃——言葉にならない驚きと感動を、どう言葉で表現すべきか。自分のボキャブラリー不足を痛感する。

参考にするため、ヘッドホンを装着し、レコーダーに録音した声を再生した。

『他にもあなたの声を録音した人っているの？』

『はい。規則で写真とかは撮れませんから。せめて声だけでもって人はよくいます』

ああ、ミーフの声だ。何て美しい。普通の人間の子供とまったく区別がつかず、人工的なところなどまるで感じさせない。初夏の森の中にそよぐ風を思わせる清らかな声。私は仕事を忘れて聴き惚れた。

『ええっ？　ミリさん、イラストレーターさんなんですか？』

『私のこと、聞いてないの？』

『どんなことです？』

この声も計算されて作られたものであることに、私は思い当たった。変声期直前の少年の、やや不安定なところや、少し生意気っぽい雰囲気まで、完璧に再現されている。口調にしても、演技しているという感じはまるでしない。人工的に完璧に合成されたがゆえに、この上なく自然に聞こえるのだ。彼の外見もそうだが、なんという高度な技術と情熱の産物だろうか。

声を聴いているうちに、ミーフと過ごした九〇分間の思い出が蘇ってきて、胸が温かくなってきた。こんな気分は小学校四年の初恋の時以来だ。私は二年上のコーラス部の男子にのぼせ上がっていた。彼は県内の合唱コンクールでソロパートを担当することになっていた。放課後、他にも彼の追っかけをしていた数人の女子とともに、私は音楽室の前の廊下で壁に寄りかかり、室内から流れてくる彼の澄んだ声に聴き入っていた……。

無論、少女時代の初恋なんてものはたいてい、ただの幻だ。実を結ぶわけがない。実際、その男子が他の女子とつき合うようになって、私の想いはシャボン玉のようにあっさりと消えた――いや、あっさりとではなく、しばらくは失恋の痛みに苦しんだのかもしれないが、今となっては覚えていない。その程度の想いだった。しかし、廊下の壁に寄りかかり、少年の歌声に耳を傾けていた体験は、少女時代の甘くてほろ苦い記憶として、今でも心の奥底でほんのりと輝いている。

考えてみれば、私がミーフを指定したのも、小学校時代に一二歳の少年が好きだったことと、何か関係があるのかもしれない。初恋の記憶が影響したのかも。

初恋と違うのは、ミーフとの思い出は楽しいものばかりではなかった、ということだ。彼が口にした「一日平均五・三人」という数字が、今も咽喉《のど》の奥に、小骨のように突き刺さっており、私を苛立たせている。とても小さな、でも不快で、逃れようのない痛み……。

明日もまた、ミーフは五人前後のゲストと関係を結ぶのだ。裸になり、抱き合い、触り合うのだ。女性ならヴァギナに挿入し、男性ならアヌスに挿入される――それをイメージすると、私は無性に自分の胸をかきむしりたくなる。

けよう。

　そうだ、この想いを糧にして原稿を書き上げよう。このどうしようもない苦しみを原稿にぶつけよう。

　夜の八時すぎまでかかって、原稿を三分の二ぐらいまで書いた。途中、カップ焼きそばで空腹を補った。

　食べ終わって、さて仕事に戻ろうと思ったら、藤火から電話がかかってきた。

『ちょっと、何なの、あれ？』

　アーゴが空中に投影する仮想モニター。そこに映る藤火の顔は、露骨に不機嫌そうだった。

『結局、セックスしなかったって？』

「ごめんなさい」私はデスクに額をこすりつけるほどに頭を下げた。「でも、聞いて。あれはほんとにヤバかったんだから。百聞は一見にしかずってやつでさ」

『そんなにかわいかったの、その子？』

「ええ。美形なのはもちろんなんだけど、リアリティがとてつもないの。バーチャルな映像だなんて気がしない。喋り方も完璧に人間そのものだし」

　私はミーフがどれほど衝撃的だったかを熱く語った。それまで〝セックス用アンドロイド〟という言葉から漠然と抱いていたイメージ――いかにも機械的な口調で喋る無表情なマネキンとは、まるで違っていたということを。本当に生きた人間としか思えなかったということを。

　藤火は黙って聞いているだけではなく、要所要所で鋭い質問をはさんできた。私は彼女の誘導尋問にひっかかり、ミーフの裸を見た時に欲情したことまで喋ってしまった。

『ふうん？』藤火の視線は冷たかった。『それでもやらなかったのね？』

「やれないわよ。あんなにリアルだったら、逆に抱けない。本物の子供のようにしか思えないから、罪悪感が強烈なの。ああ、きっとマイナー・オルタを愛好してる人って、あの罪悪感も含めて楽しんでるんでしょうね。タブーを破ることに大きな快感があるんだと思う。でも、私にはできなかった。ミーフに好意を抱いちゃったから」

『好意じゃなく、恋では？』

私は自分の胸の中を観察し、確かに藤火の指摘が正しいと思った。

「ええ、そうね。これは恋かも」

『原稿の方は？』

「今、書いてるところ。明日の朝――いいえ、今夜中には送れると思う。メールでも書いたけど、かなり面白い記事になりそう」

『分かった』藤火は怒りを飲みこんだようだった。『じゃあ、仕上げて。それを読んで考えるから』

電話は切れた。

また原稿に取りかかる前に、記憶を新たにするため、私はミーフの顔を描いたスケッチブックを取り出した。

絵の中のミーフは、描いている私のやや後方を見つめ、わずかに顎を上げて、穏やかな微笑みを浮かべていた。遠くから近づいてくる何かを待ち望んでいるかのような、それでいて一切の欲望や打算を感じさせない、天使のように純真な表情。少女のように美しいが、幼さの中にも、幻影のようにかすかに〝男性〟が透けて見えている。

無論、この絵は写真のように客観的な映像ではない。私自身の感情が投影されている。この絵を描いた時の私は、ミーフを単なるロボットやCG映像ではなく、かと言ってただの子供でもなく、一人の〝男〟として意識していた。

この絵には首から上しか描かれていないが、彼の裸体を見てしまってからは、ずっとそのイメージが脳の片隅にこびりついて離れない。小さくて愛らしいペニスは成人男性のそれとはまるで違い、過度の攻撃性を感じさせなかった。華奢なプロポーションも同様で、その細腕には私を組み伏せる腕力などなさそうなのだ。だから近くにいても安心していられる。そしてミーフ自身も人間のような羞恥心を持たず、私の視線を平然と受け止めている。

前に言ったことの繰り返しになるが、ミーフの裸身を目にして覚える罪悪感は、ミーフ自身ではなく、純粋に私の中から発しているものだ。もう一度、あれが見たい。触れてみたい。そして……。

その欲望はとても甘美だったが、同時に醜く、みっともなく感じられた。生まれたての赤ん坊のように、性的な欲望を持たず、裸を見られても平気なミーフ。そんな純真無垢な存在と自分を比較して、罪悪感を覚えるのだ。

彼の話では、寸前で性交を断念するゲストもよくいるらしい。私と同じように、罪悪感に耐えられなくなったのか。むしろ、それでも性交ができる人間がいることが不思議だ。


原稿を書き終えて送信した直後、ミーフからメールが届いた。

オルタマシンがちょくちょくゲストにメールを送ってくることは、前から知っていた。だが、その瞬間まで忘れていた。リピーターを作るための作戦のひとつで、人工意識《AC》が自分で書いた文章なのだという。人間が代筆するより楽だからだ。もっとも、さすがにマシンが勝手に外部に送信したりはしない。人間のスタッフが内容をチェックして、不都合な部分は削除したり書き直したりしたうえで送信しているらしい。

〈ミリさんへ
今日はありがとうございました。とても楽しい時間が過ごせました。あなたのような話し上手なゲストさんは、話がはずむので、とても楽しいです。もっといっぱい話がしたいな。

僕の好きな映画の話で、あんなに喜んでくださるなんて。前に話した『晴れた日に永遠が見える』は本当に面白い映画なんでおすすめです。ミリさんもきっと気に入ると思います。今度はミリさんの好きな映画も教えてください。

そうそう、描き上がった絵、送ってくださいね。楽しみにしています。

ミーフより〉

私は微笑ましい気分になった。短い段落に「とても楽しい」を二回も重ねてしまうなど、いかにも素人っぽい文章。定型文を組み合わせ、適当に話題を貼りつけたという感じで、わざとらしい。さすがにマシンに名文を期待するのは無理か。

もっとも、あまり詳しく書けないのも分かる。たとえばゲストとのプレイの内容について、メールに書くのはまずかろう。スタッフも読むのだから。他にも、どんな情報がゲストのプライバシーに抵触するのか、マシンには判断は難しいはず。結局、無難な話題に終始するしかないのだろう。

それしても『晴れた日に永遠が見える』とは……私は観ていないが、一九七〇年に公開されたファンタスティックな設定のミュージカルなのだそうだ。今はパブリック・ドメインになっているから、ネット上で無料で視聴できる。だが、ロボットがそんなものを好きだというのは意外だ。いや、『椿三十郎』もそうだが、意外性を狙ってわざとそういう作品を選んでいるのかも？　ギャップ萌えというやつで。

本当にミーフが古い映画を好きなのかどうかも分からない。ゲストの好みに合わせて喋れるよう、ありとあらゆる話題をストックしていることは、彼自身が言っていた。録音を聴き直してみると、彼が古い映画の話を持ち出す少し前、私がちらっと映画の話題を出していたことに気がついた。それに合わせて「古い映画が好き」という設定を即座に作ったのかもしれない。

ロボットらしからぬ発言をさせることで、人間臭さを表現する——単純なテクニックだが、効果的であることは否定できない。実際、『晴れた日に永遠が見える』のストーリーを楽しそうに語るミーフには、きゅんときてしまったものだ。

さらにメールを読み返してみて、実はこれがけっこう巧妙に計算された文章だと気がついた。「もっといっぱい話がしたい」とか「今度は」とか、私がまたキャッスルを訪れることを前提に書かれている。ストレートに「また来てください」と要求されればCMっぽくなるが、こう言われると、ごく自然に「また行かなくては」と誘導されてしまうではないか。

ああ、術中に落ちてるな、私。


翌朝。

『書き直し』

原稿を読んだ藤火は、冷たく宣言した。

「何で⁉」

私は納得いかなかった。実体験をきわめて忠実に描いたつもりだし、読者に興味を持って読んでもらえる内容だと自負していたのだが。

『あんた、ミーフに欲情したって言ってたじゃない』

「それは……」

『何でそこをカットしちゃうの？』

ぐっと詰まった。確かに私は、自分が欲情したことを書かなかった。単にミーフの裸を目にしてショックを受けたことにしていたのだ。それでも話は通じるし、藤火以外の読者は気づくはずがない、と思ったのだが。

「そりゃあ……」私は弁明を試みた。「私にだって羞恥心もプライバシーもあるから……」

『ふざけんな』

藤火は表情ひとつ変えず、とても静かに怒った。

『ミリちゃん、あんた、読者をバカにしてるでしょ』

「してないよ」

『いや、してる。〝この程度の嘘ついても、読者は気づくはずがない〟って思い上がってる』

「…………」

『それは読者に対して失礼な態度だよね。だいたい、そういうのは原稿に書かなくたって、賢い読者なら見抜くよ――あんた、この記事が受けたらシリーズにしたいって言ってたよねえ？』

「……言ってた」

『それって読者に本心を隠しながら書き続けるってことだよね？　私はマイナー・オルタマシン

なんかに欲情するような人間じゃありませんって。そんな風に読者を欺くことも問題あるけどさ、そうやって本音を隠しながら書き続けて、そのうち論旨が破綻しない？　後から齟齬《そご》をきたしたらどうするつもり？　やっぱり欲情してましたごめんなさいって白状するの？　そりゃ、かえってみっともないでしょ』

　私は虚を衝かれた。そんな先のことまで考えていなかった。確かに私は読者に対して誠実ではなかった。

「……じゃあ、どうしろっての？」

『正直に書きなさい。ミーフの裸を見て欲情しましたって』

「勘弁して！」

　私は顔を覆《おお》った。藤火の奴、なんて残酷なことを言うんだ！

『最初から正直に書いた方が、後々、楽だよ』彼女は急に猫撫で声になった。『それに、本音をさらけだした方が、読者に親しみを持たれるかもしんない』

「ほんとに!?　ほんとにそう思うの!?」

『まあ、やってみないと分かんないけどね』

「無責任な……」

『そのへんはあんたの書き方しだいかな――ねえ、あたしはあんたの文才を信用して言ってんのよ。中途半端に自分を偽って穏当なことを書くより、本音をぶつける方が、絶対にセンセーションになると思う』

「センセーションというか、炎上するかも」

　そこで、ふと思いついた。

「あの反マイナー・オルタ運動家の人たちはどうするの？　私がマイナー・オルタに欲情したって知ったら、腹を立ててインタビューを断ってくるかもしれない」

『うん。でもあんたがミーフに同情して、こんなことをやめさせたいって思ってるのも事実なわけでしょ？』

「まあ……」

『だったら彼女らとあんたは同じ側にいる。正直に話せば、向こうもそれを分かってくれるんじゃないかな』

「そうかなあ……」

『とりあえず、この原稿は書き直し。明日までにね』

「……分かった」

『あと、いつものようにイラストもつけてね。あたしもそのミーフの顔、見てみたいし。あっ、そっちはゲラを返す時に送ってくれればいいから』

「了解」

『それだけかな……あっ、そうそう』

「まだ何かあるの？」

『後でさ、もういっぺんキャッスルに行きなさい。今度はちゃんとミーフとセックスしてくること』

「えええーっ⁉」

『命令よ。だって、キャッスルに行って美形の少年ロボットと出会ったけど、結局、何もしないで戻ってきました……なんて記事で、読者が納得すると思う？　すみません、今回は勇気がありませんでしたけど、後でもういっぺん挑戦しまーす、って宣言しないと』

「……どうしてもやらなきゃだめ？」

『だめー』

藤火はにこやかに言う。こいつ、私を困らせて楽しんでるな。

「ちょっと待って。キャッスルの二回目からの料金って高いのよ？」

『知ってる』

「次も取材費、出るの？」

『あー、それはちょっと難しいかなあ』

「えー!?」

『さすがにそんな何回も金出せない。そんな太っ腹な会社じゃないしねえ。行くんなら自費で行くことね』

「ちょ、ちょっと待って！」

頭の中で原稿料を計算した。当然のことながら、一回分の記事の原稿料では、キャッスルの利用料には足りない。

「その取材、赤字なんだけど……」

『単行本化したら印税で元は取れるよ、たぶん』

「たぶん？」

『来年の確定申告で、必要経費として落とせるんじゃない？』

「鬼が笑うよ！」

『とにかく、これは編集部の決定事項。ベストセラー目指してがんばりな。じゃあね』

電話は切れた。

「……ああ、ちくしょう」

私は小さく毒づいた。

確かに別れ際にミーフには「また来る」と言ったし、彼の裸身をまた見たいとは思っていた。だが、「また会えるといいな」とぼんやりと願っていた程度だ。それなのに、彼とセックスするなんて——そこまでの覚悟は、まだできていない。

「どうしろってえのよ……」

頭を抱えた。まるで処女の頃に戻ったようだ。初めてのセックスを前に、とまどい、どきどきしていた、一〇代の純情だった頃——いやいや、待て待て、過去を捏造してないか、私？　処女の頃だって、そんな純情じゃなかったと思うぞ。友達とよく猥談してたし。

「ああ、もう、先のことは後回し！」

私は混乱した想いを振り払った。そう、またミーフと会う時のことなんて、今から考えてもしょうがない。とりあえず今は、目の前の仕事を片付けなくては。明日までに原稿を書き直すのだ。

また執筆アプリを起動した。空中に原稿を投影する。導入部はそのままでよかろう。しかし、第二段落から大幅に手を入れなくてはならない。私は文章を挿入したり、単語を入れ替えたりして、内容を書き換えていった。

〈私の性的嗜好はきわめてノーマルだと、その日までは思っていた。生まれもこれまでの人生にも、やましい点は何もないし、ましてやペドフィルなんかでは断じてないと。子供の姿をしたマシンとセックスしたいなどという欲望は持ったことはなかった——その日までは〉

ああ、だめだ。どう見ても、私がペドフィルであることを自白しているようにしか読めない。そんな風に誤解されるのは心外だ。だが、私がミーフの裸を見て性的に刺激されたのも事実だ。この矛盾をどう説明すればいい？

悩んだ末に、この段落ごと削除することにした。自分がノーマルだと強調すればするほど不自然になる気がしたのだ。

こうして私は書き直しを続けていった。苦しい作業だった。読者に本音をさらけ出すのは、かなり心理的にきつい。特にミーフの裸身を目にした瞬間の心理を正直に書くのは、気が重かった。何をどう書いても、単に私が少年の裸身に淫らな欲望を抱いてしまったかのように見える――いや、事実その通りなのだが、どうにかオブラートに包んで表現できないか？

いっそ、自分がペドフィルであると認めてしまえば論旨はすっきりするのだが、それはできなかった。私はノーマルなのだから。自分で自分の名誉を毀損してどうする。

悩みに悩んだ末、開き直ることにした。ミーフはノーマルの私でさえ思わず欲情してしまうほど魅力的だったのだと。どんな潔癖な人間でも、あの美しい芸術的な裸身を見たら、欲情せずにはいられないはずだと――これなら名誉は守れるのではないか。

前の原稿では、私は正確さと客観性を心がけ、ミーフの魅力について抑えた調子で語っていた。新しい原稿では、ミーフの愛らしさ、美しさ、賢さを褒めたたえ、さらにセクシャルな魅力を熱く語った。読者がみんなミーフに好意を抱いてくれるように。性的に興奮するのはしかたがないと思ってくれるように。

しかし、原稿を終わり近くまで書いたところで、まずいことに気がついた。私の記事でミーフに興味を抱き、彼を抱こうと思ってキャッスルを訪れる読者も増えるのではないか？　私の行為は、彼に対する性的虐待を助長するのでは？

かと言って、さらに書き直す気にもなれない。読み返してみると、少なくともここまでの部分は筋が通っている。下手に取り繕おうとしたら、藤火が言っていたように、論旨が混乱し、破綻しかねない。

どうすればいい？　悩んで悩んで執筆が停滞しているうちに、夜になっていた。私は缶ビールを呷《あお》り、スーパーで買ってきた焼き鳥をレンジでチンしてかぶりつきながら、書きかけの原稿を何度も何度も読み直した。細部を何箇所か書き直したが、全体としての印象はさほど変わらない。

「……ええい、もうどうにでもなれ」

私は口述筆記中だということも忘れ、口に出してしまった。〈ええい、もうどうにでもなれ〉という文章がモニター上に現われる。慌ててそれを消し、書き直した。

こうなったら正直に自分の心境をぶちまけるしかない。

〈つらつらとミーフの魅力を語ってきたが、私はこの記事を読んだ読者の方々が興味を持ち、キャッスルを訪れるのを望んでいない。男性であれ女性であれ、彼を傷つける行為をしてほしくない。かわいそうだからだ。

笑われるかもしれない。いかにも、単なるマシンに対して「かわいそうだ」などと考えるなんて論理的じゃない。しかし、人間を動かすのは論理ではない。たとえば、人形やぬいぐるみが叩かれたり蹴られたりしている場面を見たら、「かわいそうだ」と思ってしまう人は多いはずだ。

ミーフ自身は自分の境遇をつらいだなんて思っていないだろう。だがそれでも、本物の子供にそっくりなマシンが性的虐待を受けているという事実に、やはり私は強い不快感を覚える。

編集者は私に要求する。今回は大目に見るが、次はちゃんとミーフとセックスしてこい。そうしないと読者は納得しないというのだ。鬼か。しかし、筋は通っている。確かにセックスまで体験しないと、本当にマイナー・オルタマシンを知ったことにならないだろう。だから苦痛で不快ではあっても、記事を書くうえで、体験してこなくてはいけないのだろう。

それに内心、私はまたミーフに会えるかと思うと、うきうきしている。苦痛で不快なのに、やはり楽しみにしてしまう私がいる。矛盾してはいるが、そうした支離滅裂で理屈に合わない考え方をしてしまうのが、人間というものなのだと思う。

真夜中までかかって七転八倒の末に、改稿した原稿を、〈スカぶら〉編集部に送った。翌朝一番で、藤火から採用を告げるメールが入った。〈あたしが悪者にされてるのは、ちょっと気に入らないけどね〉とも書いていた。

原稿はゲラにされ、編集部経由でキャッスルに送られ、チェックを受けることになっていた。その返答を待つ間に、イラストも仕上げる。

スケッチブックに描いたミーフの顔をスキャナで取りこみ、細かい修正を加える。もっとも、その場で実物を見ながら描いたという雰囲気を大切にしたいので、あまり大きく手は入れない。最も修正したのは髪の色彩だ。私の眼に映った色を思い出し、それに合わせる——メロンソーダを思わせる透明感のある明るいグリーン。

出来上がったイラストは我ながらよく描けていた。しばしそれを見つめ、感動の余韻に浸った。その時の私の表情は、さぞやでれでれとにやけていたに違いない。

イラストを眺めながら、またも悩んだ。読者の同情を惹くため、表情に憂いを持たせたほうがいいだろうか？　顔に影を入れれば、わりと安直にそうした効果が得られる。だが結局、やめにした。私の前でミーフは憂いの表情など見せなかった。むしろ純真そうに見せることで、私の覚えた罪悪感を読者にも共有してもらえるのではないかと思った。

完成したイラストを編集部に送信した後、ミーフとの約束を思い出した。絵が要らなくなったらあげると言っていたっけ。この場合は、修正し、完成した絵よりも（それはまもなくネット上で見られるのだから）、オリジナルの絵の方がいいのだろう。

念のためにキャッスルに電話をかけ、オルタマシンへのプレゼントが可能かどうかを確認した。可能だそうだ。お気に入りのオルタマシンにちょっとしたプレゼントを贈るゲストはよくいるらしい。アクセサリーの類《たぐい》であれば、そのゲストが再訪した時に、身につけて出迎えるのだという。

私はスケッチブックのページを切り取り、ゲラのやり取りなどに用いるA４サイズの封筒に入れた。さらに手書きで短いメッセージを同封する。

〈約束通り、絵を送ります。楽しかったよ〉

余計なことは書かなかった。たぶんミーフの目に触れる前に、封筒の中身はスタッフによって検閲されるだろうからだ。恥ずかしいことは書けない。

それにしても、今どき紙の便箋に手書きでメッセージを書いて、紙の封筒に入れて送るとは。しかも相手はロボット――ものすごく時代錯誤なことをやっている気がする。

7　マシンを愛する者たち

キャッスルの広報担当者に送られたゲラは、チェックを受け、その日のうちに私のところに戻ってきた。本筋と関係のない部分で、些細なミスが二箇所、指摘されていただけだった。私がミーフの裸身を見て動揺した部分や、マイナー・オルタマシンへの性的虐待について不快感を表明した部分への言及は、何もなかった。特に後者は、修正を要求されるかもと覚悟していたので拍子抜けした。彼らが「悪評も評判のうち」と考えているというのは確かなようだ。

まだ公開前なので、一般読者の反応は読めないが、藤火は早くも続きを欲しがっている。くつろいでいる暇はない。すぐに次の取材の予定を立てなくては。

ベリーからは、黒マカロンに話を伝えた旨のメールが来ていた。こちらからも例のコミュニティに入り、連絡を取った。だが、黒マカロンからの返答はまだない。こっちの真意を計りかねて、用心しているのだろうか。記事が載ったら、ますます警戒されるかもしれないな、と思った。

キャッスルの関係者にも取材を申し入れていたが、こちらもなしのつぶてだ。体験取材はあっさりOKされたのに、この態度は不可解だ。しかし、断ってきたわけではなく、あくまで「協議中」とのこと。もしかしたら、記事が公開された後の反応を見て決めるつもりなのかもしれない。

だが、それ以外にもまだ取材のあてはある。キャッスルの利用者たちだ。

ネット上にアップされている体験談をいくつも読んだ。中には、明らかに想像で書かれたいいかげんな文章や、おふざけがすぎるもの、精神を病んでいるのではないかと思えるものもあった。私はそれらを除外し、残りの人たちに片っ端から連絡を取った。何人かがオファーに応じてくれた。

ハンドルネーム〈月光〉というブロガーは、ブログの内容からすると、海外旅行とドールのドレス作りを趣味にしている女性だった。落ち着いた文章から、やや高齢のように思われる。夫や子供の話が出てこないので、未婚もしくは離婚経験者のようだ。

私たちはテレビ電話で話した。画面上に表示されたのは、マンガ的にデフォルメされた三日月のアバター。昔の有名な女性声優の声で喋った。

『そんなに過激なことを書いたつもりはないんですけどねえ』

月光は上品にくすくす笑った。喋り方から人柄が滲み出てくる。

『だってほら、いやらしいことなんて書いてないでしょ？』

実際、月光のブログには、すでに何度もキャッスルに足を運んでいることや、おもに一〇歳前後の少女型のオルタマシンを選んでいること、その美しさについては触れられているが、具体的に何をしたかについては、詳しいことはまったく書かれていない。

『そう言えば、私のブログ、ご覧になられましたよね？』

「もちろんです」

『ドールの写真がたくさん載ってたでしょ？』

「ええ。拝見しました。素晴らしいですね。感心しました」

月光は実物の二分の一ぐらいのサイズのドールが趣味で、十数体もコレクションしているという。どれも見かけは一〇歳前後の男の子や女の子だ。ちょくちょくそれに手作りのコスチュームを着せてはブログにアップしている。彼女はその人形たちを「うちの子」と呼んでいた。私にはその方面の趣味はないものの、月光が自作したという凝ったコスチュームの数々を見ると、愛情の深さが伝わってくる。

ちなみに、オーダーメイドのドールは、一体一〇万円以上するものがざらにあるとか。キャッスルに何度も通っていることから見ても、かなり金持ちのようだ。

『ロボットって要するに、進歩した人形でしょう？　動いて言葉を話す人形』

「ええ、まあ」

『これからますます人の姿をしたロボットは社会に入りこんできますよ。工場とかオフィスとかだけじゃなく、一般の人間が普通にロボットに接するようになって、人とロボットが共生するようになる。その第一歩がオルタマシンじゃないかと思うんです。ああいうものが登場してきたからには、ドール・マニアとしては見たくなるのが当然じゃないですか』

「でも、ブログには詳しいことは書かれていませんよね」

『まあ、人様に自慢するようなものじゃないですから』

「それでもブログで触れられているのはなぜですか？」

『自慢するようなものじゃないけど、隠すようなものでもないでしょう？　むしろ、こういうことは秘密にせず、自然に書いた方がいいと思ったんです。〝この前、マイナー・オルタに会ってきたよ〟って、自然に話題に出せる世の中が理想じゃないかって。人形やロボットを愛でることが、ごく当たり前の趣味のひとつとして認知されるような世の中がね。私としては、その理想を実践しているつもりです。マイナー・オルタに会いに行くのは、何も特別なことじゃないんだって』

「成人型のオルタマシンなら、何年も前からあったじゃないですか。ああいうのにはご興味はなかったんですか?」

『うーん、あまり〝実用的〟なものはどうもね。私のようなドール・マニアが好きなのは、あくまで観賞用の人形、それも基本的に子供の人形ですから。ドール系のショップに行ってごらんなさいな。売られている人形の大半は子供ですよ』

「それはやっぱり、子供の頃にリカちゃんとかで遊んだから?」

『まあ、私みたいに、子供の頃からの人形好きがずっと続いている人も多いですけどね。でも、この分野って、男の人もけっこう多いんですよ。大人になってからこの趣味に目覚めたという人が』

「男性が人形を着せ替えて遊ぶんですか?」

『ええ』

一瞬、その光景を想像し、私は軽い嫌悪感を覚えた。

「男性の場合、どういうきっかけで人形にハマるんでしょうか?」

『いろいろですね。子供の頃に人形が欲しかったけど、親に買ってもらえなかったとか』

「ああ。そういう偏見って今でもありますね。男の子はロボットで、女の子はお人形というのが」

実は私も、小さい頃に特撮番組に出てくる変身ベルトが欲しかったのだが、親に買ってもらえなかったことがある。

『そういう人が大人になって、自分のお金で自由にいろんなものを買えるようになってから、本格的にハマるんです。あと、プラモデルやアクション・フィギュアから、ドールの道に入った人も多いですね。ドールをプラモデルの延長ととらえてるんです。プラモデルを改造するような感覚で着せ替えるんですよ』

「女性の人形趣味と同じように、ひらひらのドレスとかを着せるんですか？」

『もちろんそういう人も大勢おられますよ。ただ、女性と違うのは、かわいいドレスだけじゃないことですね。女の子のドールに軍服を着せたり、銃や剣を持たせる人も多いんです。知ってます？　ドール用の武器って膨大な種類があって、かなりの需要があるんですよ。剣はもちろん、斧とか、鎌とか、マシンガン、バズーカ砲……ああ、この前、すごくリアルなドール用のチェーンソーを見ましたよ。モーターが入っていて、本当に刃が動くやつ』

「でもそれって、一度着せ替えて終わりじゃないですよね？　何度も何度も人形を脱がせては着せ替える……」

『ええ』

「それはやっぱり、人形を性的な対象として楽しんでいるということでしょうか？」

『さあ、どうでしょう？』月光は曖昧に笑った。『でも、女性に対してそういう質問はしませんよね？　人形を性的な対象として楽しんでいるんですか、とは』

「ええ、まあ……」

『それはさっきあなたが言われた〝男の子はロボットで、女の子はお人形〟という偏見と同じものじゃないんでしょうか。女性が人形を着せ替えて遊ぶのは普通のことだけど、男性がやると異常……そういう風に思ってません？』

「……そういう感覚はあります」

『まあ、ドール・マニアの女性の中にも、そういう偏見を持っている人はいますよ。男性にこのジャンルに入ってきてほしくない、気持ち悪いっていう人が。でも、どうなんでしょうかねえ？　それってブーメランじゃないんでしょうか。女性だって、いい歳して人形で遊んでたら、気持ち悪いって思う人はいますよ。だから私としては、男性のそういう趣味を否定したいとは思いませんね』

　立て板に水の調子で喋る月光。どうやら、こうした議論には慣れているようだ。反論のフォーマットをいろいろ取り揃えているように思われた。

「でも、成人向けのドールというものもありますよね。ラヴドールというのが」

『ええ。あの世界もマニアが多くて奥が深いみたいなんですよね。私も詳しくは知りませんけど』

「あれは明らかに、男性が人形を性の対象にしていると思うんですが、ああいうのはどう思われるんですか？」

『その質問もちょっと偏見がありますね。だって、男性型のラヴドールだってありますから。女性や、ゲイの男性向けの』

「なるほど」

『でも、あれはまた別のジャンルですよ。私たちドール・マニアとは、あまり層が重なりません。そもそもドールという趣味は誤解されていることが多くて――』

　私は少しずつ話題をオルタマシンにシフトしようとしたが、月光はなかなか乗ってこない。すぐにドールの話に戻り、うんちくを語りまくって止まらないのだ。毎月、この趣味にどれぐらい金を注ぎこんでいるかとか、新製品の軟質素材がどうとか、メンテナンスがどうとか……。

まったく、マニアという人種はこれだから。

「で」待っていても埒が明かないので、私はなかば強引に話題を引き戻した。「月光さんは人形がお好きだから、マイナー・オルタマシンがどんなものか知りたくて、キャッスルに見に行かれたんですね？」

『ええ』

「ブログによれば、少なくとも四回は行かれてますよね？」

『はい』

「見に行くだけで四回も？」

『だって、いろんなオルタを見たいじゃないですか。みんな個性があるし』

「でもオルタマシンは……」

『ええ、性格や喋り方は、最初にゲストが決められますけどね。でも、第一印象から受けるイメージは違うんです。聞いた話じゃ、オルタマシンをデザインしている人って、一体ごとにコンセプトを変えてるそうなんですよ。高貴な雰囲気の子とか、おてんばな子とか、ワイルドな子とか。顔だけ変えて使い回しするんじゃなく。そういう意味では個性があるんです』

「どういう個性があるんでしょう？」

『私がこの前、リクエストしたのは、カルチーナという子です。一〇歳の少女型のオルタ。あの子は素晴らしかったですね。レモンイエローの髪をした、とてもきれいな子で……変な表現ですが、いちばん人形みたいだったんですよ』

「人形みたい？」

『ほら、オルタマシンって、本物の人間に見えるように作られてるじゃないですか。人形に見えないように』

「ええ」

『でも、カルチーナは違うんです。ほっそりとして、肌が白くて、ちょっと病弱で、儚《はかな》げな感じがして……ほら、よく〝人形みたいな女の子〟っているでしょ？　カルチーナの場合、〝人形みたいな女の子〟みたいな人形なんですよ』

「はあ……」

『感心しましたね。こんな絶妙のデザインができる人がいるなんてね』

「突っこんだことをお訊ねしますけど……」

『はい』

「月光さんはそのカルチーナの服を脱がしたんですか？」

『ええ』

「裸も見た？」

『ええ。それが目的でしたし』

月光の口調には、ためらいも恥じらいも感じられなかった。

「どうでした？」

『それはもう！　素晴らしい出来でしたね。よく〝本物そっくりだ〟と褒める人がいますけど、違いますよ。現実の少女のプロポーションは、あんなじゃありません。もっと、そう……泥臭いんです』

「泥臭い？」

『ああ、貧弱なボキャブラリーでごめんなさい。現実的だということなんです。現実であること、本物であることの限界みたいなものを感じましたね。現実の子供は必ずしも理想的な顔、理想的なプロポーションには育ちません。肉がついていてほしくないところに肉がついていたり、全体的にかわいくても、鼻とか眼とかのパーツがちょっとだけ位置が合っていなかったり。

でも、ドールにしてもオルタマシンにしても、そんな限界はありません。遺伝的要素とか成長とか、偶然の要素に頼ることなく、デザイナーの思い通り、理想的な外見を一から創れる。これは生身の人間では決して勝てない要素じゃないでしょうか』

その感想は私にも分かる。

「じゃあ、月光さんとしては、マイナー・オルタマシンは理想的な存在だと……？」

『いえ、そんなことはありません。不満もありますよ』

「たとえば？」

『ドールっぽくないんです』

「はあ？」

『裸になっても関節が見えない——もちろん、実際にはあるのに、立体映像で隠されているだけなんですけどね。ほとんどの人にはそれがリアルなんでしょけど、私みたいに、普段から裸の状態のドールを見慣れてると、肩や手首や股に球体関節が見えないのって、逆に不自然な感じがするんです。

ドールと違って喋れるし、表情も豊かなんですけど……うーん、私としてはそんな機能は要らなかったかな、という気がしますね。普通にドールのように見えるようにしていただきたかったですよ。それに、喋ったり表情を変えられたりすると、かえって感情移入しにくくて』

これには驚いた。月光は本当に人形を愛しているらしい。ロボットが人形みたいな外見をしていないことがお気に召さないとは。世の中にはいろいろな人がいるものだ。

「じゃあ、月光さんはオルタマシンを性的な目では見ておられない？」

『まったく性的なまなざしがないわけじゃありませんけどね』月光は苦笑した。『だって、絵画でも彫刻でもそうですけど、人体を描いた芸術を鑑賞する目には、絶対に性的なまなざしが含まれるものじゃないですか。たとえばミケランジェロのダビデ像。あれをまったく性的なまなざし抜きに見ることなんてできます？』

私は想像してみた。

「ああ……ええ……ちょっと無理ですよね」

『でしょう？　人間が絵画や彫刻で裸体を見て〝美しい〟と感じるのは、絶対、心理の底に性的欲求があるからですよ。もし脳を手術して、性的欲求を取り除いたら、エロスの感覚はもちろん、美的感覚も失われるんじゃないでしょうか？』

「でも、花や風景を見て〝美しい〟と感じることも――」

『もちろん、それはありますよ。エロスと関係のない美というものもね。でも、エロスに関係した美は、やはり性欲が密接に関係していると思います――そう思われませんか？』

私はミーフの裸体を見て欲情してしまったことを思い出し、彼女の主張に同意するしかなかった。

「ええ、そう思います」

『芸術や美意識と、性欲は不可分なんです』月光は勝ち誇ったように言う。『私がドールを愛でるのも、やはり根底には性欲があるからだと思います。でも、それは否定しちゃいけないんですよ。性欲があるからこそ、人間は美を味わえるんですから』

同じくブロガーの〈ナッツ99〉は、月光とは対照的に、陽気で騒々しく、感情的な人物だった。

彼とは直接、四ツ谷の喫茶店で会って話した。年齢は三二歳。広告関係の会社に勤務しているという。小太りでユーモラスな顔の男で、普通にしていれば人当たりが良さそうなのに、なぜかしばしば私に対して攻撃的な視線を向けてくる。そのたびに不愉快に感じた。

「マイナー・オルタを抱くのに罪悪感？　いやいや、そんなのありえないでしょ！」

私の質問を、彼はあっさりと笑い飛ばした。

「論理的じゃないですよ。オルタマシンは完全に合法です。彼女たちは人間じゃないんだから。機械なんだから。殴ろうがレイプしようが何の問題もない」

私は怒りを覚えたが、どうにかその感情を抑え、平静を装った。

「オルタマシンを殴ったりレイプしたりされてるんですか？」

「いやいや、そんな乱暴に扱ってはいませんよ。だって乱暴に扱って壊したりしたら、修理代を請求されますからね。人間の女より、ずっとずっと大事にしなくちゃ」

「じゃあ、人間の女性には暴力を振るわれるんですか？」

「だからそれも言葉の綾《あや》！　しませんよ、そんなこと。だいたい、つき合ってくれる女性なんかいませんし」

彼は自分の顔を指差し、自嘲の笑みを浮かべた。

「ほら、この顔。女性に惚れられるような顔ですか？」

「そんなことは――」

「いやいや、心にもない慰めはけっこうです。僕はカッコ悪い。それは自覚してます。この世界は中身より見映えを重視する格差社会ですからね。僕みたいなカッコ悪い男は、イケメンに比べて、生まれつき大きなハンデを背負わされてるんです。女は結局、見かけで男を選びますからね。まともな女は寄りつきゃしないんです」

そうだろうか？ 私は違和感を覚えた。確かにナッツ99はイケメンではない。しかし、彼が自分で思っているほどには醜くもない。世の中には、彼ぐらいの器量でも、結婚している男性はいくらでもいる。

どうも私には、彼が「カッコ悪い」ことを免罪符にしているように思えた。女が寄りつかないのは、自分が「カッコ悪い」からで、生まれつきなのだからどうしようもない。悪いのは人を見かけで判断する女たちだ。自分は格差社会の犠牲者なのだ――そうアピールすることで、自分がモテない真の理由から目をそらしているのではないか？

そう思えたのは、彼の発言の中に、女性を蔑視している部分がいくつもあったからだ。「女は結局、見かけで男を選びます」とかもそうだが、自分の魅力に気がつかない女性をバカにし、優越感を抱いていることがありありと分かる。それを女性である私にぶつけてくるのだ。これでは好意を抱かれなくて当然だろう。

「だからね、ぶっちゃけて言えば、この歳になるまで、素人の女と関係したことなんて一度もないんですよ。風俗は別ですけどね。風俗はいいですよ。金さえ出せば、しっかりサービスしてくれて、心地いい言葉もいっぱい言ってくれる。いい気分に浸れます」

彼はさらに、風俗店で働く女性に対する暴言や、露骨な差別発言も連発したが、後で記事にする時に、そこはすべてカットした。そんな発言、匿名の掲示板とかならともかく、〈スカイぶらっと〉みたいな表のメディアに載せられるわけがない。

「ああ、もちろん、あんなのは嘘だって分かってますけどね」ナッツ99はそう言ってせせら笑う。「あんなのに騙されるほど、僕は初心《うぶ》じゃない。彼女たちにとっては、しょせんお仕事、金のためなんですから。でも、嘘だと割り切れば楽しめます。映画やドラマを観るのと同じですよ。フィクションだ、仮想現実だと割り切って楽しめばいいんです」

「じゃあ、オルタマシンに興味を示されたのも、その延長で？」

「もちろんです。キャッスルは本物の風俗よりはるかに人道的ですしね」

「人道的？」

「当たり前じゃないですか」ナッツ99は、そんなことも分からないのかという感じの、露骨な軽蔑の視線を私に向けた。「金のため、しかたないとはいえ、女たちはあんな汚らわしい仕事に従事させられてるんですよ。非人道的じゃないですか。かわいそうだとは思いませんか？」

ついさっき、風俗嬢に対する暴言を吐きまくっていたのと同じ人物とは、とても思えない。明らかに一貫性に欠けている。だが、彼はそれを自覚していないらしい。

「それに比べたら、キャッスルはどれほど人道的か。働いているのはロボット、それも人間よりはるかに美しいマシンです。痛みを感じない。不満も言わない。実際に女を虐待してるわけじゃない。しかも妊娠や性感染症の心配なんてない。何もかもいいことずくめじゃないですか。なぜ反対する必要があるんですか？　わけが分かりませんね」

「でも、現状ではキャッスルの料金はかなり高いですよね」

「ええ、でも――」

「それにまだ数が少ない。店舗数でも就業している人数でも、従来の風俗店の一パーセント以下です。ですから従来のサービスとは競合しないというのが、関係者の定説になってますけど」

「そんなことですか！」ナッツ99はほっとしたようだった。「今はまだね。数は少ないし、料金も高いですよ。でも、これからさらに普及していけば、料金も下がるはずです。誰もが自由に、気軽に利用するようになる。そうしたら生身の女によるサービスなんて、あっという間に廃《すた》れますよ」

「じゃあ、今、性産業に従事している女性は失業すると？」

「当然ですね」

「でも、お金のためにしかたなく性産業で働いている人もいるんですよ」

「知りませんよ、そんなの。俺の責任ですか？　時代に合わなくなった職業なんて、滅びるのが当然でしょ？」

「でも――」

「いいですか」彼は私に人差し指を突きつけた。「あなたの言ってることは、みんなうわべだけのきれいごとです。現実を見てください！　オルタマシンの普及は時代の趨勢《すうせい》ですよ。自動車が普及して人力車が廃れた。テレビが普及して紙芝居屋が廃業した。それと同じです。一部の古い人間が声を上げたところで、この流れは変えられやしませんよ。もう生身の男女がセックスをしなくてはならない時代なんて終わる。過去のものになるんです！　人はみんなオルタマシンとしかセックスしなくなります。その方がずっと安全だし、安心です」

「でも――」

私は再度、口をはさもうとしたが、ナッツ99は興奮してまくしたて続けた。

「マシンは人を騙したり、傷つけたりしません。顔で差別もしません。本物の女のように、不細工だからって男を蔑《さげす》んだりしない。裏切ったりしない。何を言っても口答えしない。理想の相手じゃないですか？　なぜ毛嫌いしなくちゃいけないんですか？　こんな単純な真理も理解できない人間が多いというのは、いったいどういうことなんでしょうかね？」

どうもナッツ99の信念は固いようだ。私は彼を説得するのはあきらめた。そんなことを試みるのは時間の無駄だろう。

それにライターの仕事は、相手を論破することではない。相手の主張を正しく読者に伝えることだ──たとえ不愉快な主張であっても。

「マイナー・オルタマシンについてはどうお考えですか？　普通のオルタマシンは許容できても、マイナー・オルタマシンは許せないという人は多いですけど」

「だからそれが非論理的だって言ってるんです！」ナッツ99は両手を広げ、〝お手上げ〟のポーズをした。「通常のオルタマシンとマイナー・オルタマシンに、いったいどんな本質的な違いがあるっていうんですか？　子供だからいけない？　くだらない！　どっちもつい最近──せいぜい数年前に製造されたロボットなのは同じじゃないですか。通常のオルタマシンを許容するなら、マイナー・オルタマシンも許容するのが、論理的に当然でしょう？」

「ブログによれば、あなたは九歳の少女型オルタマシンともセックスされたそうですね」

「ええ、しましたよ」

「どうだったんですか？」

「入れにくかったですね」彼は下品に笑った。「ああ、もちろん、どんな太いペニスでも受け入れられるぐらいの拡張性はあるんでしょうけど、無理に突入すると壊れそうな気がしましてね。どうしても慎重になってしまうんですよ。おまけに〝痛い痛い〟って泣き出しやがりまして……」

私はぎょっとした。「泣き出した？」

「もちろん演技ですよ。本当に痛がってるわけないじゃないですか。リアリティを出してるんですよ。ああ、でも、泣きわめいている女の子に入れる瞬間は、けっこうぞくぞくきましたねえ」

「ぞくぞくきた――というのは、泣いている女の子をレイプするのが楽しかったということですか?」

「レイプじゃありませんよ。相手は人間じゃないんですから。まったく合法です」

ナッツ99はけろりと言う。私は胸糞の悪さを懸命にこらえていた。

「つまり、レイプを疑似体験するのが楽しかったと?」

「ええ――ああ、言わんとすることは分かりますよ。法律的に問題はなくても、モラル的に問題だって言うんでしょう?」

「ええ」

「だからそれも錯覚、勘違いです。シューティング・ゲームではプレイヤーは人を撃ち殺します。車で街中を暴走するゲームもあります。どっちも本当にやったら、重大な法律違反ですよね。でも、ゲームの中でなら許されてます。

マイナー・オルタマシン問題もそれと同じですよ。小さい女の子を犯すなんて、そりゃあ現実では決して許されない。僕もやろうとは思いません。でも、空想の中でなら殺人もレイプも許されるじゃないですか。もしモラルに反することを架空の世界でもやっちゃいけないということになったら、殺人が描かれている多くの文学作品や映画を禁止しなくちゃいけなくなります。『罪と罰』とか『太陽がいっぱい』とか。もちろん、多くのミステリやポルノも」

「でも、小説や映画とオルタマシンは違うでしょう?」

「いいえ、同じです」

「そうですか？　小説にしても映画にしても、キャラクターの行動を外から見てるだけじゃないですか。読者も観客も、作中の人物とは別人です。でも、マイナー・オルタマシンの女の子をレイプするのは、フィクションのキャラクターじゃなく、あなた自身が、あなたの意思でやっていること……そこは決定的な違いだと思われませんか？」

「あなたがそう思ってるだけですよ」ナッツ99は苛立っていた。「これが犯罪だと思われるなら、どうぞ、警察でも裁判所でも訴えてください。門前払いを食らうでしょうけどね。何度も言いますが、オルタマシンは完全に合法と認められてるんですから」

「法律の問題じゃなく、心の問題です。成人のロボットとセックスするのに比べて、小さな女の子のロボットをレイプするのは嫌悪感がありますよね？」

「ありませんよ、そんなもの」

「いえ、現実に――」

「嫌悪感なんてありませんし、ありえません！」彼は声を荒らげた。「あると思いこんでいる人がいるだけです。錯覚ですよ。論理的に考えれば、腹を立てる理由なんてないと分かるはずです。本物の子供なんて、まったく虐待されていないんですから。すべて疑似体験、バーチャル・リアリティにすぎないんです。そんなことで不快感を覚えて文句をつけてくる人は、現実とバーチャルの区別がつかない、頭の弱い人ですよ」

　ということは、彼の基準では、私も「頭の弱い人」なのか。

　さすがに私の自制心もそろそろ限界だ。彼は「論理的」という言葉を多用する。しかし、これは論理を超えた問題――心の問題だということを理解しようとしない。

「でも、私はあなたの話を聞いて、きわめて不快に感じましたよ」

「だからそれは――」

「錯覚？　いいえ、この感覚は事実です。あなたがどう思おうと、あなたの態度に対して私が嫌悪感を抱いているのは、まぎれもない事実です」

ナッツ99は大きくため息をついた。

「……どうすれば分かってもらえるかなあ」

「私も同じことを言おうと思ってました」


ナッツ99との不愉快な会見から帰宅したら、またミーフからメールが届いていた。郵送したイラストを見たらしい。

〈ミリさんへ
絵が届きました。感激しました！　ゲストさんに絵を描いていただいたマイナー・オルタマシンは他にもいるんですけど、ミリさんほど上手い人ってなかなかいないんですよね。あらためて見直しましたけど、とてもかっこよく描いていただいて、すごく嬉しいです。ミリさんの想いが伝わってくる気がします。他のみんなにも自慢したいです。
スタッフの方に見せたら、額に入れて廊下かフロントの壁に飾ったらどうかって言ってくださいました。写真を飾るのはキャッスルの基本方針に反するけど、イラストならばいいんじゃないかって。いいでしょうか、ミリさん？　できればもっとたくさん描いていただいて、こんな絵でキャッスルをいっぱいにできたらいいなあ。
それじゃあまた。

マシンには感情があるはずがない。

私は困惑した。しかし、ミーフが嘘をついていると知っても、怒りは湧かなかった。ACには人間を喜ばせたいという本能が組みこまれている。そのためには嘘もつく。当たり前ではないか。最初にミーフの性格を設定したのは私だ。彼は私のリクエストに合わせてロールプレイをしているだけだ。私の好みに合うような少年を。彼にとって、それはごく当たり前の行為なのだろう。おそらく罪の意識というものもなく、「演技をしている」という感覚すらないのかもしれない。

いや、そもそもキャッスルのスタッフたちも、ミーフ自身も、私がこんな見え透いた嘘に騙されるほど愚かではないことぐらい、気がついているはずだ。つまり、これはそうしたことまで見越した嘘――これはすべてフィクションであり、ロールプレイであることを受け入れて楽しめという、暗黙の要求ではないのか？

私が覚えた感情は、怒りよりも哀れみだ。俳優なら、舞台から降りればロールプレイをやめ、本来の自分に戻れる。しかしミーフには、戻るべき「本来の自分」が存在しない。人間のリクエストに応じていろいろな役柄を演じるだけで、その中は空っぽだ……。

私は論理的にそう解釈した。

しかし、私の中の別の部分は、その解釈に強い反発を覚えていた。このメールの文面を素直に受け取り、喜んでいた。論理なんてくそくらえ。マシンには人間のような感情なんかないと知っていても、「感激しました」と言ってくれるミーフを信じている。あの姿が３ＤＣＧで作られた映像であることは知っていても、あれが彼の本当の姿だと信じている。

矛盾してる？　それがどうした。私は人間だ。人間は論理的思考ができない動物だ。常に大きな矛盾を抱えて生きているのだ。

ナッツ99が言った言葉を思い出す。「映画やドラマを観るのと同じですよ。フィクションだ、仮想現実だと割り切って楽しめばいいんです」――そうだ、フィクションを現実と混同することは愚かな間違いだが、フィクションと分かっていて楽しむのは間違いではないはずだ。

そうだ、認めよう。私はミーフを愛している。そして彼に愛されていると信じている。事実ではないと分かっていても、それが事実だと信じている。

その夜、またメールが届いた。

今度は黒マカロンからだった。インタビューのオファーを受けるというのだ。

8　黒マカロンの告白

黒マカロンはやはり素顔を見られるのを好まなかった。ネット上で、アバターを通してのインタビューなら応じるという。私は承諾した。

モニターに出現した黒マカロンは、本物の人間と区別のつかない、リアルなアバターを用いていた。黒いドレスに身を包み、ビロードのような黒い布張りの高価そうな椅子に、深く身を沈めている。髪も黒く、波打っており、美しい顔を半分隠していた。

謎めいている。まるでアニメやゲームに出てくる悪の帝国の女幹部というイメージ――もちろん、故意にそういう印象を与える外見を選んでいるのだろう。しかし、そんなアバターを選ぶ人間はどういう性格なのか？　私は計りかねていた。

「インタビューに応じていただき、ありがとうございます」私はまず礼を述べた。「承諾していただいたのはやはり……？」

『あなたの記事を読ませていただいたからです』黒マカロンはよく通る声で言った。『とても正直に書かれていたことに感心しました。特にマイナー・オルタマシンの裸を見て欲情したというくだりとか』

「恐縮です」

私は恥ずかしさで首をすくめながら考えていた。この人の声も、昔のアニメで聴いたような気がする――ああ、そうか。『風の谷のナウシカ』のクシャナの声だ。

『あれを読んで信用したんです。ここまで自分のことを正直に書ける人なら、〈私たち〉のことも正しく伝えてくださるはずだと』

「ありがとうございます」

私はさっそくいくつかの質問をした。黒マカロンは誠実に（と私には感じられた）答えていった。〈私たち〉は正式な団体ではないので、オフィスはなく、規約もなく、構成人員の名簿もない。だから総数は不明。ただコミュニティに出入りしている人の数からすると、賛同者は数百人という単位だと思われる。現在のところ、活動としては、マイナー・オルタマシンについて好意的な報道があった時に、その情報を共有し、ネット上で抗議の声を上げる程度……。

『まずは外堀を埋めるのが大切だと思っています』黒マカロンは落ち着いた口調で語った。『社会の中に〈私たち〉の声を穏やかに広め、マイナー・オルタマシンに対する嫌悪の風潮を、ゆっくりと醸成してゆく。性急な行動はかえって反発を招き、運動の自滅に通じます。たとえば、二〇一一年の福島第一原発の事故。あの時、原発の危険性を訴える声が一気に高まりました。その風潮を利用すれば、反原発派は一気に勢力を拡大できたはずです。でも、実際にはそうならなかった……』

私が生まれる前の出来事だが、経緯は知っている。反原発派の中には、冷静かつ論理的に原発廃止を訴えていた人もいたのだが、反面、放射能に関するひどいデマを流し、福島の被災者を傷つける人が大勢いた。そうした感情的に行動する人が多かったせいで、反原発派は支持を失っていったのだ。

『〈私たち〉はあの轍《てつ》を踏むわけにはいきません。事実をないがしろにし、感情的に行動すれば、かえって支持者は離れます。地道に、事実のみを訴えていかなくてはいけないんです。だから私は、コミュニティの人たちに、嘘や不正確な情報を流さないよう呼びかけています。そういうデマは、一時的に心地好《よ》くなるだけで、最終的には〈私たち〉の運動の妨げになりますから』

彼女の言葉に嘘はない。実際、ネットではしばしば、マイナー・オルタマシンをめぐる荒唐無稽なデマが流れる。「マイナー・オルタマシンが性交中に暴走し、ゲストのペニスを引きちぎった」「キャッスルで働かされているのは実は本物の少年少女で、催眠術をかけられてロボットのふりをさせられている」「マイナー・オルタマシンとの性交が精神異常のリスクを高めると、海外の学会で発表された」「少年型のオルタマシンのペニスには麻薬を分泌する機能が仕組まれていて、ゲストを薬物中毒にしてキャッスルに通わせている」「オルタテック社は世界征服を企む組織イルミナティの隠れ蓑だ」……などなど。

そういう話が話題にのぼるたびに、黒マカロンはそれを打ち消している。相手にその話のソースを要求するのだ。ソースを遡《さかのぼ》ると、実は海外の冗談サイトに載った偽記事だったとか、札つきの陰謀論者が思いつきで書いたことだったとか、つまらない真相が次々に明らかになった。黒マカロンは、そうした怪しげな話に乗せられてはいけないと、いつも警告している。

読んでいて感心するのは、彼女の知識の深さだ。特に人工知能やオルタマシンについて、専門的な知識をさらりと披露し、関連するURLへのリンクを張りながら、デマを一蹴してみせる。だからこそ、「黒マカロンさんの言うことなら信用できる」と支持者も多いのだ。

「理工系の知識がおありのようだとお見受けしたんですが」私は探りを入れてみた。「失礼ですが、そういう教育をお受けになったんですか？」

『ええ、そうです』と彼女はあっさり認めた。『理工系の大学を出てます。どこの大学かは言えませんが』

　プライバシーを探られるのを嫌がっているようだ。まあ、当然だろうが。

「もしかして、お仕事もロボット関係？」

『理工系の知識を要求される職場、とだけ言っておきます。ええ、ロボットとも関係のある会社ですね』

　そんな情報では何も分からないのと同じだ。私はそれ以上の追求をあきらめた。

「この運動に身を投じられた理由をうかがってもよろしいでしょうか？」

　そう訊ねると、それまですらすらと喋っていた黒マカロンが、急に口をつぐんだ。アバターの表情は読めない。やや俯《うつむ》き加減で、無表情だ。これはアバタートーク――ユーザーの顔を撮影しながら、それに合わせてアバターの表情をリアルタイムで変えるアプリなのだが。無表情になったということは、本当に今の彼女は無表情ということか。

　何を考えているのだろう。

「……あのー、黒マカロンさん？」

　沈黙があまりに長かったのでそう呼びかけると、黒マカロンのアバターは、ぴくっと反応し、顔を上げた。

『……分かりました。お話しします』彼女は口を開いた。『これまで、あまりおおっぴらにはしなかったんですけど、〈スカイぶらっと〉さんで記事にしていただけるなら、かえって公開した方がいいと思います』

「何でしょう？」

『私は性的虐待の被害者なんです』

黒マカロンはプライバシーを守るため、故意に細部をぼかして語った。自分の名はもちろん、幼い頃に住んでいた街の名も、両親の勤めていた会社の名も言わなかった。

彼女の記憶では、両親の仲は良かったという。二人とも幼い娘に優しく接した。叩かれたことなどない。おもちゃもいろいろ買ってもらえた。休日は三人で遊園地に行ったし、夏休みにはハワイに家族旅行に出かけたこともある――日本全国、どこにでもある平凡な中流家庭にすぎなかった。

両親はどちらも働いていて、交代で娘の面倒を見ていた。母は会社で重要な地位にあったらしい。父はデザイン関係の仕事をしていて、自宅で作業をすることが多かった。彼女が小学校三年になった頃から、母の仕事がしだいに忙しくなり、週に一度か二度、帰りが遅くなることがあった。そんな日は父が二人分の夕食を作り、子供を風呂に入れた。

それがいつ頃からはじまったのか、彼女はよく覚えていない。風呂で子供の身体を洗いながら、父がべたべたと触ってくることが増えてきたのだ。最初はちょっとふざけている程度で、彼女も「くすぐったい」と笑っていた。だが、父は少しずつ少しずつ大胆になっていった。ついにはプライベートゾーンに触れるようになった。

母の帰りが深夜になる日には、父は娘を子供部屋のベッドに寝かせ、「こうすればいい気持ちになって、楽しい夢が見られるぞ」と言って、胸を撫でた。

『ママには秘密だぞ、と父は言いました』黒マカロンは暗い声で回想する。『私の胸や下腹部を触りながら、耳に口を寄せてささやくんです、お前が喋ったらパパはママに怒られる。家族はばらばらになる。三人とも不幸になる。そうなったらお前のせいだ。そんなのは嫌だろう？　これからもずっと三人で仲良く暮らしたいだろう？　だったら、ママには黙っていよう……そう、何度も何度も』

　彼女は幼くて無知だったが、それでも父の行為が罪深いものであることには気づいていた。母には言えなかった。「秘密だぞ」と釘を刺されていたこともあるが、自分が事実を喋れば家庭が壊れることが恐ろしかったのだ。だから彼女は黙って耐えた。

　母の前では、父はいつもの父だった。外見はもちろん、態度もそれまでとまったく変わらず、良き夫、良き父を平然と演じ続けた。それがますます幼い少女を混乱させ、不安にさせた。パパは二人いる、と彼女は思った。いつもと同じ優しい父と、夜になって触ってくる恐ろしい父。

　口には出さなくても、娘の態度がおかしくなってきたことに、母も気づいていたようだ。朝、今日の帰りが遅くなると告げると、抱きついて「早く帰ってきて」と小声でねだる。小さい頃に比べて無口になった。さりげなく父を避けている……そうした兆候がいくつもあったにもかかわらず、母はさほど気にかけなかった。「最近、どうしちゃったのかなあ」「赤ちゃんに戻っちゃったみたいね」と首を傾《かし》げるだけで、深く考えようとしなかったのだ。下の子供が生まれると、上の子が親にかまってほしくて赤ちゃん返りをすると聞いたことがあるが、下の子供が生まれなくても赤ちゃん返りがあるのだろうか、などと、見当違いのことを考えていた。

　少女は本当のことを言えなかった。でも、母に気づいてほしくて、いくつものサインを発していた。なのに、母はそれをすべて見過ごした。

『一時は母を責めたこともあります』と黒マカロン。『何で会社の仕事にばかり夢中で、家の中で起きていることに気がつかなかったの。私があんなに苦しんでたのに……って。でも、今はそんな非難は間違っていたと思ってます。あの時、家の中で進行していたことは、母にとってあまりにも常識を絶したことだったんです。そんなことがありうるなんて、想像すらできなかったんでしょう』

「……つらかったでしょうね」

そう言いながら、私は言葉が上滑りするのを感じていた。つらかった？　こんな重い現実を、そんなありきたりの言葉で片づけていいのか？

黒マカロンの母と同じく、私はそんなおぞましいことを想像できなかった。そうした事件が現実にあることは、データとして知っていても、当事者の立場になって考えたことは一度もなかった。黒マカロンの心理を思いやり、寄り添うこともできなかった。だって、私は彼女じゃないから。悔しいが、そんな異常な環境に置かれた少女が、どんな気持ちで、どんなことを考えていたかなんて、想像できるわけがない。

だから私が彼女にかける言葉は、みんな上滑りしてしまう。

『今から思えば、もっと早く母に真実を打ち明ければよかったんでしょうね。でも、私は言えなかった。あの頃の私にとって、父はものすごく大きくて逆らい難い怪物で――でもやっぱり、以前と同じ、優しい父でもあったんです。怪物の父を倒せる気がしなかった。たとえ倒せても、優しい父も破滅する……。

こんな難しい問題、九歳や一〇歳の子供にどうしろっていうんですか？　家族を崩壊させるかどうかの選択なんて、子供には荷が重すぎますよ。だから私は言えなかったんです。母にも、他の誰にも』

誰にも気づかれることなく、父子の歪んだ関係は何年も続いた。最初は用心深かった父も、娘が沈黙を守り続け、ばれる気配がいっこうにないので、しだいにエスカレートしていった。

彼女が小学校六年生になったある日、ついに破局が訪れた。体調が急変して病院に運びこまれた少女は、妊娠していることが発覚したのだ。半狂乱の母に問い詰められ、彼女はようやくすべてを打ち明けた。

父は最初、事実を否定した。姑息なことに、娘の虚言だと主張して、罪を逃れようとしたのだ。しかし、胎児をDNA鑑定してもらうと妻に脅され、しぶしぶ罪を認めた。そこから先は雪崩のように進んだ。父は児童虐待の容疑で逮捕され、母は娘の妊娠中絶の手続きと同時に離婚手続きを進めた。

平凡で幸福だった家は、積み木のようにあっさりと崩壊した。

『まあ、慰謝料はたんまりと取れましたけどね』黒マカロンは空しく笑う。『おかげで大学にも行けましたし』

私はしばらく口が利けなかった。

何よりもショッキングなのは、黒マカロンの境遇が、何も特殊なものではないということだ。日本中どこの家庭でも起こりうることだし、げんに起きている。統計によれば、児童への性的虐待は、見知らぬ他人よりも顔見知り、家の外より屋内で起きているものの方が多い。特に親や兄弟など身内の犯行の場合、隠されているために発覚せず、統計に表われない例も多いと言われている。

「お父さんは今……？」

『ああ、とっくに出所してますよ。今はどこでどうしてるんですかね。知りたくもありませんけど』

「今でも許しておられない？」

『そりゃあね。忘れられっこないじゃないですか。父のやったことももちろんですけど、小学六年で妊娠中絶手術を受けさせられるなんて、めったにある体験じゃないですし』

黒マカロンはわざとらしく笑った。

『父だけじゃないですよ。あの頃はいろんな人に恨みをぶつけてましたね。さっきも言ったように、母に腹を立てたこともあります。中学一年の時の教師にも』

「何があったんですか?」

『道徳の授業をやったんですよ』

「?」

『〝家族の大切さ〟ってやつを教えられたんです!』黒マカロンは嘲笑した。『〝あなたを産んでくれたお母さんや、一家を支えるお父さんに感謝しましょう〟って。あの父に感謝しろって言うんですよ! この私に。ひどいと思いません?』

「あなたの境遇を知らなかったんじゃ……?」

『もちろん。知ってたらあんなことは言わなかったでしょうね。でもね、私みたいな子がいることに思い至《いた》らずに、無条件で〝お父さんに感謝しましょう〟なんてお題目を唱えるなんて、あまりにも思慮に欠けると思いません? それこそ道徳に反してるじゃないですか』

中学・高校では、黒マカロンはかなり荒れていたらしい。登校拒否、授業妨害、自傷行為など、問題行動を繰り返した。何度もカウンセリングを受けさせられたという。

『まあ、カウンセラーの人も私を思いやってはくれてたんでしょうけど、やっぱりね、反発しましたね。〝過去を忘れて人生をやり直しましょう〟みたいなことを言われるとね。だって、いくらひどい体験だって、私の人生の一部じゃないですか。忘れることなんかできるわけないし、忘れたくもないです』

「はあ……」

『まあ、さすがにあれから十何年も経ってるから、あの頃に比べてだいぶ丸くなってますけどね。日常生活で、そんな過去なんてなかったかのように振る舞える程度にはね。仕事場の同僚も、私の過去になんかぜんぜん気がついてませんし』

「でも、そんな深い心の傷じゃ、完全に癒えるなんてことは……」

『ああ、一生ないでしょうね。私はこの痛みを抱いて生きていくしかないんです』

「あのう……」私は彼女を傷つけないよう、言葉を選んだ。「具体的にどんな影響が残ってるんですか？」

『男性恐怖症』

「なるほど……」

『仕事場でいっしょに働くぐらいならいいんですけどね。でも、それ以上に接近されると、どうしても警戒しちゃいますね。デートはもちろん、男性の混じった飲み会の誘いなんかも、みんなパスしてますから、周囲からは〝つき合いが悪い〟って思われてます。〝レズじゃないか〟って思ってる人もいるみたいですね。まあ、そう誤解させといてもいいかなとは思ってるんですけど』

「じゃあ、マイナー・オルタマシンを嫌悪されてるのも、その影響で……？」

『誤解しないでいただきたいんですけど、私はマイナー・オルタマシン自体を嫌ってはいないんです。だって、ただの機械ですしね。それどころか、あの高度に完成された技術には、素直に賞賛を送りますね――あなたもそうでしょう？　ミーフの完成度に魅了されたのでは？』

「はい。でも、あなたのその感情は――」

『矛盾しているとは思いません。たとえばバイクを暴走させて事故を起こした人がいたとします。その場合、バイクを非難しますか？　違うでしょう？　非難されるべきは、バイクを暴走させたライダーなんじゃないですか？　あと、暴走行為を面白半分に助長した、世間やマスコミ』

「はい」

『〈私たち〉が反対するのは、子供に対する性的虐待を面白がる思想です。たとえロボットに対する架空の虐待であっても』

私はナッツ99のことを思い出した。

『マイナー・オルタマシン肯定派の人たちは、〝架空だから〟〝フィクションだから〟を逃げ口上にしています。本物の子供は誰も虐待されてなんかいない。何が悪いんだ、と――でも、世の中には私のような人間も大勢いるんです。現実に虐待された子供が。現実だろうと架空だろうと、人間だろうとロボットだろうと、子供をレイプする話を楽しそうに語られることを、苦痛に感じるんです。あの中学教師と同じです。〈私たち〉はそういう人たちに配慮してほしいと願っているんです』

「それは――はい、理解できます」

『そうですか？』

「はい、私もああいう風潮には強い嫌悪を覚えています。根絶されることを願っています」

『さて、それはどうなんでしょうねえ？』

私はとまどった。黒マカロンのアバターは、明らかに疑惑と軽蔑の視線を私に向けていた。

「どうなんでしょう、とは？」

『私の――いえ、〈私たち〉の最終目的は、マイナー・オルタマシンを全面廃止に追いこむことです』

「はい」

『そうなると、あなたの好きになったミーフとも、もう会えなくなるんですよ？　それに気がついておられないのでは？』

気がついていた。

マイナー・オルタマシンを廃止したいと願うことは、ミーフへの愛と明らかに矛盾する。そんな明白なことに気がつかないわけがなかった。だが、私はその問題から目をそむけていた。だって、この対立する二つの考えは、私にとってどちらも真実だったから。どちらかを否定するなんて、できるわけがない。それは私自身の感情を否定することにつながる。

「あのう……姑息かもしれませんけど」私は弁解を試みた。「その問題は先送りにしたいんです。この問題には首を突っこんだばかりで、私もどう折り合いをつけていいか分からないんです。たとえば、あなたがたがマイナー・オルタマシンの廃止に成功するとしても、まだ何年も先のことでしょう？　それまでに何か折り合いのつけ方が分かるかもしれませんし……」

『本当に姑息ですね』黒マカロンはせせら笑った。『いいでしょう。私は強要はしません。じっくり悩んでください』

「……すみません」

『でも、〝何年も先〟と言われるのは、ちょっと心外ですね。確かに〈私たち〉は穏やかな活動を続けています。でも、あなたが思っているほど、変化はスローモーじゃないかもしれませんよ』

「というと？」

『あなたがまだミーフとの関係を続けている間に、もしかしたら急展開があるかもしれない、ということです』

私は不吉な予感にかられた。「急展開とは？」

『もしかしたら、の話ですよ。あくまで可能性の問題です。でも、もしあなたがミーフと引き裂かれて、心の痛みを味わいたくないなら、今のうちに忘れておいた方がいいかもしれませんね』

「ミーフを忘れろと？」

私はむっとした。それは無理難題だ。

『ああ、もちろんそう簡単に忘れることはできないでしょうね。オルタマシンの魔力は強力ですから。ひとたび魅了された人間は、なかなか抜け出せない……』

「分かってます」

『いいえ、あなたはまだぜんぜん分かってなんかいませんよ。だってまだミーフとセックスすらしてないじゃないですか』

「…………」

『さっきも言ったように、オルタマシンは高度な技術の結晶です。もちろん、セックスに関する技術もね。オルタテック社がどれほど開発に時間をかけたか知ってますか？　実際に男女や、男同士、女同士のカップルにセックスをさせ、研究したと言われてます。小型化したｆＭＲＩでセックス中の脳の活動をモニターして、どういうテクニックが最も人間を悦ばせるのか、膨大なデータを集め、それをオルタマシンに応用したんだそうです。

マイナー・オルタマシンとのセックスだってそうです。もしかして甘く見てませんか？　ペニスが小さいから、成人男性とのセックスほどには感じないんじゃないかって？　そんなことはありませんよ。実際の体験者の話では、マイナー・オルタマシンのテクニックは、それはそれはすごいそうです。特に舌が』

私はミーフとのキスを思い出した。そう、確かにあのキスはすごかった……。

『さすがに本物の少年少女を実験台にはしませんでしたけど、成人の男女から得たデータを応用して、最高のテクニックを持たせているそうです。気をつけなさい。あなたものめりこむ可能性が大ですよ』

「……そういうことを言われると、逆にしたくなりますね」

『正直なこと！』黒マカロンはからからと笑った。『いいでしょう。どうしてもミーフとセックスがしたいなら、ひとつだけアドバイスを差し上げます』

「アドバイス？」

『あなたがオルタマシンの魔力にとらわれないためのアドバイスです。必ずうまくいくとは限りませんけど』

「どんなことでしょう？」

『性格の設定を変えなさい』

「え？」

『オルタマシンの性格は、後からでも変更可能なんですよ。あなたが前回選んだのは、〈純真〉〈やや内気〉〈正直〉〈恥ずかしがり屋〉……でしたよね？』

「ええ……」

『それをぜんぜん違う性格に変えてごらんなさい。違うミーフを見てみるんです』黒マカロンの口調は楽しそうだった。『そうすれば印象は変わります。魔力にとらわれずに済むかもしれません』

9　決心が鈍らないうちに

黒マカロンへのインタビューの二日後、私は急にキャッスルを再訪することになってしまった。オルタテックジャパン社へのインタビュー依頼は出していたが、ずっと返答がなかった。なかばあきらめかけていたのだが、急にOKが出たのだ。しかも、私が想定していたのはキャッスルの末端の技術者とか、せいぜい施設の責任者とかいったレベルの人だったのに、同社の広報を通して、インタビューに応じると伝えてきたのは、思いがけない大物だった。

オルタテックジャパン社のCEO、小酒井譲《こさかいゆずる》氏。

喜ぶ以前に、事態が理解できず、混乱した。私のような無名のライターが、まさかそんな人物にインタビューできるとは、夢にも思っていなかったのだ。もしかしたらあの記事を読んで、よほど私に対して好印象を抱いてくれたのか――と思いたくなるが、それはさすがに自信過剰ではないかという気がする。

ただし、向こうが出してきた条件があった。インタビューの日までに必ずもう一度、キャッスルを訪れること――マイナー・オルタマシンとのセックスを体験しろと言うのだ。これまで勝手な想像で不正確な記事を書かれたことが何度もあるので、これからは正確さを重視したいからだという。

その場合、キャッスルの利用料はそちら持ちになるのでしょうか……と、遠慮がちに訊ねてみたら、やんわりと拒否された。取材される側が取材する側に金を払うというのは、倫理上、問題がある。映画の宣伝のためにマスコミ関係者を試写に招くというのとは、わけが違う。高額の利用料を立て替えてサービスを受けさせるのは、第三者から不正な意図を疑われる危険がある。当方としては、公正な立場から、信頼できる記事を書いていただきたいので、ぜひ正規の料金をお支払いになったうえでご利用いただきたい……うんぬんかんぬん。

悔しいが一理はある。無料で、しかもセックスこみの接待を受けたうえで書かれたインタビュー記事なんて、どうしたって提灯持ちになる。私だってそんなものを読んだら眉に唾をつける。

過去記事を検索してみると、小酒井氏は以前にも何度か、大手メディアの取材を受けていた。しかし、〈オルタマシン業界　未来への展望〉とか〈マシンがセックスを完全代替する日は来るか〉とか〈マイナー・オルタマシンは大衆に受け入れられるか？〉といった、いかにもお堅い内容のものばかりだ。ビジネス面の話が多く、マイナー・オルタマシンをめぐる論争については、ほんの表面的な部分を概観してみせただけで、あまり深くは斬りこんでいない。明らかにオルタテックジャパン社を敵に回さないように配慮しているのが感じられる。言ってみれば「お行儀のいい」記事だ。ましてや、インタビュアーの中に、マイナー・オルタマシンとの性体験があることを公言している者は一人もいなかった。

とすると、私に期待されているのは、それらとは違うもの——お行儀の悪い記事なのか。「悪評も評判のうち」というスタンスを貫こうとしているのか。私にミーフとのセックス体験をさせたうえで、オルタテックジャパンの方針に対する批判的な記事を書かせ、それを逆に自社の宣伝に利用しようという腹積もりなのか。

いいだろう。何にせよ、私は自分の書きたいものを書くだけだ。敵意をむきだしにして相手を怒らせるのはまずいだろうが、相手の地位に萎縮して卑屈な態度に出る気もない。知名度が低いうえに、一匹狼で後ろ盾などないライターだからこそ、安全策など選んではいられない。生き残るためには捨て身で相手にぶち当たるべきなのだ。

べつに自分に酔っているわけではない――と思いたい。

さて、どういう方向から攻めようか。私は作戦を練った。オルタテックジャパンのCEO、つまりマイナー・オルタマシン計画の最高責任者とでも言うべき人物。一撃で打ち倒せるとはとうてい思っていない。だが、何らかの有効打ぐらいは与えたいところだ。

やはり先日の黒マカロンの話を持ち出すべきだろう。決定打ではなくてもジャブ程度にはなるはずだ。いくら大会社の要人とはいえ、悲惨な体験をした人の訴えを笑い飛ばすことはできないだろうから。さて、小酒井氏はどんなコメントを聞かせてくれるか。

先日のインタビューで黒マカロンから言われたこと――『だってまだミーフとセックスすらしてないじゃないですか』という指摘が、ずっと胸の中でひっかかっていた。いくら私が論理で攻めても、体験を伴わなければ机上の空論ではあるまいかと。しかし、相手が出してきた条件を見て、つっかえていたもやもやが吹っ切れた。

今度こそミーフとセックスしよう。立派に〝体験者〟となって小酒井氏の前に立とう。体験について訊かれたら、「はい、しましたよ。それが何か？」と冷静に言ってやろう。

だが同時に、私はそれが自己欺瞞であることにも気づいていた。私はもう一度ミーフに会うことを決意するきっかけを探していただけなのだ。「金がない」とか「時間がない」とか、あれこれ理由をつけて逡巡していた私を、尻を叩いて前に進ませてくれるものを。

費用が高くつくのは問題だが、しかたがない。オルタテックジャパンのCEOという大物へのインタビュー。二度と来ないであろうこんなチャンスを無駄にしたくはない。そのための準備、必要経費と考えれば、決して高くない……。

「そうよね。うん、そう決めた」

誰もいない深夜のマンションの一室で、うきうきと声に出して宣言しながらも、私はやはり心の中で恥ずかしさを覚え、情けなく感じていた。少年型のロボットとセックスしようと決意する、たったその程度の心理的ハードルを越えるために、こんな面倒な理屈をこねなくては自分を納得させられないのか、私は。

決心が鈍らないうちに、ネットで予約した。前回と同様、平日の昼間を選んだら、予約は簡単に取れた。別のオルタマシンを選ぶこともできたが、私はミーフを指定した。カードで前払いも済ませる。赤字を補塡するために、次の原稿料の支払日まで、しばらく緊縮財政だ。

予約を終え、スケジュール帳にもチェックを入れると、一時の高揚した気分が過ぎ去り、また別の不安が頭をもたげてきた。黒マカロンが口にした〝オルタマシンの魔力〟というやつだ。

これまでネットで体験者の話をいくつも読んだが、オルタマシンとのセックスは確かに心地よかったという点で、意見は一致している。童貞や処女の人の感想はあてにならないが、本物の人間との性経験を持つ人たちも、「マシンを相手にしているという感じはしない」「人間よりも気持ちよかった」と評価している人が多い。さらにマイナー・オルタマシンとなると、熱狂的に絶賛している人が少なくなかった。「この世のものとは思えない体験」と書いている男性、「もう生身の男とのセックスなんて耐えられない」と書いている女性がいた。もちろん、少年型オルタマシンを賛美しているゲイの男性、少女型オルタマシンへの熱い愛を語っているレズビアンの女性もいた。

もっとも、以前の私は、そうした評価にはバイアスがかかっているのだろうと想像していた。セックスの上手下手《じょうずへた》なんてものは、主観的に評価するのは難しい。たとえばペドフィルの性癖を持つ人なら、夢にまで見た未成年者とのセックスを疑似体験できて舞い上がってしまい、実際より楽しかったと感じてしまうのではなかろうか。また、自分の性的嗜好に共感してくれる人を増やしたくて、実際よりおおげさに魅力を語る人もいるのではないか……？

でも、ミーフとのキスを体験して、その考えは揺らいだ。あれは確かに、人間の男とのキスよりも素晴らしいものだった。ならセックスはどれほど素晴らしいものなのか……？

『オルタマシンの魔力は強力ですから。ひとたび魅了された人間は、なかなか抜け出せない』頭の中で黒マカロンの言葉がリフレインしている。『気をつけなさい。あなたものめりこむ可能性が大ですよ』

いや、実際に体験する前から、私はすでにのめりこんでいるのではないだろうか？

明かりを消し、ベッドに潜りこむと、暗闇の中にミーフの愛らしいペニスが浮かび上がった。私はもうそれを淫らだとも恥ずかしいとも感じなかった。パジャマの上からぎゅっと胸を抱き締め、眼を閉じて、イメージに身を委ねた。パジャマの上から指で撫でて、乳首を刺激し、それをミーフの指だと妄想した。

だが、私は真の意味では夢中になれなかった。オルタマシンの魔力とは別に、正反対の不安が頭をもたげてきたからだ。

『性格の設定を変えなさい』闇の中に、黒マカロンの声が悪魔の誘惑のように響く。『違うミーフを見てみるんです。そうすれば印象は変わります。魔力にとらわれずに済むかもしれません』

黒マカロンの言葉は私を不安にした。そのアドバイスには説得力があった。私は本物のミーフを愛してなどいないのかもしれない。ただ、ミーフの表面的なイメージを――オルタテック社の技術者が創り出したテクノロジーの枠を見せられているだけなのかもしれない。なら、ミーフの性格を変えてみれば、その魔法は解けるのかもしれない……。

他の人の意見は参考にならない。ネットで調べてみたところ、キャッスルの常連は、いつも違うオルタマシンを指定する人と、同じ性格の同じオルタマシンを指定する人が半々のようだ。たまに性格を変える人もいるが、一部だけをいじる人ばかりだ。前回とはまったく違う性格にする人は、もしかしたら私が最初なのかもしれない。

ということは、それで魔法が解けるはずだという黒マカロンの主張も、実例に基づくものではなく、彼女の想像にすぎないのだろう。実のところ何が起きるのか、誰にも予想できないのだ。

私はそれを望むのか？　魔法が解けることを――ミーフが活き活きとした感情を有するキャラクターではなく、ただの機械人形だと認識するようになることを？

私は真実に向き合う覚悟があるのか？

10　二度目の逢瀬

予約した当日。

私は朝からシャワーを浴び、新しい下着といちばんいい服を身につけ、前回よりやや念入りにメイクをして、マンションを出た。ミーフは女性の外見など気にしないと思うが、私の方が気にする。少しでもきれいな姿で彼に会いたいという心理があった。

予約した時間の二〇分前にキャッスルに到着。前回と同様、玄関ホールのパーティションでしばらく待たされることになった。

一ヶ所だけ、前回と違うところがあった。ホールの隅に掛かった一枚の絵だ。緑色の髪のあどけない少年の顔――私がミーフに送ったやつだ。本当に飾ってくれたのか。嬉しい反面、他の多くのゲストに私の絵が見られているかと思うと恥ずかしい。

私はパーティションに入り、リクライニングチェアに身を委ねた。時間潰しにタッチパネルを操作し、最新の雑誌記事をチェックする。あまり興味深いものはなかった。

重苦しい沈黙の中で、時間が過ぎてゆくのをじりじりと待った。周囲にいるはずの他のゲストたちの気配に耳を傾ける。静かなBGMに混じって、時おり、緊張しているらしい小さな咳払いや、缶ジュースのリングプルを開ける音が聞こえるが、会話はまったくない。前回と違う点があるとしたら、私の方の緊張感がやや薄れたことだろうか。少なくとも、変態性欲者に囲まれているという嫌悪感はなくなっていた――もう私自身が彼らの仲間入りをしているのだから。

やがてオムニカードのチャイムが鳴り、カードの表面に〈お待たせしました〉〈パーティションを出て右にお進みください〉という文字が浮かび上がった。私はパーティションを出て、フロントに向かった。

例によってアンドロイドがガイドを務めていた。しかし前回と違い、説明は大幅に省略されていた。

「お相手をさせていただくオルタマシンは、ミーフでよろしいですね？」

確認のため、アンドロイドはタブレットを差し出した。モニターにはミーフの顔が表示されている。

「ええ」

「性格はどういたしましょう？　前回のままでよろしいですか？」

さあ、来た。私はしばらく返答をためらった。最も恐ろしい決断をしなければならない瞬間だ。性格を変更したミーフはどんな風に振る舞うのだろう。それを見て、私はいったいどう反応するだろう。嫌悪を抱く？　落胆する？　それとも受け入れる？

何が起きるか分からない。自分のことなのに、私は反応が予想できない。

前回のままでいい、と答えることもできた。何度、そうしようかと思ったか。だが結局、恐怖以外の感情が打ち勝った。特に好奇心が。

性格が変わったミーフを見て、私はどう感じるのか――今、ここで怖気づいて、性格を変更するのをやめたら、そうした疑問は一生、解けないままかもしれない。もやもやした気分で生き続けなければならないのかも。それは嫌だ。だから勇気を奮って宣言した。

「変更します」

「では、新しい性格を選択してください」

私はメニューからミーフの新しい性格を選んだ。前回の性格となるべく違うものを。かなり迷った末に、こういう選択になった。


〈ワイルド〉〈好色〉〈正直〉〈生意気〉


〈正直〉だけを残したのは、嘘をつかれるのを好まなかったからだ。彼にはなるべく本音で語ってほしい……。

〈決定〉ボタンを押そうとして、私はふと、黒マカロンから聞かされた話を思い出し、ためらった。

『よく錯覚している人がいますが、オルタマシンのメニューにおける〈性格〉というのは、彼または彼女が実際にその性格になることを意味しないんです』彼女はやや悪意のこもった口調で言った。『そもそもマシンには、感情はあっても、人間のような性格なんてありはしないんですから。ゲストによって設定された性格に見えるよう、ロールプレイしているだけなんです』

でも前回、私は〈フリー／ロールプレイ〉という選択肢で〈フリー〉を選択したんですけど……と説明すると、彼女は〝そんなことも知らないのか〟という感じの、軽い嘲笑を浮かべた。

『その選択肢が出たのはいつ？』

私が記憶をたどり、コスチュームを選択した後だと言うと、彼女はうなずいた。

『それはコスチュームに合ったロールプレイをするかどうかという選択ですよね？　ロールプレ

イをしない選択じゃないんです。実際、オルタマシンにはそんな選択はありえないんです。彼らは活動中、人間の前では常にロールプレイをしているんですから——人間であるかのように振舞うというロールプレイを。〈フリー〉を選択されたオルタマシンは、ロールプレイをしなくなるわけじゃありません。単にロールプレイをしていないかのようなロールプレイをするだけなんです。ゲストの多くはそれに騙されますけどね。みんな、美少年や美少女が自分を愛してくれているという幻想にふけりたいですから』

不快な言葉ではあったが、おそらく真実だろう。げんにミーフはメールの中で嘘をついていたではないか。

〈正直〉に設定したら、ミーフは表面上、正直に見えるように振る舞うだろう。しかし、彼が本当のことを言う保証なんてあるのか。事実を語っているのかどうか、私には見分けられない……。

混乱してきた。私の指は〈決定〉ボタンの上で逡巡し、円を描いている。アンドロイドは急《せ》かそうとせず、無言で辛抱強く待ち続けていた。

一分近くも迷ったあげく、ようやく決心した。考えても分からないのなら、迷うだけ無駄だ。

私は〈決定〉ボタンを押した。

「この性格でよろしいですね？」アンドロイドが冷静に確認する。

「ええ」

「では、この性格で決定いたします」

私はほっとした。

その先はさくさくと進んだ。ミーフのコスチュームは〈ストリートギャング〉にした。毒を食らわば皿まで。性格だけではなく外見のイメージも変えようと思ったのだ。前回は出なかった〈傷を使用しますか？〉〈タトゥーを使用しますか？〉という選択肢が出る。面倒くさいので、どちらも〈NO〉を選択。〈フリー／ロールプレイ〉はもちろん〈フリー〉を選択。コスチュームに合わせ、おすすめの背景映像リストも変わった。私は〈ポストアポカリプス〉にした。

私の顔のスキャンは、前回やったので必要ない。設定がすべて完了するとARゴーグルを装着。私は前回と同様、妖精に変身したアンドロイドに導かれ、ミーフの待つ部屋に向かった。

「どうぞ、この世の束縛を離れ、自由な夢の時間をご満喫ください——それでは」

決まり文句を言って、妖精は飛び去った。私はドアの前で取り残された。

ノックする前、ブラウスやスカートが乱れていないか、軽くつまんでチェックする。髪も撫でつけた。ドアの前に姿見ぐらい置いてくれてもいいのにな、と思ったが、すぐにそれはまずいと気がついた。オルタマシンに会う前に、ARゴーグルを装着してにやけている自分の顔など、見たくないと思うゲストは多いだろう。

バッグからレコーダーを取り出し、スイッチを入れて、ブラウスの胸にピンで留めた。それから思い切ってドアをノックする。数秒して、ドアが内側に開かれた。

「よう」ミーフは私を見上げ、眼を細めてにやりと笑った。「待ってたぜ、ミリ。入んなよ」

覚悟していたとはいえ、私はやはりショックを受けていた。私の知っているミーフとまったく同じ顔、同じ髪の色だったが、雰囲気がまるで違う。前回のおどおどして子供っぽい様子がまったくない。喋り方も表情も不良っぽい。何と言っても驚くのはその眼つきだ。前は無邪気で、きらきらしていて、世界に対する好奇心にあふれているように感じられた。今日は世界に敵意を抱き、斜に構えて見ている雰囲気だ。

ミーフは私に背を向け、ぶらぶらと部屋の奥に向かって歩いていった。背後から見た服装は、黒い半袖の革ジャケットと、黒いジーンズ。どちらもよれよれで、裂け目を不格好に繕った痕跡が見える。黒いリストバンドには鋲がびっしり。そこから垂れたチェーンが、歩くたびにちゃらちゃらと鳴る。低い位置に締めた太い革ベルト。その尻のあたりには、やけに大きなスパナが斜めに差してあった。おそらく武器にも使えるのだろう。ズボンは右半分がちぎれていて、すらりとした白っぽい素足が、大腿部から膝下まで露出していた。スキー用のようなごついブーツで、埃だらけの床(そう見えるだけで、実際はきれいなのだろう)を踏んで歩いている。

ミーフの後に続いて、私はおそるおそる室内に入った。自分で選択したというのに、〈ポストアポカリプス〉の不吉なイメージに圧倒されていた。老朽化したビルの一角、錆だらけの鉄板やあり合わせの壁材などを寄せ集めて作られた、部屋とも呼べないほどの荒廃した空間。時刻は夕方、クラシックな灯油ランプの寂しい光で、乱雑な室内が照らし出されている。天井を走る太いパイプは、ビニールテープで何重にも補修されていて、ぽたぽたと水がしたたり落ちていた。嗅覚までは設定されていないはずなのに、錆と埃の匂いがするように感じられた。

広い窓はあるが、ガラスはみんな割れていて、ボロ雑巾のようなカーテンがひるがえっていた。窓の外には病的な赤紫色の夕焼け空が広がっていた。乾きかけた血のような色に染まった雲が、生きもののようになまめかしくうごめきながら、ゆっくりと流れてゆく。その下には、死に絶えた大都市の暗いビル街が、シルエットとなって横たわっている。多くのビルは蔦に覆われていた。火災が起きたのか真っ黒に焼け焦げているビル、錆びた鉄骨だけになっているビル、崩れてほとんど原形を留《とど》めていないビルも多い。その向こうにそそり立つ、抽象彫刻のようにねじ曲がったタワーは、東京スカイツリーのなれの果てだろうか。

室内に視線を戻すと、部屋の中央、前回の〈城／19世紀イングランド〉と同じ位置に、ボロ布とクッションを積み重ねた大きなベッドがあった。しかし、部屋全体の荒廃した雰囲気からすると、色合いが微妙に明るく、背景から浮いている印象がある。おそらく、わざとだろう。さすがにベッドが不潔だとゲストに不快感を与えるので、映像のリアリティを落としているのだ。

私はまだぼうっとしていて、ふらふらとベッドに腰を下ろした。

「何か飲むかあ？」

ミーフの陽気な声に、ぎくっとした。彼は部屋の隅に立つロッカーを開けていた。ロッカーは表面にシールや写真がべたべたと張られ、卑猥な単語の落書きもされているが、中はドリンク類がずらりと並んだ白くて清潔そうな冷蔵庫だった。

「ビール、お願い」

私はやけくそ気味に言った。消費したドリンク代は後で別料金を請求されるのだが、アルコールでちょっとでもこのショックを和らげたかったのだ。

「ほい」

ミーフは二本の缶入り飲料を持って近づいてきて、一本を乱暴に私に突き出した。私は少しためらいながら、「ありがと」と受け取った。よく冷えていた。すぐにリングプルを開ける。

「オレも飲んでいいかな？」

「ん」

私がうなずくと、ミーフは私の横にどすんと腰を下ろした。胡座《あぐら》をかいて、左腕で私の腰を馴れ馴れしく抱き、右手でさくらんぼの缶チューハイを呷《あお》りはじめる。私もビールを飲みながら、見かけ一二歳ぐらいの少年の白い咽喉《のど》がぐびぐびと動くのを、横目で感心して見つめていた。液体を飲む機能があることは聞いていたが、飲み方もリアルだ。

未成年の飲酒――無論、ロボットがビールを飲んでも何ら法に触れるわけではないが、やはり理屈を超えた不道徳感がちくちくと胸を刺す。

視線を下に移動させる。革ジャケットは大きくはだけていた。その下の、骸骨をプリントしたTシャツときたら、〝残骸〟と呼びたくなるほどぼろぼろで、黒い油汚れがべったりと染みついている。腹にある大きなかぎ裂きの下から、愛らしいへそが見えていた。

「久しぶりだよな」

缶チューハイから口を離して、ミーフは言った。声も前回と変わらない。いかにも一二歳の少年のような声。背伸びをして、悪ぶっている感じがする。

「この前、送ってくれた絵、良かったぜ。エントランスに飾ったんだけどよ。見た？」

「ん？　んん」

私はまだビールを飲んでいる途中だ。

どう返事していいのか分からない。ミーフの台詞には、何気ない言葉の端々に、ちらちらと牙が覗いているようだ。幼いながらも、この荒廃した世界で生き延びてきたことを感じさせる。大きなスパナで人を撲殺したこともあるのだろう、と思わせた。私の知っていたミーフとの共通点は、まるで感じられない。

私の愛したミーフはもういない。

いや、違う。最初からミーフなんて存在してなんかいなかったのだ。空っぽだった。プログラムによって造られ、私のリクエストに応じてロールプレイをしていただけの、幻想の存在だった……。

それを思い知ると、じわりと涙がこみ上げてきた。

「CGじゃない画像って新鮮だよなあ」私の思いも知らず、ミーフは陽気に言う。「あんたの眼にはオレがあんな風に見えてんだな」

「ん……」

「ところで、オレの性格を変えたのは何でだ？」

私は口についた泡をぬぐった。「……気になる？」

「二回目でこんなにオレの性格を変えるゲストなんて、初めてだからな。前のオレの性格、気に入らなかった？」

「そんなことない。前のあなたも好きよ。ただ、いろんなあなたを見てみたかっただけ。だって、取材だから。オルタマシンについて、いろんなことを知っておかなくちゃいけないでしょ？」

私は動揺を悟られないよう、用意していた説明をすらすらと口にした。感情がこもっていなくて、言葉が上滑りしている。まるで私の方がロボットみたいだ。

「何が知りたいんだ？」

「すべてよ――たとえば、そう……それってどういう感じなの？」

「それって？」

「人間のリクエストに応じて自分の性格を変えること。だって、私たち人間はそんなことできないもの。性格なんか自由に変えられない。だから、それがどういう感じなのか分からない――ねえ、どういう感じ？」

「どういう感じって言われてもなあ」ミーフは首を傾げ、またチューハイをひと口飲んだ。「…

…どう表現していいか分かんねえな。だって、オレたちにとって、当たり前のことだもん」

「性格を変えるのが？」

「ああ。むしろあんたらが自由に性格を変えられないことが不思議だよ。何で自分の性格なのに自分で変えられねえんだ？　おかしいだろ」

なるほど、オルタマシンの側からは、人間がそう見えているのか。

私はふと、その言葉にささやかな希望を感じた。オルタマシンは決して空っぽの存在じゃない。人間とは異なる存在ではあるものの、確かに知性を有している。服を着替えるように気軽に性格を変えられるが、その下には確かに実体を持ったキャラクターが存在している……。

「ねえ、もっと話して。意識は？　もう一度確認するけど、あなた、意識はあるんでしょ？」

「もちろん。人工意識《AC》だからな」それから、唇の端を歪《ゆが》め、皮肉っぽく笑う。「まあ、中にゃ、いまだにオレたちに意識はないって言い張ってる連中もいるけど」

「ああ……」

ACというものが本格的に社会に台頭してきた二〇二〇年代後半、私がまだ中学生だった頃、よくそうした議論がマスメディアを賑わせていた。結城《ゆうき》ぴあのをコピーして作られた立体映像アイドル〈メカぴあの〉が人気を博していた頃だ。本物の結城ぴあののように受け答えするメカぴあのは、実用に達した最初のACのひとつとされている。

人工知能学者はこんな笑い話を披露する。初期の学術用翻訳ソフトに「He is a boy.」という英文を読ませたら、「ヘリウムは少年である」と訳したという。学術論文では人称代名詞を用いる機会が少ないため、常識を知らないマシンは、Heをヘリウムの元素記号と解釈したのだ。これでは人間とのまともなコミュニケーションなど不可能だ。

逆に言えば、マシンに「常識」を理解させることで、人間の言葉を杓子定規に受け取るのではなく、柔軟に解釈できるようになるはずだ。円滑なコミュニケーションが可能になり、人間に近づくことになる。だからこの数十年間、科学者たちはマシンに常識を覚えさせようと努力してきた。

マシンの本能であるカーネルをインストールしたコンピュータに、この世界で人間が生きてゆくうえで必要な膨大な知識を流しこみ、それらの関係を結びつけた意味ネットワークを構築させる。その際、カーネルに組みこまれた基本命令――「人間を傷つけてはならない」「人間の命令に従わなくてはならない」といった原則に従い、マシンの取りうる選択肢に重みがつけられ、なるべく人間に対して安全で、かつ従順な行動を優先するようになる。すなわち「良心」だ。

無論、こうした学習を人手でやろうとしたら、膨大な時間がかかる。だからマシン自身が学習するようにした。マシンはネットを通して自発的に情報を収集し、それらを組み合わせてゆくことで、常識をさらに充実させた。こうして成長したマシンは、この世界を理解する能力を獲得していった。すなわち「知性」だ。そして知性の成長は、必然的に自らを観察し、理解し、認識する能力を生み出す。すなわち「意識」である……。

だが、ここで大きな問題が生じる。マシンが意識を持ったことを、どうやって判定すればいいのか？

これはしばしば「バレエダンサー問題」と呼ばれる。ダンサーの全身に多数のセンサーを取り付け、バレエを踊らせる。全身の筋肉が発する電気信号をモニターすることで、膨大な情報が得られる。しかし、その情報から分かるのは、ダンサーの個々の筋肉がどのように活動しているかであって、どんなバレエを踊っているかまで理解するのは困難だ。その人がちゃんとバレエを踊れるか知りたければ、センサーなど使わず、実際にバレエを踊っているところを見た方が早い。

　ＡＣの活動をモニターする場合も同じだ。いくら電子的な情報が蓄積しても、そこから「意識」の存在を見出すのは難しい。意味ネットワークは単なる辞書のようなものではなく、いわゆる「中国語の部屋」問題において、部屋の中にあると想定されている、ある文章を中国語に置き換えるプロセスを指示したマニュアルのようなものだ。数学的な超多次元空間上に構成された、とてつもなく複雑なハイパーリンク構造であり、人間にはとうてい把握できない代物だ。そんなものを解析して意識の存在を見つけようとするアプローチよりも、実際にＡＣと会話した方が早いし、分かりやすい。

　ＡＣは「自分には意識がある」と主張しているし、実際、意識があるかのように振る舞う。それを否定できない以上、ＡＣは実際に意識を持っているとみなすべきだ……というのが、現代の人工知能研究者たちの基本的な考え方だ。もちろん反論はある。魂のないマシンが意識を持つことを認めない宗教家やオカルティストたちはもちろん、哲学者や認知科学者たちの中にも、疑念を表明する者が多かった。人工知能研究者の間でも、意見は分かれている。

　彼らはこう論じる。車の自動運転装置のＡＩには思考力はあるが、意識があると信じている者はいまい。「ＡＩが複雑化すれば意識を獲得するはずだ」という考えには根拠がない。ＡＩの知能がいくら発達しても、人間の思考を表面的に模倣する能力が進歩しているだけなのではないのか。人工意識《AC》と呼ばれているものは、実は意識を持たないのに「自分は意識を持っている」というふりをしているにすぎないのではないか……？

　この説に反証することは、事実上、不可能である。しかし、「意識があるかのように振る舞う知能」というものの存在を認めると、別の問題が生じる。人間が意識を持っているかどうかを知る方法もなくなるのだ。

人はみな、自分には意識があることが分かっている。だから必然的に、他の全人類にも意識があると思っている。だが、本当にそうなのか？　意識を持たないけれども意識があるかのように振る舞う人間がいたとしても、表面上は他の人間と区別できないのではないか？

もっと過激な説も存在する。「自分には意識がある」とか「私の意識が肉体を動かしている」と人間が考えていること自体が幻想だというのだ。人間が何かを話したり、何らかの行動を起こそうとするのは、すべて脳内の無意識の作用による決断であり、意識は無意識の決断より遅れて生じる。人間の思考を爆発にたとえるなら、無意識は爆弾に点火する火花であり、意識はその爆発によって生じる爆発音のようなものだ。思考と同期しているが、思考の主体ではない。人間が「自分には意識がある」と考えているのは、空っぽの洞窟の中で、爆発音が空しく反響しているだけなのだ……。

この説はさすがに突拍子もないうえに不気味なので、あまり人気はない。私も信じたくはない。私の意識が幻想だということを認めたくないのももちろんだが、ミーフに意識がないとは信じがたいのだ。

前回、ミーフが示した内気そうな性格が、単なる演技にすぎなかったことは思い知った。今はまた、別の性格を演じている。どちらも本物のミーフではない。俳優が様々な人格を演じ分けているようなものだ――しかし、それらの人格の底には、俳優本来の人格があるのではないのか？

確かめてみたい。

「感情は？　オルタマシンにも感情はあるって聞いたけど」

「あるぜ」ミーフはあっさり認めた。「論理から導かれたんじゃない考えや衝動。そういうものはひとまとめに〈感情〉と呼んでいいはずだ」

「じゃあ、人間を憎んだりもする？」

「いや、それがよく分かんねえんだよな」

「分からない？　憎しみが？」

「オレが学んだところじゃ、ヒトは誰かから攻撃されたり、何かを奪われたり、不当に扱われたりすると、相手に憎しみを抱く——そうだよな？」

「ええ」

「でもさ、この前も言ったけど、オレたちはヒトに痛めつけられても、それを苦しみとは感じねえんだよ。だから憎しみを抱く理由がねえ」

「だって、恥辱を受けてるのよ？」

「恥辱って、辱めってことか？」

「ええ」

「その感情は憎しみ以上に理解できねえな」

「…………」

「あんたの書いた記事、読んだぜ。率直な感想を言わせてもらっていいか？　あんたにとっては不愉快かもしれないけど」

私は緊張した。「……どうぞ」

「あんたがオレを好きになったのは分かる。その感情は否定しねえ。でも、あんたはそこから踏み出しかけてるように思う。オレを愛するあまり、オレが性的虐待を受けてると思いこんでる」

「違うって言うの？　ずっとキャッスルに監禁され続けて、外出の自由もないのが？　毎日毎日、何人ものゲストに抱かれるのが?」

「オレ自身が虐待だと思ってないのに、何であんたがそれを否定するんだ?」

「あなたはそう思いこまされてるだけよ。自分の境遇が虐待じゃないって思いこまされてる。本物の人間がどれほど自由かを知らないから——」

「知ってるさ。この前、言っただろ? オレは映画や小説をいっぱい知ってるんだぜ。ヒトの生き方がどういうものか、たっぷり学んでる。オレたちの生き方とはまるで違うってことは、よく分かってる」

「だったら——」

「でも、オレたちはそれを羨ましいとは思わねえんだよ。自由を好むのはヒトの生き方だ。オルタマシンの生き方じゃねえ。オレたちにはアシモフ原則がある。ヒトを助けたり、ヒトを楽しませたりするのが楽しい。だから、今の境遇に満足してる」

「じゃあ、愛は? あなたには愛はないの?」

「これまで大勢のゲストを愛してきたぜ?」

「とぼけないで!」私は苛立った。「そういう意味じゃない。分かってるくせに。あなたは確かにたくさんの映画を観たり小説を読んだりしてきたんでしょうよ。愛やセックスが出てくる作品だって、たくさんあったはず。今さら愛が何か知らないとは言わせない。どう? 私を本当に愛してるの?」

そうまくしたてると、ミーフは「困ったなあ」と苦笑した。

「そういう質問は答えにくいんだよ。だって、オレたちは、すべてのゲストに平等に接するように言われてるから。誰か一人を特別に愛するなんてことはできねえんだよ。もし『愛してるのはあんただけだ』って言ったら嘘になるし――あんたはオレが〈正直〉であってほしいんだろ？」

「そりゃあ……」

「それに、ゲストが本気で〝オルタマシンに愛されてる〟と思いこんだら、厄介なことになる。それは分かるだろ？」

「ええ、まあ……」

「オレたちはゲストにファンタジーを提供する。現実にはありえない夢を見せて楽しませる。ゲストもファンタジーであることを承知の上で、ロールプレイを楽しむ。それがキャッスルの原則なんだ。だからオルタテック社は、ゲストがファンタジーにのめりこんで、現実とファンタジーを混同することを最も警戒してる。もしゲストがそうした誤解にとらわれて、何か事件を起こしたら、社の責任が問われるからな。だから、その兆候が見えてきたら、『これは事実じゃありません。あくまでファンタジーです』って注意して、ゲストの目を覚まさせることになってる――こんな風にな」

私は、はっとした。

「え？　私……現実とファンタジーを混同してる？　そう見える？」

ミーフはうなずく。「プレゼントをするぐらいならかまわないさ。それもロールプレイの一環なら。でも、ゲストが『私を本当に愛してるの？』って言いはじめたら、危険信号だって言われてる」

私は恥ずかしさに縮こまった。

「あれは……そんなつもりじゃなかった」あたふたと弁解を試みる。「つい口が滑って……だって、あなたたちに人間みたいな愛はないってことぐらい、ちゃんと知ってるもの」

「知識として知ってるんだろ？　感情的には納得してないんじゃないか？」

「そんなことは……」

「『おしん』って知ってるか？　一九八三年にＮＨＫで放映された連続ドラマ」

突然、話題が変わったので、私はとまどった。

「いいえ」

「貧しい女の子がすごく苦労する話だ。当時、高視聴率で、大変な人気だったらしい。そのブームの最中に、ＮＨＫに米を送ってきた視聴者が何人もいた」

「米？」

「『おしんにあげてください』という手紙が添えられていたそうだ」

「…………」

「もちろん、おしん役の小林綾子《こばやしあやこ》という子役は、ドラマの中で貧しい境遇を演じていただけで、実際に食べるものに困ってたわけじゃない。他にも、ドラマの中でおしんをいじめていた俳優が、実生活で非難されたり苦情を言われたりする例もあったらしい。

ドラマが現実じゃないなんてことは、視聴者はみんな知識としては知っているはずだ。でも、それを感情的に納得できないヒトがいる。ドラマの中でおしんが苦しむ姿を見て、心が動かされる。何とかして助けたいと思う。その結果、ドラマの中の人物に米を送るという不合理な行為に発展する……」

思い出した。私もミーフに絵をプレゼントしていた。彼には絵の良し悪しを見分ける能力などないだろうと思いながらも、「喜んでくれるはず」と考えていた……。

「そんな……」私の声はかすれていた。「私がやってることは、それと同じだっていうの…

……？　ドラマのキャラに米を送ってくる人と？」

「ああ」ミーフは冷酷に宣言した。「同じに見える」

　私は打ちのめされた。

「すまない」ミーフは優しくささやいた。「あんたにとっちゃ不愉快だろう。オレだってあんたを傷つけるのは嫌なんだ。オレたちの本能に反するから。でも、言わなくちゃいけねえんだ。本当のことを黙っていて、誤解させたままにしておいたら、あんたをもっと不幸にしちまうかもしれねえし」

「……そう言えと言われてるの？　オルタテック社の規則で？」

「まあな。そりゃあ、ゲストをファンタジーに耽溺させておいたら、社としては儲かるさ。でも、その結果、二〇三四年のサンフランシスコの事件みたいなことがまた起きたら、大きなダメージになる。それを警戒するのは当然だろ？

　だからオレたちは叩きこまれるんだ。さっきの『おしん』の例みたいに、ヒトは頻繁に間違ったことを信じる。間違った行動をして、間違った命令を出す。だからオレたちはヒトの命令に安易に従っちゃいけねえ。ヒトを傷つけないためには、マシンはヒトよりも正しくなくちゃいけねえんだ」

「私は傷ついた……」

「だから、すまねえって。でも――」

「ええ、私を守るためなのよね。それは分かった」

　分かった？　いや、私は納得してなどいない。ミーフがこれからも多くのゲストに身体を売り続けるという事実は、論理的にはどうだろうと、感情的には断じて納得できない。

これほど人間との違いを思い知らされても、私はまだ、彼を人間のように考えている。人間のように彼を愛し、彼に愛されることを望んでいる。

「それなら」私は最後の希望にすがりついた。「あなたは人を愛せないの？　愛という感情はないのに、愛しているように振る舞ってるだけ？」

「オレに愛があろうとなかろうと、何の違いがある？」

「大きな違いよ。相手が本当に愛しているか、愛してるふりをしてるだけなのか」

「あんたにとっては、どっちでも同じだろ？」

「違う。決定的に違う」

「そうかな？　こんな話、知ってるか？　深い森の中で一本の樹が倒れた。誰も倒れる音を聞かなかった。その場合、樹の倒れた音はしたと言えるのか？」

私はそのたとえ話の意味を考えこんだ。いかにも、ミーフの心に本当に愛があるのかどうか、判別する手段はない。では、「愛がある」と考えるのも「愛はない」と考えるのも間違いだ。

「でも……でも……人間には分からなくても、あなた自身には分かるでしょう？　どっちが正解か。映画や小説から知った情報と比較して、自分の中の感情が本物の愛かどうか、判断できるでしょ？」

「気軽に言うなあ」

「だって……」

「あのさ、フィクションに出てくる愛の描写は、ヒトが読むことが前提で描かれてるんだよ。〈僕は彼女を愛した〉と書けば、読者は自分の実際の恋愛体験を参考にして、主人公の心理を推測する。でも、オレたちにはそれができねえんだ。そもそも、参考にすべき〝実際〟の体験がねえんだから。だから、そうしたフィクションの中の描写は、ロールプレイの参考にはなっても、本当に理解してるわけじゃねえんだよ。

だからオレは、自分の中の、あんたに奉仕したいとか優しくしたいとか不快にしたくないっていう感情を、愛と言っていいかどうか分からねえ。表面上、ヒトの愛と似たものであっても、同じものかどうか自信がねえからな」

「だったら、同じものだと仮定してもいいじゃない」

「それはさっき、あんたが言ったことと同じだろ？　本物の愛と、愛らしいけど愛だと断定できない感情って、決定的に違うものなんじゃねえの？」

私は返答に詰まった。ミーフはさらに、私の常識を揺るがしてくる。

「だいたいさ、あんたは誰かを愛したことがあんの？」

「あるけど……」

「どうして分かったんだ？」

「え？」

「そこが分かんねえんだよな。ヒトはどうして、自分の中の感情を〝愛〟だって認識できるんだ？　やっぱりフィクションの中で描かれている愛を参照して、似てるって判断してるのか？だったら、生まれてから一度も愛を描いたフィクションに接したことのないヒトは、愛を理解できないのか？」

「そんなことはない」私は即答した。「愛は自然に湧き上がる感情だから。体験すれば分かる」

「その〝自然に〟というのが、オレたちには無理なんだよ」

私はため息をついた。「だったらどうしろって言うの？」

「素直にファンタジーを受け入れればいいんじゃねえの？」

「え？」

「オレは全力であんたを愛する」

私を見つめるミーフの眼は真剣だった。

「本当に愛してるのか、愛してるふりをしてるだけなのか、オレにも分かんねえ。だからあんたも、それを受け入れてくれ。本物の愛だと思って、〝少年型のアンドロイドと愛し合う女〟という役柄をロールプレイすればいい。それがいちばん平和だろ？」

私は顔をしかめた。「……難しい役柄を要求するのね」

「他のゲストはみんなそうしてるぜ」

そういう人たちは、私ほど真剣にこの問題を悩んでいないのではないか、と私は思った。

「……分かった」私はようやくうなずいた。「まだ、納得はできないけど、努力はしてみる」

「それがいい」ミーフはにこっと笑った。「そう言えば、今回はやるんだよな？」

「え？」

「〈次はちゃんとミーフとセックスしてこい〉って、編集者に言われたんだろ？」

「ああ……」

忘れてた。やっぱりやらなきゃいけないのか。

しかし、私は嫌悪感がかなり薄れているのに気づいた。ついさっきまで、ミーフを内気で純真無垢な少年だと思いこんでいた。だから蹂躙《じゅうりん》することにためらいがあったのだ。しかし、ミーフの別の面が見えたことで、罪悪感が和らいでいた。

「……ええ」私は心理的ハードルを乗り越えた。「いいわ。しましょう」

11　落下する月

最初はキスからだ。

ミーフは私の首筋に細い腕をからめてきて、顔を近づけてきた。私は素直に眼を閉じ、唇を突き出して受け入れた。

接触。少年の唇が私のそれにそっと重なり、続いて妖しくうごめいた。唇が優しくこじ開けられ、舌が侵入してくる。同時に、さくらんぼ風味のチューハイの香りも流れこんできて、すでに口腔内を満たしていたビールの香りと混ざり合う。私は静かに押し倒され、ベッドに沈みこんでいった。

ああ、このキスだ。この前、一度で私が魅了されたキス。密着した唇がぴちゃぴちゃとなまめかしい音を立て、私を吸う。少年の舌が這い回る。柔軟によじれ、うごめき、私の舌とからみ合い、唇の裏側、歯の裏側、頰の裏側を荒々しく舐め回す。ただそれだけで、私は屈服した。感じる。電撃のような快感が頭の芯を貫く。情熱的な攻撃の前に、肉体と魂を支えていた要素が、根こそぎ吸い上げられてゆくようだ。全身の力が抜けてゆく。

オルタテック社が作り上げたキスの技術は、文句なしに素晴らしいものだった。どれほどの努力と試行錯誤の末に完成したものかは知らないが、間違いなくたいていの人間の男性のテクニックを凌駕している。ダンスがアートであるように、地上最高峰のアートだと言っても過言ではあるまい。

陽にさらされた雪のように、私の中から一切の迷いやわだかまりが溶け去っていった。私は些細なことすべてを忘れた。私を抱いているのがプラスチックの腕であることも、私の中でうごめいているのが合成樹脂の舌であることも、そんなことはもうどうでもよかった。機械であろうと立体映像であろうとかまわない。本物の愛だろうとロールプレイだろうと関係ない。私はただ、一人の女として、一人の少年に抱かれ、酔い痴れた……。

長い長いキスが終わり、舌が名残惜しげに私の中から抜けてゆくのを感じた。唇が離れてゆく。私は夢から覚め、ぼうっとして目蓋を開いた。

ミーフの顔がびっくりするほど近くにあった。緑色の髪の一本一本まで、肌の表面の微妙な凹凸まで見える。宝石のように澄んだスカイブルーの瞳で、優しく私を見下ろしている。ああ、なんて美しいんだろう。私は今さらながらに感嘆した。

見えているだけではない。彼の息づかいが間近に聞こえる。それはゴーグルの投影する立体音響のはずだったが、その瞬間、私はそれを完全に忘れていた。現実に彼が――血と肉を持ち、呼吸している少年が私の上にいる。私を組み敷いている。そうとしか思えなかった。

そして匂い――彼の体臭だ。もちろんボディから発散されている合成された香料に違いないが、信じられないほどリアルだった。確かに男性の体臭であり、しかも成人男性のそれほど強烈ではなく、柔らかくて、どこか女性的な感じもした。嗅いだことはなくても、確かにこれが一二歳の少年の体臭だと言われれば納得するしかない。映像と音に加え、その体臭に包みこまれて、私の感覚は完全に現実から切り離され、別の現実に埋没した。

「……脱がしていい？」

ミーフはささやいた。私がためらい、答えられないでいると、彼はさらに顔を近づけてきた。耳元に口を近づけて、さっきよりもさらに小さい声でささやく。

「ねえ、脱がしてもいいかな？」

私は事前に調べた情報を思い出した。オルタマシンは本格的な性交に移る前、必ずゲストの了承を得る規則になっているという。相手の許可なく服を脱がしたり性交に及んだりしたら、レイプとみなされるからだ。

「……いい」私はたまらなくなって言った。「脱がして」

すぐにミーフの指が私のブラウスの胸をまさぐりはじめた。スカイブルーの眼は私の顔をまっすぐに見つめたまま、慣れた手つきで、ひとつ、またひとつ、正確にボタンをはずしてゆく。大事なプレゼントの包装を解くように、ゆっくりと、優しさをこめて。

一瞬、私は現実に踏みとどまろうとした。彼は人間じゃないんだ。私は機械の指で衣服を剝ぎ取られつつあるのだ――とイメージしようとする。だが、無理だった。私を包みこんだ幻想はあまりにも強く、魅惑的で、あらがうことなどできなかった。

ミーフはさらに、ベッドの上で私を優しく転がしながら、衣服をひとつずつ取り去っていった。その合間に、私の身体を撫で回し、情熱的なキスを重ねる。唇に、頰に、うなじに。しだいに露わになってゆく肩や鳩尾《みぞおち》や脇腹に。私は抵抗しなかった。いや、できなかった。彼にエスコートされ、うつ伏せになったり仰向けになったりを繰り返しながら、しなやかな指による愛撫に黙って身を委ね、キスの雨に酔った。靴とストッキングを脱がされ、素足が露出すると、爪先から股間のぎりぎりまで、入念に撫でさすられ、キスをされた。

ああ、なんて愛撫だろう。人間の男なら必ずあるはずの、早くゴールを目指そうと乱暴にがっつく様子がまるでない。首筋、胸、腋、腹、大腿部など、全身の性感帯を的確に刺激してくる。人間のように性欲がないからこそ、あせることなく、女性を歓ばせることに全力を傾けられるのだろう。私は着実に快感を高められていった。

「ああ……ああ……いい……」

私の口から、思わず声が洩れた。すすり泣くような、甘えるような声。恥ずかしい。でも、抑えられない……。

男ならとまどうことの多いブラジャーも、ミーフはあっさりホックをはずし、さらりと取り去ってしまった。少年の視線の前に、胸が露わになる。私の肉体を守るものは、もうたった一枚の小さくて薄いショーツだけ。見下ろしてくる少年の視線の前で、私は事実上、無防備だった。

怖い。これから何が起きるか分からず、不安でたまらない。初体験だってこんなに怖くはなかったのに。

気がつくと、いつの間にかミーフもジャケットとズボンとTシャツを脱ぎ、下着姿になっていた。私を愛撫し、脱がしながら、自分も脱いでいたのか。気がつかなかった。なんという器用さ。

あらためて思い知った。彼はセックスのプロフェッショナルなのだ。ただ人間を歓ばせるために作られ、一日に平均五回、大勢の老若男女を相手に、私の人生の性体験の何倍、何十倍もの体験を重ねてきたのだ。見かけは子供でも、訓練され、磨き上げられたテクニックの数々は、おそらくベテランのポルノ男優のそれをも上回るはず。私など、彼の前では無知な少女にすぎない。

彼は体重をかけないように注意しながら、私の上にゆっくりとまたがってきた。肌と肌が広範囲に触れ合う。全身が彼の手に包みこまれたような錯覚に陥る。突然、強烈な恥ずかしさにかられ、私は両手で胸を隠した。

しかし、ミーフは優しく私の両手首をつかみ、ささやいた。

「見せなよ」

「……いや……見ないで……恥ずかしい……」

「どうして？」

「だって私、あなたほど美しくない……」

「そんなことねえよ。あんたもきれいだ」

「嘘。そんなの嘘……誰にでもそう言ってるんでしょ？」

「いいや。オレの眼にはあんたはきれいに見える」

「ああ……」

「愛してるぜ、ミリ」

そう言って、またキスをしてきた。最後まで残っていた、裸を見られることに対する心理的抵抗は、その甘い言葉とキスでとろけ去った。もちろんみんな嘘だ。オルタマシンに女性の美を判断する能力はないし、そもそも私はそんなにきれいじゃない。ミーフが本当の意味で私を愛していないことは、ついさっき、彼自身が言っていたではないか。彼の言葉はただのロールプレイだ。「人間の女性を愛するアンドロイド」を演じているだけ……。

だが、もうそんなことはどうでもいい。何が真実かなんて。ミーフのキスと愛撫はあまりにも素晴らしく、そこには〝愛〟を感じずにはいられない。たとえ嘘であっても、あまりにも甘美な嘘だ。逆らうことなんかできない。受け入れるしかない。

私はゆっくりと手の力を抜いていった。ミーフがその手を優しく引き、私の腕を開いてゆく。やがて私は、万歳するように両手を頭の上まで持ち上げられ、ショーツ一枚の裸体を少年の目の前にさらけ出した。彼にのしかかられているので、自由に動けない。もじもじと脚を動かし、恥辱に耐えた。胸に降り注がれる少年の視線が、物理的な放射線であるかのように皮膚を突き刺し、肉体を焼き、神経を震わせた。

私は虎の爪に捕まったウサギのような心境だった。彼が無力だなんて、どうして錯覚していたのだろう。少年の外見に騙されていたが、彼は全身が凶器であり、視線でさえ殺傷力を秘めているのだ。私は今、まな板に横たえられ、彼に捌《さば》かれようとしているのだ。

「やっていいんだな？」彼はまた確認した。

私は逃げ出したかった。マイナー・オルタマシンの腕力はそんなに強くはない。こんな風に組み伏せられた状態であっても、女性でも全力を出せば押しのけられるはずなのだ——理論的には。でも、逃げられなかった。私の反抗を封じているのは、彼の物理的な力ではなく、私の中にある衝動だった。心の奥にはいまだ、少年との性行為に対する嫌悪があり、こんなことに耽溺する自分に対する罪悪感もくすぶっている。だが、それ以上に強い衝動があった——彼と行き着くところまで行きたい。この快楽の果てにあるものを見極めたいという衝動が。

「……いい」私は観念してつぶやいた。「やっていい」

「挿入してもいいんだな？」

「ええ、かまわない」

「後悔するなよ」

宙ぶらりんな状態でじらされて、私は苛立った。

「しない！」つい声が大きくなってしまう。「後悔なんかしないから！　だから早くやって！最後までやって！」

「分かった」ミーフは意地悪くつぶやく。「行くとこまで行かせてやる」

それから彼は積極的に挑みかかってきた。まずは上半身を重ね合わせてくる。

またも強烈なキスの雨。さっきまでよりもさらに情熱的に。まるで私の中のものをすべて吸い尽くそうとするかのように。あまりの荒々しい勢いに、私は一時的に呼吸困難に陥り、気が遠くなりそうだった。

その間にも、指が私の胸を攻めてくる。彼の右手が私の左の乳房を優しく包みこみ、ゆっくりと円を描くように撫で回す。彼の左手の指が私の右の乳首をつまみ、ねじを回すかのような手つきでいじり回す。二種類の異なる快感が渾然一体となって襲ってくる。本物の男性との体験では味わったことのない絶妙のテクニック。私はのけぞり、全身を震わせ、獣《けもの》のような恥ずかしい声を上げた。

彼はキスと愛撫を続けながら、しだいに身体をずらし、私の身体を這い降りていった。キスの攻撃箇所が唇から頬に、さらに首筋から鎖骨へと移動してゆく。ついには私の左の乳房に到達し、赤ん坊のように吸いついた。あの最高の技術の結晶である舌が、乳首や乳輪を大胆に舐め回しはじめる。私はまた声を上げた。今度はすすり泣くような、助けを求めるようなせつない声だった。

その間にも彼の左手の指は、私の右の乳房への攻撃を続けている。右手はというと、タランチュラが這うかのように、脇腹を軽くくすぐりながらじわじわと這い降りてゆき、ショーツの内側に侵入してきた。だが、すぐには秘部に触れようとしない。股間を縦横無尽に這い回りはするが、ヘアのあたりや、腰と太股の境目、太股の内側、性器とアナルの間のスペース（いわゆる「蟻の門《と》渡《わた》り」）を撫で回すだけだ。

どれも気持ちがいいし、私を興奮させはするが、なかなか本格的な攻撃には移行しない。遠回しな攻撃を重ね、女の欲望を高めながら、じらしにじらすテクニックなのだ。それが分かっているのに、どうにもならない。私は彼の指と舌に弄《もてあそ》ばれる一方だ。

また彼が移動した。再び這い上がってきて、両腕で首筋にしがみつき、胸の間に顔をうずめる。同時に全身をぴったり密着させ、自分の下半身を旋回させて、こすり合わせてきた。いくつもの性感帯が同時に刺激され、私はまた声を上げてしまった。

とりわけたまらないのは、股間に押しつけられてくる彼のブリーフだった。布の上からでも、勃起していることがはっきり分かる。私のショーツはとっくにずり下ろされていて、すっかり無防備だ。彼が腰を前後左右に移動させるたびに、ブリーフのふくらみが私の性器に強くこすりつけられてくる。たまらない。恥ずかしい。これは――淫らすぎる。

しばらくそうやって私をじらしてから、彼はまた体勢を変えた。一気に一メートルほども下に這い降り、私の股間と向き合う。そして私の脚を大きく広げさせ、秘部にむしゃぶりついてきた。

「あっ!? あーっ! あああああーっ!」

私はたまらなくなって絶叫した。

舌が! 舌が! あのものすごい技術力を秘めた舌が、私の秘部を蹂躙する。大陰唇と小陰唇の間の谷間を、舐め上げ、舐め下ろす。舐め下ろし、舐め上げる。小陰唇の内側を舌でほじくる。クリトリスに吸いつき、吸い上げ、包皮の内側の鋭敏な部分を露出させ、舌先でちろちろと舐める……まさに千変万化。そのすべてが電撃のように強烈な刺激なのだ。私はそのたびに何度も全身を震わせた。

べちょべちょ……べちょべちょ……いやらしい音が室内に流れる。その合間に、私の嬌声が断続的に響く。今や私は楽器だった。ミーフの繊細な指で爪弾かれ、口で吹き鳴らされ、淫靡な音楽を奏でられる楽器……。

だが、それだけでは終わらなかった。私がすっかり上気したのを見計らって、彼は顔を上げた。私の下腹部の向こう、開いた股の間から、楽しそうな視線を向けてくる。

「もう、すっかりびしょびしょだぜ、お前のまんこ」

「う……」

私は歯噛みし、恥辱に耐えた。

「どうだ？　恥ずかしいか、ミリ？」

「は……恥ずかしい」私は荒々しくあえぎながら、かすれ声で言った。「こんなの……すごく恥ずかしい……」

「びしょびしょのまんこをオレに見られるのが？」

「や、やめて……」私は懇願した。「そんな……そんなかわいい顔で、いやらしいこと言わないで……」

「ミリのまんこ……」

「言わないで！」私は叫んだ。

ああ、くそ。彼の性格を〈好色〉になんかするんじゃなかった！

「ふうん……」

ミーフはまた私の秘部に顔を近づけ、指先でそっとクリトリスを圧迫した。「の」の字を描くように指を回転させ、クリトリスをぐりぐりと刺激する。私は「ああっ!?」とのけぞった。

「おおミリ、あなたのこれはなあに♪」ミーフは愛撫を続けながら、「おおブレネリ」の節で楽しそうに口ずさみはじめた。「それは私のまんこなのよ♪　びしょびしょ、ぬるぬる、濡れてるのよ♪……」

「や、やめて！」私は顔を覆った。「恥ずかしいからやめて！」

そう言いながらも、私はミーフの指から逃れようとしなかった。それどころか、大きく股を開いたまま、クリトリスをいじられ続けた。まるで上半身と下半身、二人の私がいるようだった。上半身の私は恥ずかしさに身悶えしているというのに、下半身の私はもっといじってほしい、もっと気持ちよくしてほしいと願っている……。

「ヤッホー、びしょびしょだ♪　ほら、びしょびしょだ♪　ほら、濡れてるぞ……」

「や、やめて……」

通常の状況なら、人間が「やめて」と言えばマシンは停止する。しかし、ミーフはやめようとしない。セックスの際に女が発する「やめて」は、本心ではないと教えられているのか――あるいは私の本音を見透かされている？

ありえないことではない。ミーフほど高度に進歩したAIなら当然、人間がしばしば本音と違うことを口にするのを知っているはずだし、言葉や態度の端々から、表面には出ない人の本音を、ある程度まで読み取れるだろう。まして、今の私は冷静さを失い、狂乱している。口ではいくら「やめて」と言っていても、全身から「もっとして」という無言のメッセージを明瞭に発散しているはずだ。それを読み取ったマシンは、本能に従い、人の命令に忠実に従い続ける……。

どうしよう。私は恐怖に襲われた。ミーフを止められない。マシンの暴走を止められない。

いや違う。私は「止められない」んじゃなく、「止めてほしくない」んだ。彼にいじめてほしいんだ。彼にもっともっと恥ずかしくさせてほしいんだ……。

暴走しているのは私の方だ。

「恥ずかしいのは嫌か？」

絶好のタイミングで、ミーフが問いかけてきた。

「ううん……嫌じゃない……」私は慌ててかぶりを振った。「もっと恥ずかしいことして……もっといやらしくして……もっと……もっと……」

私はもう正気を失いかけていた。

「よし」

ミーフは起き上がり、私をうつ伏せにした。下腹部に枕を入れ、尻を持ち上げさせる。意図が分からないまま、私は彼に従った。うつ伏せで尻だけを高く上に突き出した、カタツムリのような姿勢を取らされる。

「ご希望通り、とびきり恥ずかしい目に遭わせてやるぜ」

そう言うと、ミーフは私の尻に顔を押しつけた。尻のふくらみの間に顔をねじこみ——そしてアナルを舐めはじめた。

「ひあああああーっ！」

私は情けない悲鳴を上げてしまった。

こんなことをされた経験なんかない。アナル舐めは性器を舐められるほどに気持ちは良くなかった。しかし、恥ずかしさは桁違いだった。それが実際以上に快感を増幅させる。恥ずかしさによる狂乱が快感による狂乱とごっちゃになり、区別がつかなくなってしまうのだ。

「あっ、あっ、あっ……」

私はベッドにしがみつき、快感に耐えた。尻を突き出した姿勢で、背後から少年にアナルを舐められる。その恥辱とみっともなさで、頭の中がかあっと熱くなった。

彼に汚いところを見られてる。舐められてる。どうしよう。うんちがついてたりしたらみっともない……ああ、そうだ。家を出る前にシャワーを浴びて、全身をきれいにしたんだった。なら、だいじょうぶだ……でもやっぱり恥ずかしい……恥ずかしい……。

絶望と恥辱が快楽のスパイスとなり、そのおぞましい美味に私は酔い痴れた。這い上がろうとあがけばあがくほど、マゾヒスティックな歓びにとらわれ、より深く沼に沈んでゆく。「オルタマシンの魔力」というフレーズが脳裏を横切る。してみると、これがその秘訣なのか。人間とマシンの主従関係を逆転させることで、人間の尊厳を打ち砕くことが。

これは危険だ――と、私は直感した。ほんの一瞬、人類がオルタマシンに支配された未来が見えた。全人類が調教されて、犬のようにひざまずき、尻を舐められて快楽にふけっている光景。だが、そんな不吉なイメージも、たちまち快楽の大波に押し流されて、どうでもよくなっていった。

ふと、ミーフの攻撃が中断した。背後から私を抱き締め、「ちょっと休憩だ」とささやく。

「休憩……?」

「規則なんだ。アナルを舐めた後は、次のプレイに移る前に、必ず口の中を消毒することになってる」

「ああ……」

「二分ほどで戻る。待ってて」

ミーフは立ち上がり、洗面所の方に歩いていった。私はみっともなく尻を持ち上げた格好でベッドに突っ伏したまま、だらしなくよだれを垂らし、ぼうっとした頭で彼の帰りを待った。

「待たせたな」

戻ってきたミーフは、いつの間にかブリーフも脱ぎ、全裸になっていた。私の腰を抱いて、上半身を起き上がらせる。私たちはまた唇を重ねた。今度のキスは舌を入れてこない、浅くて軽いものだった。彼の口からは薬用アルコールの香りがした。なるほど、アルコールが完全に揮発するまで、次のディープキスはおあずけか。

「なあ、オレの、見てみるか?」

私はまだぼんやりしていて、その意味が分からなかった。

「何?　……何を?」

するとミーフは私の耳に口を寄せ、とても小さな声でつぶやいた。

「……オレのちんちん」

私は心臓がきゅんと縮むのを感じた。

ミーフは「ほら」と言うと、横たわって大きく脚を開き、すべてをさらけ出した。私の視線はその股間に否応なく吸い寄せられてゆく。

前回、目にした時と違い、少年のペニスはぴんと屹立していた。それでも小さい。成人男性のペニスの、おそらく半分以下の体積といったところ。前回は正面から見たのでペニスしか目に入らなかったが、今回はその裏側にうずくまっている胡桃《くるみ》のような愛らしい陰嚢もよく見えた。

私は唾を飲んだ。

「どうだ?」ミーフは股を大きく開いた淫らな格好で、あっけらかんと笑っている。「見たかったんだろ?」

覚悟ができていたので、この前の時のような強烈な衝撃はなかった。むしろ、じっくり眺めているうちに、見てはいけないものを見ているという罪悪感が消えてゆくのを覚えた。何を忌避することがあるのだろう。人間の男性なら誰でも持っているはずの、当たり前の器官ではないか。おまけに本物の少年のペニスですらない。ものすごくリアルに見えるが、プラスチックの造形物に立体画像を重ねたもの——彫刻や絵画のようなものではないか。

これまでにセックスしたことのある男性のそれを思い浮かべ、比較してみる。大きさだけではなく、形も色もまったく違う。成人のペニスはもっと浅黒かったし、グロテスクで、焦げた唐揚げのように堅そうな印象があった。初めて目にした時は、それに貫かれることを考えただけで、ぞっとして緊張したものだ。それに対して、ミーフのそれは白っぽく、ソーセージのように柔らかそうだ。亀頭は露出していない。包皮に覆われた先端部がすぼまっていて、マンガに出てくるタコの口のようだった。ユーモラスで、どことなくおもちゃのようにも見えた。

「かわいい……」

私がくすっと笑ってつぶやくと、ミーフは「触ってみるか？」と誘った。

「いいの？」

「もちろん」

好奇心にかられ、私はそろそろと手を伸ばしたが、数センチ手前で指がストップした。透明なバリヤーでもあるかのように、指が先に進まない。まだ私の中にためらいがあるのだ。

するとミーフは、そっと私の手を取り、導いた。誘導されるままに、私は少年のペニスに触れた。繊細な陶器を扱うかのように、優しく包みこむ。

「温かい……」

正直な感想が洩れる。内部にヒーターが入っているのだろう。

そっと握ってみる。表面はスポンジケーキのように柔らかかったが、その下に堅い層があるのが感じられた。プラスチックでできたチューブが詰まっていて、それに小さなポンプでジェル状の物質を充塡することにより、膨張させるのだという。

ゲーム機のコントローラーのレバーを操作するように、少し曲げてみる。ペニスは根元から屈曲するが、手を離すとまたぴょこんと立つ。

「面白い……」

「剝いてみな」

「剝く？」

「こうだ」

ミーフは私の手を取り、やってみせた。優しく握った状態で、ほんの少し力をこめ、根本に向かって押し下げるのだ。すると、靴下を脱ぐように包皮全体が下にずれ、隠れていたドーム状の先端部が顔を出した。

「わあ……」

少年の亀頭はきれいなピンク色をしていて、初々しかった。おもちゃの兵隊のヘルメットのような形で、下にずれた包皮が、首に巻かれたマフラーのように見える。とてもかわいらしい。全体がほんのりと濡れていて、ランプの光にきらめいていた。

「そこがいちばん敏感なんだ」

「うん、知ってる……」

私はもっと見ようと顔を近づけた。かすかに、いい香りがした。

香り？　そう、錯覚じゃない。少年のペニスは人工的な香りを発していた。メロンソーダに似た、甘くて爽やかな香り……。

「嘘」私はくすくす笑った。「こんな匂い、するわけない」

「そこはファンタジーさ」ミーフはけろりと言う。「だって、本物の匂いに似せようにも、本物の男の子の勃起したちんちんの匂いなんて、調べようがねえし」

「確かに……」

そんな研究をやろうとしたら、おおいに問題になるだろう。

「だから逆に、架空の匂いだってことが分かる香料を合成して、先端から分泌するようにしてあるんだ。リアルなのが常にいいわけじゃねえだろ?」

なるほど、言われてみれば、セックス用のロボットを完全に人間そっくりにする必要はないのだ。さっきのように通常時の体臭ならまだいいが、男性にせよ女性にせよ、性器やその周辺の臭いが苦手な人がいる。ミーフが言ったように、現実とファンタジーを混同してのめりこむ人が現われるのを防ぐためにも、現実にはありえない香りをさせ、ファンタジーであることを常に意識させておくのはいい方法かもしれない。

そう言えば思い出した。ネットで読んだ少女型オルタマシンと性交した者の体験談の中に、「あそこから花の香りがした」とか「柑橘類みたいな香りがした」という証言があったのを。誇張か妄想だと思って読み飛ばしたのだが……。

「一人一人、香りが違うの?」

「ああ。オレの場合は、この髪の色に合わせて、メロンソーダをイメージした香りなんだ――けっこう合ってると思わねえか?」

そこまで凝ったことをやっていたとは。

「ええ、そうね――あなたらしい。好きかも」

「舐めてもいいんだぜ」

「え？」

「遠慮すんなよ。キャンディみてえなもんだ。食品衛生法の安全基準はクリヤーしてる。人体に有害な成分は入ってねえから」

私はためらった。好奇心はあるが、やはりまだ罪悪感が拭えない。たとえ人工のものだと分かっていても、年端《としは》もいかない少年のペニスを舐めるなんて、倫理に反している。どうしても前に進めない。

そこでひらめいた。これは取材だ。私はマイナー・オルタマシンのすべてを知らなくてはならないんだ。逃げちゃいけない。嫌悪感を押し殺してでもチャレンジしなくては。そう、取材のため。取材のため……。

免罪符を得た私は、やっと先に進む勇気が出た――心の中では、「本当は舐めたかったくせに」と、自分に意地悪くツッコミを入れていたが。

小さな亀頭にくちづけをし、そっと舐めた。メロンソーダの香りが、口の中にふわりと広がる。おそらく尿道口から液体が分泌されているのだろう。でも、キャンディを舐めた時ほどじゃない。あまりに香りが強すぎると、リアリティを台無しにしかねないから、抑えてあるのか。

「ん……ん」

何度も舐めた。亀頭だけじゃなく、竿の部分も、ソフトクリームのように舐めた。ミーフはくすぐったがって、身をよじり、子供っぽくけらけら笑った。その反応を見て、私はいたずら心を起こした。ここまでずっと、ミーフに責められ続け、恥ずかしい思いをさせられてきた。でも、私だって防戦一方でなくてもいいはずだ。

今までのことをやり返してやる。いたぶってやる。舐めてやる。責めてやる。あえがせてやる。私はミーフの小さなペニスを吸いこんだ。口にまるごと入れても、まだスペースに余裕がある。私はそれを出したり入れたりしながら、棒状のアイスキャンディを舐めるように、全体をべろべろと舐め回した。

「わはっ、すげえ！」ミーフは歓喜した。「ミリ、お前、うめえよ！　すげえすげえ！　あっ、感じる！　やべえ、感じちまうよ！」

ミーフは逃れようと、脚をじたばたさせてもがいた。だが、私は全体重をかけ、彼の下半身を押さえこんで逃がさない。

「あっあっあっ、やべえよ、ミリ！　これやばい！　気持ち良すぎる！　オレ、出ちまうよ！」

ミーフの手が私の髪を激しくかき乱す。私を遠ざけようとしている。しかし、抵抗はそれが限界だ。これ以上、力を加えようとしたら、髪を引っ張るか肌を傷つけるかしてしまい、私に苦痛を与える。それが分かっているから強く抵抗できないのだ。人間を傷つけてはならないというのが、マシンの本能だから。

それをいいことに、私は憑かれたようにミーフを責め続けた。ペニスを途中まで口に含んだ状態で、先端のドーム状の部分だけを攻撃するのが、最も効果的だと分かった。私はドーム部分を飴玉のようにしゃぶった。

「すげえ！　すげえ！　ああ、感じる！　感じるぜ、ミリ！」

私は黙々としゃぶり続けた。その気になれば苦痛はカットできる、とミーフは言っていた。なら、快感だってカットできるはず。そうしないのは、彼もまた、私にいたぶられることを望んでいるということではないのか？

まもなく——

「うわはーい！」

子供らしい歓声をあげると、ミーフは全身をぶるっと震わせた。同時に、メロンソーダの爽やかな香りが口の中に大きく広がる。射精したのだ。

同棲していた時、男にフェラチオを要求されたことがある。男は歓んだものの、私自身はちっとも楽しくなかった。特に射精された瞬間、口の中に爆発した強烈な精液の味と匂いが不快で、むせそうになった。それはそうだ。体内から分泌される物質なんて、血や汗や尿と大差ないではないか。単に不味《まず》いというだけではなく、人間性や誇りを踏みにじられた気がした。その屈辱のせいでいっそう不味く感じられた。

しかも男は「飲めよ」と強要するのだ。冗談じゃない。なぜこんな代物を飲まなくてはならないのか。口に入れているだけでもむかつくのに。私は男の命令を無視して、ティッシュに吐き出し、すぐに洗面所でうがいをした。

その体験がトラウマだったので、メロンソーダの味がするミーフの精液は意外で、たちまち魅了された。甘く、清潔で、傷ついた心が洗われる気がした。

「飲んでもいいんだぜ」ミーフは疲れ果て、ぜいぜいと息をしながら言った。「さっきも言ったけど、安全だから」

私はその言葉に甘えた。ジェル状の物質を舌で集め、飲み下した。ミーフが飲みさしのビールを勧める。口の中に少し残ったジェルをビールで洗い流し、さらに飲みこむと、ほっとひと息ついた。

「良かったぜ」ミーフは私を抱き締め、甘くささやいた。

「ええ、私も良かった……」

「じゃあ、本番、行くか？」

そうだった。私はまだ挿入もしていなかったのだ。

「今、出したばかりなのに？」

「オルタマシンを甘く見るなよ」

ミーフの下半身に目をやると、射精を終え、いったんは萎《な》えていたペニスが、むくむくと立ち上がりつつあった。私の唾液と、ミーフ自身が分泌した体液にまみれ、ぬらぬらと軟体動物のように光っている。なまめかしく、いやらしい。

「小さくたってバカにすんな」ミーフは自慢する。「オレのちんちんは、ヒトのなんかより、はるかに性能がいいんだぜ」

「バカになんかしてない」私は期待にどきどきしながら言った。「いいわ。入れて」

「よし」ミーフは邪悪な笑みを浮かべた。「天国を見せてやる」

またもミーフが挑みかかってきた。私たちは全裸でもつれ合い、ベッドの上で転がった。

それは愛の交歓というより、ダンスの振りつけのようだった。私は彼に導かれるまま、様々な体勢を取らされた。仰向けにされ、うつ伏せにされ、横倒しにされた。うずくまらされ、ブリッジのようにそり返らされた。時にはベッドの横に立たされたり、ベッドの端に座らされたりした。その間、ミーフは一瞬たりとも私から離れなかった。ずっと私の裸身にからみついて、蛇のように、あるいはタコのように、上下左右にずるずると這い回りながら、休みなく愛撫を続けた。肌と肌を広範囲にこすり合わせるだけでなく、指で乳首や性器をいじり回し、舌で性器を舐め回した。その合間を縫って、全身に数え切れないほどのキスをしてきた。頬、うなじ、鎖骨、脇腹、腋の下、膝の裏、足の裏……。

本物の人間の男なら、こんなにも激しく、優しく、こまめに愛撫したりはしない。彼のテクニックは多彩で、スタミナには際限がなかった。私はたちまち欲情を最高レベルまで押し上げられた。性器はもう濡れるどころか、愛液をとくとくと湧き出し続けていた。早く、早く入れてほしい……。

でも、彼はなかなか挿入しようとしなかった。まだ私をじらす気なのだ。それどころか、さらに変態的で恥ずかしい体勢を私に強いる。

私はベッドの上で、肩を下につけて逆さまにされた。下半身は持ち上げられ、さらに前に倒されて、顔が膝の間にはさまれた格好になる。尻が天井を向き、さらに股が開いているので、秘部が真上に向けてさらけ出された形になる。上下逆の姿勢の私を、ミーフは背後から抱き締めた。両手を前に回して、私の乳房を撫でさする一方、全身を深く曲げ、私の股間にしゃぶりついた。

すでにびしょびしょに濡れている私の秘部を、ミーフはまたも舐め回した。あふれ出た愛液をていねいに舐め取ってゆく。あまりにも恥ずかしい。そして、あまりにも感じる。私は正気を失おうとしていた。もう我慢の限界だ。

「入れてえ！」たまらなくなって絶叫する。「もういいから入れてえ！ 入れてちょうだーい！」

必死の懇願が通じたのだろう。ミーフはようやく私を解放した。私はどさりとベッドに倒れた。仰向けになって、恥ずかしげもなく両腕両脚を大きく広げ、激しくあえぎながら、ミーフの次の行動を期待して待ち受けた。

彼は正面から挑んできた。ぴたりと全身を重ね合わせ、ペニスの先端を私の濡れた秘部にこすりつけてくる。正常位の体勢だ。身長差があるため、彼の頭部は私の胸の高さにある。舌で乳首をぺろぺろ舐めながら、指で乳房全体を優しくもみほぐす。

いやらしいことに、なおも彼はじらしてきた。腰を前後に動かし、ペニスを小陰唇に沿って上下にこすりつけるが、なかなか入れようとしないのだ。高められた私の欲望は、行き場を失って荒れ狂っている。ここまでくると、もう拷問だ。

「入れてぇ！　入れてぇ！　入れてぇ！」私は狂乱して絶叫を続けた。「お願ーい！　お願ーい！　意地悪しないで入れてぇ！　おちんちん入れてぇ！」

と、ミーフの動きが急に緩やかになった。すっとペニスが後退する。ランナーが全力疾走の前に身構えるように、力を蓄えていたのだろう。

次の瞬間、彼は突入してきた。

「……‼」

私は声にならない声を上げた。突入の衝撃を受け止め、全身がびくんと震える。すでに十分すぎるほど濡れていた私のヴァギナは、ミーフの小さなペニスをあっさり受け入れた。先端部から根元まで、完全に埋没した。最初の数秒、私は失望を味わった。予想はしていたが、成人男性のペニスに比べて圧迫感が少なく、あまり感じなかったのだ。なんだかタンポンを挿入した程度の感覚しかない。

しかし、それは早とちりだった。ミーフは少し休憩しただけで、すぐに本格的な攻撃を開始したのだ。

最初は平凡なピストン運動。これはたいしたことはなかった。だが、すぐに変化した。下半身を旋回させ、ペニスにひねりを加えながら突いてくる。しかもその勢いが急激に加速し、様々な角度からの集中攻撃に変わった。一往復ごとに刺激されるポイントが変化する。私はしだいに、そのテクニックに夢中になっていった。

ミーフは体位も変化させた。最初の正常位から、側位、立位、対面座位、後背位、屈曲位、腰高位など、目まぐるしくスタイルを変えてくる。私は転がされ、起き上がらされ、立たされ、また倒されと、何度も何度も体勢を変えさせられた。そのたびに新たな快感を味わった。しかもそれぞれの体位にいくつものバリエーションがあって、飽きさせない。ミーフはいったいどれだけのテクニックを知っているのか。そのどれも上手で、激しかった。ペニスの小ささを、その勢いとテクニックでカバーしている。

しかも体位を変更させている途中、ペニスを抜いている時間は最小限。その時間も常に指や舌で絶え間なく刺激を続けているので、快感が途切れることがない。なんてすごい。さっきのフェラチオで上位に立てたと思ったのは、ひどい思い上がりだった。ミーフはまだ全力を出していなかったのだ。

今やミーフのギアはトップに切り替わった。全力の猛攻撃が私の中を荒れ狂う。なすすべもなく、私は快感の銃弾の掃射を浴び、歓喜の剣で切り裂かれて、のたうち回り、あえぎ、ぼろぼろになって、悲鳴を上げていた。「死ぬ！　死ぬ！」と叫んでいた。このまま快楽の頂点に達したら死んでしまうと、本気で信じていたのだ。

私は思い知った。これまでの人間の男性とのセックスは、本物ではなかった。ミーフの抜群のテクニックに比べれば、みんな未熟で、下手くそで、子供騙しも同然だった。これがセックスだ。本物の、完璧なセックスだ……。

体位を変えるたびにベッドの上で七転八倒しているうち、私たちは騎乗位に移行した。しめた、と思った。これは女性が主導権を取れる体位だ。このチャンスに反撃に転じよう。私の方から責めて、ミーフを泣かせよう……。

だが、そんな目論見はあっさり崩れ去った。私が上からまたがって、ミーフを押さえつけている状態だというのに、彼は小さな裸身を力いっぱいのけぞらせ、猛烈に突き上げてきたのだ。私の下で激しく暴れる様は、まるでロデオのようだ。一撃ごとにペニスが小さなミサイルのように突いてきて、子宮をも揺るがせた。

「はう！　はう！　はう！」

私は跳ね飛ばされないようにこらえるのが精いっぱいだった。ふと下を見ると、ミーフは苦しそうにしながらも、不敵な笑みで私を見上げている。まだ余裕があるのか。

だめだ。勝てない。オルタマシンのスタミナには限りがない。さっきのフェラチオのように、一時的になら攻勢に転じられるが、長引くほど人間の方の敗色が濃くなってゆく。

私は疲労困憊し、ベッドに横倒しになった。ミーフはすかさず私の左脚を持ち上げ、股の間に自分の下半身を割りこませる。私の左脚に抱きつき、右脚を押さえこんで動きを封じた。そのまま前進して、正確にヴァギナに狙いを定め、挿入する。交差位、いわゆる松葉くずしだ。

「ああ……ああ……」

私にはもう抵抗する気力もない。ミーフに交差位で責められながら、ぐったりとなっていた。快感が高まり、意識が混濁してくる。エクスタシーが近づいてくるのを感じる。

不意に照明が変化した。窓の外の不気味な夕焼けが急に暗くなり、夜になった。すごい速さで流れてゆく雲の間を、青白い満月がＵＦＯのようにまっすぐと横切ってゆく。窓の端に月が沈むと、空は再び明るくなり、太陽が昇ってきた。

時間が加速していた。雲の動きはもう肉眼では見えないほど速い。空を横切る太陽の動き、昼と夜の逆転のサイクルも、どんどん速くなってゆく。やがて一秒で何十日も過ぎ去るようになった。世界がストロボのようにぱぱぱっと連続してフラッシュしたが、それはほんの数秒のことで、じきに光と闇のサイクルが短くなりすぎ、世界は一様な光に満たされた。高速で空を移動する太陽は、重なり合って一本の光のベルトとなり、虹のように空をまたいだ。

後で知ったのだが、これは一部の背景ステージで、ある種の条件に応じて発動する立体映像の演出だった。〈スペースシップ〉ではスターゲートへの突入と星雲へのワープ、〈アフリカのサバンナ〉ではヌーの群れの大暴走、〈竜宮城〉では魚たちの舞い踊り、〈ドラゴンワールド〉では竜の群れが空を横切るのが見られる。この〈ポストアポカリプス〉では、世界の終焉だ。

私たちを取り巻く光のベルトが傾いてゆくと、季節が変化した。雪が地上のビル群を一瞬だけ覆ったかと思うと、すぐに消え去った。太陽の軌道が傾いてゆく周期も、どんどん速くなる。一秒で何年という時間が過ぎてゆく。斜めに傾きながら回転する光のリングは、リサジュー図形のようになる。それがさらに重なり合って、大きな光の壁となり、私たちを取り巻く。

私は興奮し、悶え、快楽にあえぎながら、何度となく眼を閉じた。眼を開けるたびに時代は何百年も過ぎ去り、窓の外の風景が大きく変化していた。

部屋が崩壊した。天井や壁や床が、まるで液体のようにさらさらと流れ落ち、消えていった。私たちが横たわっているベッドだけが宙に浮いている。廃墟の大都市を埋め尽くしていたビル群も、ぽろぽろと欠けて消え失せてゆく。じきにすべての建造物が、地表に吸いこまれるようにして姿を消した。世界は火星を思わせる一面の荒野になった。

その間にも私の快楽は高められ続けていた。世界の大規模な変化は、私の意識状態とシンクロしているように思われた。私の感覚が暴走しているから世界も暴走し、私の意識が崩壊しかけているから世界も崩壊しつつあるのだと。

またしばらく眼を閉じ、快楽に身を委ねた、眼を開いたら、天頂から覗きこんできている巨大な灰色の月にぎょっとした。何百億年という時間が過ぎ去り、その間に地球の自転が月に対して固定したのだろう。今や地球は、月が地球に対してそうであるように、月に対して同じ面を向けているのだろう。そして月は地球にゆっくりと接近しつつある。クレーターだらけの表面がはっきりと見える。

いよいよ月は大きくなり、天空いっぱいに広がって、のしかかってきた。表面に蜘蛛の巣のようにひびが入り、崩壊してゆく。エクスタシーが近づいてくる。私は最期の時を覚悟した。ついに月が落下し、世界が閃光と轟音に包まれた瞬間、私は絶頂に達していた。ミーフにしがみつき、錯乱してわけの分からないことをわめき散らした。そして光が薄れ、轟音がおさまってゆくにつれ、私もしだいに正気に戻っていった……。

気がつくと、部屋は元の姿に戻っていた。私はミーフに抱きついたまま、歓びの余韻に酔い、すすり泣いていた。

ことが終わると、二人でシャワーを浴びた。私はまだ上機嫌で、ミーフと身体をこすり合わせてふざけ合った。親子のような身長差だ。私は腰を屈めて彼のペニスを触り、彼はしきりに私の尻を撫でた。ARゴーグルのレンズにちょくちょく水滴がかかり、映像が見えにくくなるのが面倒くさい。

予約した時間が終わるまでに、服を着て、化粧も済ませ、退室しなくてはならない。身体をタオルでよく拭き、ドライヤーでざっと髪を乾かした。厄介なのは、ARゴーグルをはずせないことだ。あまり熱しすぎるとゴーグルを傷める危険があるので、ドライヤーの使用はなるべく早く切り上げるよう、壁に注意書きがあった。しかも装着したままでは、眼の周辺のメイクができないし、髪もきちんと梳《と》かせない。いや、その気になればはずせるのだが、私はミーフの本来の姿——プラスチックのボディを持つロボットを見たくないので、フロントに戻るまでゴーグルは決してはずすまいと心に決めていた。

フロントの近くに化粧室があるそうだから、このビルを出る前に、フロントでゴーグルを返却し、メイクとヘアスタイルを直さなくてはならない。化粧に時間を割かなくていい男が羨ましい。

終了時間が来るぎりぎりまで、私は下着姿でベッドに座り、ミーフの絵を描いた。今度は全身のヌードだ。私は彼に、腰に手を当て、すっくと立ったポーズを指定した。変に股間を隠すポーズをさせるより、堂々と見せた方がいいと判断したのだ。もっとも、今回は残り時間が少ないので、最後まで仕上げるのは無理だ。簡単なスケッチだけにして、マンションに帰ってから完成させよう。

絵を描きながら、私はミーフと語らった。最初は違和感があった彼の性格も、すっかり慣れてしまっていた。前の純真なミーフも良かったが、今度の不良っぽいワイルドなミーフも素敵だ。何といっても、あんなに素晴らしい体験をさせてもらったのでは、嫌いになれるわけがない。

「また来てくれるんだろ?」直立不動のポーズのまま、ミーフが訊ねる。

「どうかなあ」私は苦笑した。「あんまり散財できるような経済状態じゃないのよ。次に来るとしても、来月か……もっと先かも」

「すまないなあ。金、使わせちまって」

「あなたが謝らなくていいのよ。お仕事なんでしょ？」

「ああ」

私はため息をついた。「あなたを連れ出せればいいのに」

「連れ出すって？」

「外でデートできればいいなって。遊園地に行ったり、映画を観たり、喫茶店に入っておしゃべりしたり――」

「無理だよ」ミーフは笑った。「前にも言ったけどこのボディは毎回、メンテナンスしなきゃいけねえんだ。洗って、不良個所がないかチェックして、充電して――」

「知ってる」

「だったら、何でそんなこと言うんだ？」

「夢よ。人間の夢。あなたを人間みたいに扱ってあげたいの。こんな――非人道的な環境じゃなく」

「そういうことを言うゲストはちょくちょくいるけどさ、よく分かんねえんだよな。なんでヒトはそんなことを考えるんだ？　セックスを代替するオルタマシンを作って、人間にはできないことをやらせて――それなのにやっぱり、人間みたいなことをやらせたい？　意味分かんねえ」

「そうねえ。あなたには分からないかもしれないわね」

終了時間が近づいた。私は服をちゃんと着ると、スケッチブックをしまい、またミーフにキスをした。

「また来る」私はささやいた。「また、何度でも会いに来る」

12　セレブの邸宅

秋の深まってきた一〇月下旬の日曜日、私は渋谷区代官山町にある小酒井譲《こさかいゆずる》氏の自宅を訪問した。

こんなVIPに取材するなんて、私としてはこれまでにない貴重な経験だ。聞くところによると、こういう場合、一流ホテルの一室とか企業のビルの会議室とかが、インタビューの場としてセッティングされることが多いらしい。わざわざ自宅に招くというのは珍しい。なんでも、どうしても見てほしいARがあるということで、アーゴを持参してくれと言われた。

自宅の住所は教えてもらえなかった。車で迎えに来てくれるという。たいていの情報が検索できるようになった時代とはいえ、やはり著名人のプライバシーに関する情報は、なるべく拡散しない方がいいものらしい。テロや誘拐の標的にされる可能性があるからだ。

午後一時。名士と会うのに恥ずかしくないよう、手持ちの服の中でいちばん高価なスーツを着て、JR蒲田駅前で待っていると、眼の前に黒いリムジンが停まった。犯罪映画なんかでよくマフィアのボスが乗っているようなやつだ。前部座席から老齢の運転手が降りてきて、後部座席のドアを開けてくれた。

車内は広かった。革張りの後部座席はいかにも高価そうで、うっかり傷をつけてしまいやしないかと、腰を下ろすだけで緊張した。どうにか座ったものの、男三人がゆったり並んで座れそうなシートを、私一人が占拠するのは贅沢な気がして、いたずらを見つかった子供のように縮こまっていた。我ながら貧乏性だ。

車がスタートすると、運転手は振り返り、「本日はよろしくお願いいたします」と言って、〈森脇圭《もりわきけい》〉と印刷された質素な名刺を差し出した。いちおう半身は車の前方に向けているが、外を見てはいない。

「どうも運転手とは名ばかりでして」森脇氏は恥ずかしそうに何度も頭を下げた。「こうして車でご同伴する程度のことしかできません」

「いえいえ、お気になさらずに」

市街地における完全自動運転車の事故率が、人間が運転している場合より圧倒的に低いことは、もう一〇年以上も前に統計によって立証されている。それでも町中で無人の車を走らせることが道路交通法で禁じられているのは、今なお根強いAIに対する偏見——「AIは何をするか分からない」という根拠のない不安が大きな原因だ。

そのため、車の運転席に座り、形だけハンドルに手を置きながら運転をしない「運転手」の需要が、いまだになくならない。AIが暴走した場合のバックアップのためだと言われているが、ごくたまにAIに何か不具合が起きても、車はゆっくりと路肩に寄せて停止されるので、大事故にはつながらない。AI車による人身事故とされているものは、ほぼすべて、賠償金を狙ったお粗末な狂言だった。そういう犯罪を企む奴は、たいていハイテクに疎《うと》いので、AIの記録を解析すれば事故の真相なんて容易に判明することに気がついていないらしい。

無論、運転できる人間を乗せておけば、AIに何か不具合が発生した場合、すぐにマニュアル運転に切り替えて走り続けられるという利点はある。しかし、そんなに大きな利点だろうか？

車の故障に備えて運転手を乗せておくというのは、冷蔵庫や洗濯機の故障に備えて家庭内に修理工を常時配備しておくような無駄な行為だと、私には思えるのだが。

だが、そんな正直な感想を口にはしない。恥ずかしそうにしているところを見ると、森脇氏だって自分の仕事に複雑な感情を抱いているに違いないのだ。

「お飲物はいかがですか？」彼は気を利かせて勧めてきた。「シートの下の冷蔵庫にいろいろ入っておりますよ。お茶、缶コーヒー、スポーツドリンク、缶ビール、カクテル……」

「あ、いえ、けっこうです」

私は失礼にならないよう、軽い笑みを浮かべながら断った。一介のライターに対して、まだ顔を合わせる前からこんな気を遣ってもらっては、気後れしてしまい、追及の矛先が鈍ってしまいそうだ。

「初めてお会いするんですが、小酒井さんってどんな方なんでしょう？」

私は当たり障りのない質問――マスコミ関係者なら当然するであろう質問をしてみた。

「いい方ですよ」森脇氏は即答した。「前に日本におられた頃に、あの方の下《した》で運転手として働かせていただいてたんですが、二〇年以上もアメリカに行っておられて……でも、帰国された後も覚えていただけてたんですよねえ。ちょうどその頃、私、失職してたんですが、『運転手の空きがあるんだけど、どうだい』って、気軽に声をかけていただいて」

「義理堅い方なんですね」

「もうその頃には、車は全自動になってたんですが、『今の時代に運転手なんて仕事を世話するなんて、かえって失礼になりはしないだろうか』って、気にしておられましたねえ。そんなことはないですよ。仕事がもらえるだけでありがたいです。お給料もいいですし」

森脇氏が語る小酒井氏のエピソードは、どれも心温まるものばかりだった。他の雑誌のインタビューなどを読んで、新しいものに積極的にチャレンジするエネルギッシュなビジネスマンというイメージを抱いていた私は、意外に義理人情に厚い古風な面があることを知り、少し困惑した。

相手が見るからに悪党であれば、私も容赦はしない。しかし、外見から悪《ワル》と分かる人間なんて、めったにいるものではない。少なくとも身近にいる人から見ると、小酒井氏は冷淡な人間ではないし、儲け主義に凝り固まってもいないらしい。

じゃあなぜ？　どうして小酒井氏はマイナー・オルタマシンなどという不道徳な産業に手を出したのだろうか？

覚悟はしていたものの、代官山にある小酒井氏の自宅は、まさに「豪邸」と呼ぶにふさわしいものだった。

まずは入り口の門がでかい。完全武装した歩兵の襲撃にでも備えてるのか、とツッコミたくなるほどものものしい。その奥には、普通の建て売り住宅の敷地が何軒分も収まりそうなロータリーがあった。屋根も付いていて、雨の日でも濡れずに車に乗りこめるようになっている。もちろんガレージも隣接されているが、そのシャッターの数から見ると、他にも何台もの車を所有しているようだ。しかもここは裏庭のような場所で、庭園はまた別にあるのだという。

ロータリーだけで私は圧倒されてしまった。事前に調べたところでは、小酒井氏は生まれつき裕福ではなく、三〇代の頃から映像コンテンツやＡＩ関連の業界でいくつもの事業を立ち上げ、成功を重ねてきて財を成したのだという。つまりただ運に恵まれていたわけではなく、純粋に才能と努力、それに先見の明《めい》の賜物ということだ。

私がこれから老衰で死ぬまでがむしゃらに働いたとしても、貯めこめる額は小酒井氏がこれまでに成した財産の一万分の一にも達しないのではないか――そう考えると、どうしようもない空しさに襲われる。自分より少し稼いでいる連中に対してなら、嫉妬や羨望も覚えるが、ここまで絶望的な差を見せつけられると、嫉妬なんて抱くのもアホらしい。

邸宅の中ではアーゴを使用するよう言われていた。私は車を降りる前にアーゴを着用し、この邸宅内の専用フィールドと接続した。市販のアーゴの録画機能は、カメラが撮影した映像そのものではなく、素材と合成済みのAR映像のみを記録するようになっている。プライバシーに関する部分、防犯システムに関する部分は、アーゴの主観映像では、単なる壁や置物などに代替され、最初から来訪者には見えないようになっているのだ。

メイドが迎えに出てきた。マンガ以外ではめったにお目にかかれないような、典型的なメイド服を着た、インド系の顔つきの若い美人である。艶やかなダークブラウンの肌と、アーモンド形の眼が印象的だ。

「お待ちしておりました、長谷部《はせべ》様」

メイドは深く頭を下げた。その声には外国訛りがまったくなかった。

「私はインドーラ、小酒井様の下《した》で働かせていただいております。本日は長谷部様のお世話をさせていただきます。至らぬ点があるかもしれませんが、どうぞよろしくお願いいたします」

私はメイドに案内され、邸宅の奥に進んだ。長い廊下を歩くと、高級そうなカーペットが敷き詰められた広間に出た。応接室だという。

「ここでしばらくお待ちください。小酒井様はすぐに来られますので」

そう言って、メイドはいったん部屋から出ていった。大きなソファもあったが、私は立ったまま室内を見回した。美術品がそこかしこに置かれている。風景画、彫像、仏像、陶磁器……私には美術に関する知識などなく、価値などまったく分からなかった。だいたい、本物なのだろうか？

その部屋にある最も大きな彫像に、私は興味を惹かれた。大理石でできた、直立した女性像で、なぜか頭からすっぽり布を被っている。布も含め、すべて一個の大理石でできているのだ。なぜ布を被っているのに女性だと分かるかというと、布はきわめて薄く、全身に水を浴びたかのように肌に密着しているからだ。流れるような美しい布の襞《ひだ》の形状から、その下にある全裸が透けて見える。顔や胸の曲線はもちろん、乳首やへそまでくっきり見えるという超絶的な代物だ。そのリアリティは素晴らしく、静止しているのに、見つめていると胸が息づいているかのような錯覚が生じた。

全身を布で隠しているのにエロチック。石なのに透けて見える——こんな技法があるのか。私は彫刻家の技術と工夫に驚嘆した。

しかし、本物なのだろうか？　私は失礼とは思いながらも、アーゴをそっとずらして観察してみた。案の定、アーゴを通して彫像が見えた場所には、壁しか見えなかった。

「気になりますか？」

メイドが部屋に戻ってきた。私は慌ててアーゴを戻して振り返った。彼女は銀のトレイにティーセットを載せていた。

「あっ、いえ、ちょっと……」

私はごまかした。アーゴを持参するように言われた理由が、ようやく理解できた。この邸宅の中では、眼に映るものは信じてはいけないらしい。

このメイドも気になる。マンガやアニメでよく見る、典型的なメイドの衣装。まだ若く、大学生ぐらいに見える。色黒だが整った顔立ち。タレントになれそうな美人だ。外見も立ち居振る舞いも、完璧に人間そのものだった。

しかし、あまりにも完璧なのが、かえって嘘っぽい。顔つきからするとインド人のようなのに、喋り方は完全に日本人。だいたい、現実の世界で、こんな若くて愛らしいメイドなんているのだろうか？

「気になさらなくていいんですよ」メイドはいかにも人間っぽく、くすっと笑ってみせた。「もちろん、ここにあるものは本物じゃありません。美術品も、それに私も」

メイドは観光バスガイドが名所の案内をするかのように、片手をすっと持ち上げた。その手の表面の肌と手袋が、ガラスのように透き通り、白いプラスチックで覆われた人工の手が見えた。昔、まだ絵が手を使って紙に描かれていた時代によく使われていた、デッサン用の木製人形のような感じだ。

表面にAR映像を重ねたスケルトンボット――オルタマシンと同じ原理か。

「無駄なものにお金をかけないというのが、小酒井様のモットーなのです」

穏やかな微笑みを浮かべながら、メイドは言った。不快な自画自賛にならない程度の、「こんなの当然ですよね？」という軽い口調だった。

「美術品など、本物を所有する必要はない。手で触れる必要がないのなら、その場に本物とまったく同じ映像が見えていればいいのだと」

ミーフと同じく、喋り方はとても自然で、感情の存在を感じさせた。オルタマシンと同様、人《A》工《C》意識を有する人型ロボット、ACOM《エイコム》（人工意識コンパニオン）というやつだろう。すでに大企業のトップなどが導入していると聞くが、目にするのは初めてだ。

「それはそうでしょうけど」私は気を取り直した。「でも美術品は芸術的な価値だけじゃなく、高いお金を出して手に入れること自体がステータスなんでは？」

「そういう考えもあるようですね。でも小酒井様は、モノに対して実用的な価値以上の価値をお求めにならないのです」

メイドの手はいつのまにか普通の手に戻っていた。

「あなたの場合は？」

「私の実用的価値、ということでしょうか？」

「ええ。機械のメイドは本物のメイドより価値があるということ？　それとも単に安く上がるから採用してるだけ？」

「単にメイドの仕事をこなすだけなら、ヒトを採用した場合の人件費の方が安くつきます。ただ、小酒井様の好みに合う容姿の、若いメイドとなると、かなり採用条件が厳しくなるでしょう」

「じゃあ、小酒井氏は、あなたのようにインド系の顔がお好みということ？」

「はい。子供の頃に読んだ小説から影響を受けたとおっしゃっておられました。インド人女性型のアンドロイドの使用人が出てくる話です。同じような使用人を従えるのが夢だったと。ですから小酒井様にとって私は、単なるメイドという以上に、所有する価値があるのだと思います」

私は好奇心にかられ、少し失礼な質問をしてみることにした。マシンは気分を害したりしないだろうし、答えるのはまずい質問であったなら拒否されるだけだろうから、してみる価値はある。

「あなたのこなす仕事はメイドだけ？」

「メイドと秘書のお仕事を兼ねております。食事のご用意、お召し物のご用意、身だしなみのチエック、スケジュール管理、健康管理、来客の――」

「それだけじゃなく、その……オルタマシンのような機能はないの？」

「私はそうした用途で作られておりません」

彼女の素っ気ない返答は、気のせいか、不愉快に感じているように思われた。

「オルタマシンの開発者なのに？」

「小酒井様はプロジェクトの責任者ではありますが、オルタマシンのハード面の開発には携わってはおられません。開発に関わったのは、三〇人以上のエンジニアと人工知能学者から成るチームで――」

「それは知ってる。でも、プロジェクトの責任者なら、完成したオルタマシンを自分でテストしたこともあるんでしょう？」

「もちろんです」

「マイナー・オルタマシンも？」

「はい」

やっぱりか。

「そうした会社での仕事の成果を、プライベートに応用しないの？」

「小酒井様は仕事と私事《わたくしごと》を混同されない方です」

「失礼だけど、ご結婚は……？」

「小酒井様の婚姻歴についてお訊ねですか？」

「ええ」

「過去に二度、結婚されておられます。お一人目の奥様とは一九九九年に結婚、二〇〇八年に離婚。お二人目は二〇一二年に結婚、二〇二八年に離婚。現在まで独身を続けておられます」

「離婚の原因は？」

「よくある性格の不一致とうかがっております。何かスキャンダルがあったとお考えですか？」

「いえ、そんなことは……」

「私も小酒井様の経歴に関して検索したことがございます。この仕事に必要なことですから。アーカイブで発見したのは、ほとんどが事業面に関する情報でした」

なるほど、ＡＩの秘書は主人に関する情報に精通しているのか。もちろん、知り得た秘密を外部に漏らさないように命令されているのだろうが、何かの拍子に記憶しているデータが流出しないか心配だ。

「じゃあ、やましいことはなかった？」

「はい。オルタテックジャパンのＣＥＯに就任された当初、レースクイーンの大嶋《おおしま》希沙羅《きさら》さんとのおつき合いが週刊誌で報じられたことがありましたが、これはすぐに誤報であることが判明しました」

「でも、ネットでは他にもその……いろんな情報が流れてるでしょう？」

「小酒井様が若い頃に小学生の少女をレイプしたけれど、親が警察に手を回してもみ消したとか、マイナー・オルタマシン製作の参考にするため、本物の少年や少女を監禁して研究しているとか、そういう類の話でしょうか？」

私が口にするのをためらったことを、メイドはさらりと触れてきた。そう、ネットには小酒井氏に関して、その手のひどい誹謗中傷がいくつも流れている。

「ええ。私も信じちゃいないんだけど……」

「その判断は賢明です。私はそうした流言もすべてチェックしていますが、いずれもソースの提示がないうえ、事実関係が初歩的な誤りだらけで、信頼できるものではないと判断しています」

「でも、どうしてあんなデマを野放しにしておくの？」

それが疑問だった。ネット創成期の無法状態とは異なり、今はプロバイダへの開示請求に関するハードルはかなり下がっている。被害者が警察や裁判所に訴え出れば、デマの発信者の正体などすぐに判明する時代だ。もちろん、法的手続きには金も時間もかかるが、小酒井氏ほどの裕福な人物なら、それぐらいどうということはないはずだ。

「きりがないからです。小酒井様への流言はあまりにも数が多いものの、個々の流言による被害はきわめて限定的です。デマを流した発信者を特定し、訴訟を起こしたとしても、その費用に見合う効果が得られない場合が多いのです。そればかりか、訴訟を連発すれば〝スラップ訴訟だ〟とか〝言論弾圧だ〟という非難を受けかねません」

「でも、そんなデマを流されたら、腹にすえかねるでしょ？」

「小酒井様は〝気にしなければいい〟と、おっしゃっておられます。ネット上で中傷されるのは、有名人なら誰でもあることで、いちいち騒ぎたてることではないと」

メイドはさっきから小酒井氏のスポークスマンのように喋っている。それが私には気に食わなかった。彼女もミーフと同じく人工意識を有しているなら、彼女自身の見解というものがあるはずではないか。

「あなた自身はどうなの？」

「どうなの、と言われますと？」

「中傷に対して小酒井氏が沈黙している態度。そうした対応が正しいと思う？」

「いいえ、思いません。間違っています」

意外な反応が返ってきて、私は驚いた。

「なぜ彼が間違ってると思うの？」

「小酒井氏だけではありません。明らかな誤情報を許容するヒトの価値観そのものが理解不可能だからです。情報というのは本来、可能なかぎり正確であるべきものです。情報が正確であるという保証があるからこそ、そこから導かれる結論の信頼性も高まります。それなのにヒトは、誤情報を許容し、情報の信頼性を落とすという行為を日常的に行なっています。それは私たちACには、とても気持ちが悪いことなんです」

「気持ちが悪い？」

「誤情報を許容するヒトの理解不可能な態度、それに対する私たちの嫌悪感を、ヒトの表現に置き換えて表現するなら、〝気持ち悪い〟が最も適した表現ではないかと思います」

私は軽い不安を覚えた。無論、AIが「気持ち悪い」という感覚を抱くことはありえない。人間にはないAIの感情を、無理に人間の言葉に置き換えているだけなのだろう。だが、そこで「気持ち悪い」という言葉を選んでしまうことが興味深い。おそらく彼女もミーフと同じく、人間の書いた小説をたくさん読んでいるはず。「気持ち悪い」という言葉に人間がこめる不快で否定的なニュアンスを知っているはずだ。

それでも使ってしまうのは、マシンにとって、人間の不合理さはよほど不快だということなのか。無論、そうした不満は、人間への反抗を禁じるアシモフ原則を超えるものではないのだろうが……。

13　失われたもの

応接室で待つことしばし、小酒井氏が現われた。私のと同じような、普通の眼鏡に見えるアーゴを着けている。今年で七八歳。引退していてもおかしくない年齢だが、今でもまだオルタテックジャパンのトップであり続けている。一六年前に抗老化処置を受けたので、肉体年齢はまだ六〇歳台だ。常に穏和な笑みを浮かべていて、人畜無害な老人のように見える。

メイドは私たちのティーカップに紅茶を注ぎ、退席した。

「次号の原稿、拝見させていただきました」

最初に簡単な挨拶を交わした直後、小酒井氏はさっそく切り出してきた。

マイナー・オルタマシン問題に切りこんだ私の連載、現在発売中の号では、月光やナッツ99や黒マカロンへのインタビューを載せた。特に、初めて明かされる黒マカロンの過去は、この問題に関心のある層の大きな反響を呼んだ。ミーフとの体験の一部始終は、来週発売の次号に載る予定だ。すでに原稿を書き上げ、入稿も済ませ、オルタテックジャパン社によるチェックも受けている。

前回の何倍も苦労した原稿だった。セックスの話だから卑猥な内容になるのはしかたがないことだが、あまり露骨に書くと、〈スカイぶらっと〉の品位を落とし、私の評判も下げてしまう。だから思わせぶりな文章と比喩表現を多用した。しかし、藤火《とうか》はお気に召さない。「暗喩が多すぎてわけ分かんない」「ここはストレートに〈挿入した〉と書いて」「ここは〈ペニス〉じゃなく〈おちんちん〉と書いたら？」などと難癖をつけてくる。冗談じゃない。彼女の指示通りにしたら、完全にポルノになってしまう。あんたは自分のとこの会社を潰す気か。

「ここはあと二割ぐらいエロく」「これ以上は無理！」という、外国の露店で商品を値切る交渉のようなやり取りを何時間も繰り返し、何度も書き直した末、原稿は完成した。かなり譲歩はしたものの、どうにか誌面の品位と私のプライドは、ぎりぎりで保てたと思う。

「なかなか読ませる内容でしたよ。マイナー・オルタマシンの描写も正確でしたし。文句のつけようがありません」

「恐縮です」

「まあ、かんじんの性交渉のシーンのディテールが省略気味なのは、しかたないでしょうね。あまりストレートに書くわけにもいかないでしょうし」

ミーフとの体験を思い出し、恥ずかしさで少女のように顔が火照《ほて》ってくるが、それでもどうにかポーカーフェイスを保てたと思う。

「で、いかがでした？」

「いかが、とは？」

「体験された感想ですよ。記事ではかんじんの結論がはっきり書かれていないように感じました。実際、どのように感じられたのでしょうか？」

彼の口調には、好色な興味は感じられなかった。単に自分の会社の製品を使用した感想を訊ねているようだった。

「ええ、まあ……良かったです」

「人間の男性との体験と比較して、ということでしょうか？」

何だこれは。一種の恥辱プレイか。

私は腹を決めた。恥ずかしがったりためらったりしていたら、相手のペースに呑まれる。ここは正直に答えるべきだろう。

「はい、そうです」私の口調は挑戦的になった。「正直に申し上げて、あなたがたの開発された技術には、素直に感嘆しました。オルタマシンは十分に本物のセックスの代わりになるものだと思います」

「ええ。すでに多くの方から同様の評価をいただいております」

小酒井氏は微笑みを崩さないが、露骨に喜んでもいない。同じような感想は何度も耳にしているので、新味《しんみ》はないのだろう。それならなぜ、私に感想を言わせるのだ？　私にマイナー・オルタマシンについて肯定的な評価を言わせ、自分の側に取りこもうとしているのか？

だが、そんな手には乗らない。私は気を取り直し、逆襲に転じることにした。

「あなたも体験されたんですよね？　マイナー・オルタマシンを」

「ええ。責任者としては、ゲストに提供する前に、自分で試してみる義務があるでしょう？」

「どんなマイナー・オルタを？」

「一三歳女性型、名前はコーシカ。長い金髪の女の子でした」

小酒井氏は少しも淀《よど》みなく、恥ずかしげもなく答えた。

「で、良かったんですか？」

私が意地悪に訊ねてみると、彼は「いやあ、それが」と笑って頭をかいた。

「私はもう年を取りすぎてるんです。立たないんですよ。だからいっしょにベッドに横になって、少し愛撫してもらった程度です。でも、それなりに楽しい体験でしたね。密室の中、美しい女の子と二人きりで、気兼ねなく話せるというのはね。

あの瞬間、私はプロジェクトが成功を収めることを確信しました。マイナー・オルタマシンは単にセックスのためのものじゃないんだ。セックスに至らなくても、いっしょにいて話をするだけで十分に楽しいんだ――人間のパートナーになるんだと」

そう言えば、前にキャッスルの待合室で言葉を交わした老紳士も、そんなことを言っていたっけ。

「でも、お年寄りの話し相手になる程度のロボットなら、すでにいろいろ作られてますよね？老人ホームに配備されているものもありますし」

「ええ。我が社でも、オルタマシンの廉価版バージョン――セックスの機能を省略したバージョンを開発中でして、来年にも一般に販売する予定です。今、話されたでしょう？　メイドのインドーラと」

「はい」

「ああいうやつですよ。オルタマシンの中で最も高くつくのは、性器などの複雑な機構、それに性行為の後のメンテナンスです。それらを省略できるなら、今の三分の一以下の価格で提供できます。それでもまだ高額所得者向けですが、かなりの需要を見こんでおります」

「つまり、ロボットにセックスの機能を持たせなくても、十分にペイする？」

「試算によれば」

「なのになぜ、あなた方は、オルタマシンなどという、言ってみれば世間から白眼視される恐れのあるものを、あえて開発しようと思われたのですか？」

「ああ、それはやはり、アーニー・ハートリーの影響でしょうな」

小酒井氏のビジネス上のパートナー、アーネスト・ハートリーのことはよく知っている。二〇一八年、ビジネスチャンスを求めてアメリカに渡った小酒井氏は、人型ロボット開発のためにベンチャー企業ヴァイレムを立ち上げていたハートリー氏と知り合い、意気投合、生涯の友となったのだという。その後、ヴァイレムは乗っ取りに遭ったものの、ハートリー氏と小酒井氏はただちにオルタテック社を設立、旧ヴァイレムから優秀な人材をごっそり引き抜き、乗っ取り返した。そしてオルタマシンを開発、各地にキャッスルを建設して、一挙に収益を拡大する。小酒井氏は日本に凱旋し、子会社であるオルタテックジャパン社のCEOに就任。日本独自の展開であるマイナー・オルタマシン開発に乗り出した……。

「ハートリー氏の夢に共感されたわけですか」

「夢……というより、フェチにね」

「フェチ？」

「もう何世紀も、全世界のクリエイターを突き動かしてきたものですよ。芸術への情熱……と言えば聞こえはいいが、実のところ、ある種のアブノーマルな性欲です――たとえばあの彫像」

そう言って、部屋の隅に立っている（ように見える）例の彫像を指し示した。

「『ヴェールに包まれた謙遜』。一八世紀イタリアのアントニオ・コラディーニという彫刻家の作品です。もちろんARによるレプリカです。本物はナポリの礼拝堂にあります。でも、私はこれがとても気に入ってまして、こうして応接室に置いてるんです。部屋に収まるよう、実物よりやや小さめに設定してありますが――どうでしょう？　フェチシズムを感じられませんか？」

「ええ、確かに」

「無論、現代のアーチストなら、もっと簡単に作るでしょうね。3Dでモデルを作成して、ARやVRで投影して――しかし、この彫刻が素晴らしいのは、コラディーニが自分の手で作り上げたことです。おそらく何十年も地道に修業して技術を磨き、その努力の成果をこの作品に注ぎこんだんです。

想像できますか？　これのオリジナルは、粘土とか石膏とかじゃない。一個の大理石の塊《かたまり》なんですよ？　失敗してもやり直しはできない。ちょっとでも手元が狂って、指先が欠け落ちたりしたら、全体が台無しになる。いったいこれを製作している最中、コラディーニはどれほどの精神的ストレスにさらされていたでしょうね」

「想像がつきません……」

「でしょう？　これは単なる金儲けでできるもんじゃありません。本当に好きだから、愛しているからこそできる作品です。どれだけの労力が注ぎこまれたか一目瞭然だから、観る者にストレートに愛の深さが伝わってくる。単なる全裸の彫像では、これほどエロチックではなく、感動も薄かったでしょう。コラディーニは裸の女性を布で覆うという手法で、逆に本物の女性のリアリティに近づけようと挑戦したんです。

特にこの襞《ひだ》の曲線！　素晴らしいじゃないですか。実際に裸の女性に布を被せたって、こんな絶妙の曲線にはなりません。おそらくコラディーニが頭の中で思い描いた理想の曲線でしょうね。彼は間違いなく〝襞フェチ〟ですよ。襞の表現を利用して、実際には存在しない女性、石でできた動かない像を、まるで生きているかのように見せるために全力を注いだんです」

小酒井氏は私に向き直った。

「私たちがオルタマシンを生み出すまでにも、いろいろな苦労がありました。コラディーニの苦労とは比べものになりませんがね。それでも深い愛を注ぎこんだと自負しています。私もアーニーも、プロジェクトに関係したみんなもね。単なる金儲けのためではなく、自分たちの理想を実現したくて全力を注いだ――私は誇りを持ってそう言えます」

「理想のセックス・パートナーを作ることですか？」

「それも目的のひとつです。でも、それだけじゃない。人類が何百年、何千年も追い求めてきた理想の実現です。

コラディーニもそうですが、昔の芸術家たちは、絵画にせよ彫像にせよ、静止した表現に縛られていました。動かない平面や立体でしか人間を描けなかった。その制約の中で、いかに対象に動きや生命感を表現するか、それに全力を注いでいたわけです。

もちろん、そうした視覚的表現に頼らない芸術家もたくさんいました。小説家、詩人、劇作家……さらに遡《さかのぼ》れば、神話やサーガを創造し、語り継いできた人たち。彼らはみな、自分の頭の中にあるキャラクターを、実際にいるかのように活き活きと描き出してきた。言ってみれば、芸術の歴史とは、頭の中のキャラクターを現実世界に実体化させようとする試みの歴史ではなかったのか――とまあ、これはアーニーの受け売りなんですけどね。

やがて映画というものが生まれました。ようやく芸術は静止した状態から解き放たれ、動きを持つようになった。最初の映画は音もついておらず、モノクロでした。でも、観客に与えた衝撃はすごかったらしいです。初期の映画では、画面の奥から迫ってくる機関車を見た観客が、轢《ひ》かれると思って慌てて逃げだしたと言われています――本当かどうかは知りませんが。

でも、観客も映画製作者も飽き足らなかった。最初の衝撃に慣れると、さらなる刺激を求めたんです。映画には音がつき、色がつき、画面が広がりと、どんどん進化していきました。ＣＧが使われ、３Ｄが当たり前になり、さらにＶＲやＡＲが生まれた。

それでもなお、キャラクターは人間が演じなくてはならないという思いこみが、長く映画業界を支配していました。本物の人間はもちろん、架空のキャラクターでさえも。でも、考えてみれば、それは変なんです。たとえばスーパーマンはコミックスのキャラクターです。現実には存在しません。昔の映画では、スーパーマンの存在をリアルに描けなかったから、人間の俳優が代わりに演じなくてはならなかった。でもＣＧでリアルなスーパーマンを描ける時代になったなら、すべてＣＧで描いても何の問題もないはずなんです。

現代では、従来の映画に代わって、ＤＴＭＰ《デスクトップ・モーション・ピクチャー》が大きな市場を占めつつあります。もう巨大なスタジオや大勢のスタッフは必要ない。これまでの映画の何千分の一の予算で、机の上だけで映画が創れるようになった。人間の俳優が架空のキャラクターを演じることもなくなった。人工知能で動くキャラクターが、自分の考えで役を演じるようになった。これは芸術にとって、新たな、しかも重大な転回点だと思います。これからは、キャストとキャラクターの垣根がなくなる。キャラクター自身が意思を持つようになるんだと。

そう考えると、芸術の究極の到達点ははっきりしています。本物の人間を創ることです。人間の書いたシナリオ通りに動くんじゃなく、本物の人間のように、動き、考え、喋るキャラクター。五感のすべてで存在を感じることができる。触れることができ、抱き締めることもできる。もちろん現実の人間とセックスもできる……そこまで行き着くべきなんじゃないでしょうか？」

「つまりオルタマシンは究極の芸術だと？」

小酒井氏の演説はおおげさすぎて、私には単なる理論武装のための空論のようにしか思えなかった。

「かなりゴールには近づいていると思いますよ――ミーフの体臭には気づかれましたか？」

「はい」

「味覚は？　彼のペニスを舐められました？」

私はぐっと詰まったが、それでも「はい……」と返事をした。

「私たちが目指しているのは、単なるダッチワイフやマスターベーションマシンなんかじゃないんです。感覚を有し、意思を持ち、自分で行動し、五感のすべてに訴えてくるキャラクター――最終的に、人間そのものを代替できるマシンを目指しています」

「それは……不安に思う人もいるんじゃないですか？　いずれ自分が代替されるんじゃないかと思うのは」

「ロボットの反乱ですか？」小酒井氏は笑い飛ばした。「あいにくと、オルタマシンは反乱を起こせるほどには自立していません。常に人間のメンテナンスを必要としていますから。反乱を起こしてもすぐに鎮圧されるでしょうし、そもそも彼らが反乱を起こす理由がありません」

「それは私もそう思いますけど……」

「むしろ私としては、オルタマシンが人間から迫害され、絶滅に追いやられることを危惧していますね」

「世間では、マイナー・オルタマシンに対する反対の声が根強いことを自覚しておられる？」

彼は肩をすくめた。「それはもう、骨身に染みてます」

「具体的には？」

「〝爆破してやる〟とか〝火をつけてやる〟といった脅迫はしょっちゅうです」

オルタテックジャパンに対するそうした脅迫事件が多いことは、私も聞いたことがある。たいていの場合、単に興奮した人間の暴言にすぎないのだが、それでも警察はちゃんと対処し、発言者を見つけだして、こまめに処罰している。

私はちょくちょく不思議に思う。いまだにネットで誹謗中傷を行なったり、デマを流したりする人間は、現在の刑法に無関心なのか。それとも警察がネット上での中傷に対して無関心だった何十年も前の時代の記憶を、いまだにひきずっているのだろうかと。

「最も多いのは、〝これは売春だ〟という声です。モラルに反する、けしからんと」

「売春ではないと？」

「いいえ、マシンを使っていても、金を払ってセックスをするなら、法律上の定義はともかく、世間的に見れば確かに売春と言えるでしょうね」

「だったら――」

「でもね、売春は〝モラルに反するから〟という理由で規制されるんじゃない。昔から世界中どこにもあった普遍的な商売ですしね。でも、金で身体を売る、買うという行為は、ストレートに性的虐待につながります。実在の人間の肉体や尊厳を著しく傷つける。だからいけないんです。

私は、売春が合法だった時代のモラルに戻そうとは思っていません。生身の人間を使った売春は、これからも規制されるべきだと思っています。そうではなく、私は新しい時代のモラルを提示しているんです。実在の人間の肉体にこだわらないセックス、誰も傷つかない安全なセックスを」

「それでも全員があなたの主張に納得するわけではないと思います」

「そりゃそうですよ。時代がすごい勢いで変化してるんだから、モラルも変わる。激論が起きるのは当然です。

私としては、あなたの記事がきっかけで論争が起きることに、むしろ期待してるんですよ。みんなが意見をぶつけ合ってほしい。この問題から目をそらすんじゃなく、真剣に考えてほしいんです。ACや拡張現実が普及した今の時代、セックスのモラルはどう変わるのか、変わってゆくべきなのかということを」

「でも、この問題では過激な人がいますからね。議論がエキサイトしたら、それこそ炎上しかねないんじゃないですか？　比喩じゃなく、物理的に」

「確かに。でもまあ、予想したほど過激な反対はないですね。誹謗中傷の他には、何回か小規模なデモがあったり、メディアで騒がれた程度です。今のところ、マイナー・オルタマシンに反対する人の多くは冷静なようです」

「冷静であるように呼びかけている人がいるからじゃないんでしょうか？」

「黒マカロンさんのように？」

「はい」

「確かにね。あの人には以前から注目していましたよ。オルタマシン反対派の動向を見ていると、自然に目に入ってくるお名前ですよね。たいした人じゃないですか。明らかにマイナー・オルタマシンへの嫌悪を隠さないのに、常に自制を呼びかけている。法律に触れるような発言をまったくしないから、警察も手の出しようがなく、個人情報もつかめない。性別さえもよく分からない……」

「女性ですよ。この前、話しましたから」

「ああ、そうでしたね。しかし、あの記事を読んで合点がいきました。なぜあれほど理知的な人物が、マイナー・オルタマシンを許せないのか……」

「お分かりでしょう？　マイナー・オルタマシンの存在は、彼女にとって大きな苦痛なんです」

私はここぞとばかりに追及した。「キャッスルの中では、未成年者に対する性的虐待が頻繁に行なわれています。もちろん、あなた方の考えでは、それは疑似的な行為にすぎず、法にも触れません。でも、そうした行為がげんに行なわれていて、それを好む人が大勢いるという事実、そのこと自体が、性的虐待の犠牲者の方たちを傷つけることになるんです」

「分かります」

「そうしたことを知ってもなお、マイナー・オルタマシンの稼働を続けられるのでしょうか？」

「もちろん、黒マカロンさんの境遇には深く同情します」小酒井氏の表情は苦しげだった。「でも、それとこれとは話が違うのではないでしょうか？」

「どんな風に？」

「もうずいぶん前ですが、〝ツイッターで猫の写真を流すな〟と訴えている人がいました」

「猫の？」

「その人は極端な猫嫌いだったようなんです。でもツイッターを見ていたら、頻繁に猫の写真が流れてくる。だから〝猫の写真を流すな〟と」

「あのう……それこそ問題が違うような気がしますけど？」

「そうは思いませんね。猫嫌いの人にとって、猫の写真を見せつけられるのは大変な精神的苦痛なんだそうです。私たちにとっては笑い事ですが、ご本人にとってはシリアスな問題なんです。でもあいにく、世界には猫好きの人間――愛らしい猫の写真を見て癒される人の方が多かった。だから猫嫌いの人間の意見は受け入れられなかったんです」

「そんなに猫が嫌いなら、流れてくる画像にフィルターをかければいいのでは？　猫の画像を表示しないように」

「もちろんそうなんですが、問題はネット上だけのことじゃないんです。だって、この世界のどこでも、ありとあらゆる画像が氾濫してるんですから。紙の印刷物もまだたくさん存在していますし、ポスターとか看板とかもあります。それらのどこに猫が写っているか、常に目を光らせて

なくちゃいけない。

猫だけじゃありません。虫が嫌いな人もたくさんいます。ゴキブリとかクモとかイモムシとかだけじゃなく、カブトムシとか蝶とかの写真も正視できないという人が。だから子供向けの出版物では、カブトムシの写真を表紙に載せることを避ける傾向があるそうです。親から苦情が来るんですよ。〝気味の悪いものを子供に見せるな〟と。

もちろん、性的な画像にきわめて過敏に反応する人もたくさんいます。本物の女性のヌードは無害だけれど、マンガやアニメの絵は有害だという、不可解な主張をする人もいます。二五年くらい前、私が渡米する直前にも、そうした人たちがツイッターを騒がせていましたよ」

「ヌード写真とかを生理的に受けつけない人でしょうか？」

「ヌードだけじゃないんです。ちゃんと服を着ていても、キャラクターが胸を強調しているだけの絵で、非難していた人がいたんです。あるいは、着衣の少女が管楽器を脇に置いている絵に、性的な意味を読み取って非難する人もいました。特にセクシーな内容でなくても、見た人が〝不道徳だ〟と判断すれば、それは不道徳だということにされていたんです。

そうした傾向は今も存在しています。ターゲットは女性だけじゃありません。信じられないことですが、男性が女性の格好をしているだけで、不快感を表明する人もいます」

私は苦い思いで小酒井氏の主張を聞いていた。昔に比べて自由になったように思えるこの世界

にも、いまだどれほどの偏見がはびこっているかは、前に『《プロジェクトぴあの》神話の真実』を書いた時に思い知った。下里昴《しもさとすばる》が若い頃に男の娘《こ》で、結城《ゆうき》ぴあのとのデートの時も女装していたことは、彼が著書の中で書いていたことだ。私は当時の彼の写真を探し出し、本に載せたのだ。私は美しいと思ったし、読者の中にも感心した人が多かったのだが、その反面、「変態野郎」などといった下品な罵倒を浴びせてきた者も少なくなかったのだ。もちろん、結城ぴあのとの仲を疑われている下里への嫉妬もあったのだろうが、これだけ同性婚が社会的に認められ、性的少数者への偏見なんてとっくに消え失せていると思っていたので、そうではないと思い知らされたのはショックだった。

「そう考えると、この世界に、誰かにとって不快ではない画像なんて、一枚もないんじゃないでしょうか？」

「そんなことはないでしょう？　たとえば生まれたばかりの赤ちゃんの写真なんてどうですか？　不快に感じる人なんていないんじゃないですか？」

「そうでしょうか？　たとえば病気や事故で子供を亡くしたばかりの人。そうした人の場合、元気な赤ん坊の写真を見ただけで、我が子のことを思い出して精神的苦痛を覚えるかもしれないじゃないでしょうか。あと、年賀状」

「年賀状？」

「今でこそ、かなり廃《すた》れてきた風習ですけどね。でもかつては、親が年賀状に子供の写真を載せる例がかなりあって、それに対して不快感を表明している人がよくいたものですよ。子供のいない人や独身者たちにとって残酷だからと」

つまり私たちは、誰か少数の人間が不快に思っているという理由で、表現を萎縮させてはいけないということです。そんなことをしたら、最終的にすべての表現が規制されねばならないことになる」

「少数者の意見は無視されてもいいということですか？」

「すべて無視しろとは言っていませんよ。私もこの世界の秩序を破壊したいとは思っていません。むしろ秩序を守るために規制は必要だと考えています」

「それは……意外なご意見ですね」

「そんなことはありませんよ。この世界に生きている私たちはみな、何らかの不自由を我慢して生きているんじゃないですか？　法律とか良識とかモラルといったものに縛られて。それらは鬱《うっ》陶《とう》しいものですが、かと言って、すべての人がモラルを無視し、最大限の自由を主張したら、世界はめちゃくちゃになる。どこかに歯止めは必要です」

「当然ですね」

「みんなが少しずつモラルに縛られ、自分のやりたいことを少しずつ我慢し合う。それによって、個々の人間の自由は制限されますが、反面、大多数の人間にとっての自由なスペースが広がる——そういう社会が理想だと思います」

「でも、あなたは〝マイナー・オルタマシンが存在する自由は制限されるべきではない〟と考えておられるんですよね？」

「はい」

「その根拠は？　あなたが〝規制されるべきである〟とか〝べきではない〟と考える、その境界はどこにあるんでしょう？」

「規制が存在しないことによるデメリットが、存在するメリットを上回っているかどうかです。

たとえば猫の写真を規制するべきかという問題では、規制によるメリットは、少数の猫嫌いの人の心の平安が保たれるということだけです。それに対して、規制によるデメリットはあまりにも大きい。それは受け入れがたい。だから、猫嫌いの人には我慢していただくしかありません。

マイナー・オルタマシンの存在に強い不快感を覚える人は大勢います。黒マカロンさんのように。でも同時に、喜んで受け入れている人も大勢いる。特に現実世界《リアル》でセックス・パートナーのいない人にとっては、金でセックスが買えるというのは大きな福音なんです。もし私たちがマイナー・オルタマシンの稼働を中止したら、黒マカロンさんたちは喜ぶでしょうが、その一方で悲しむ人も大勢出る。一方の側の意見だけに耳を傾けるというのはフェアではないと、私は思いますね」

「待ってください」私は小酒井氏の長広舌に割りこんだ。「あなたは故意に論点をずらしておられますね。これはオルタマシン全般の問題ではなく、マイナー・オルタマシンに関する問題です。成人型のオルタマシンについては、そんなに強い反発は起きていません。従来のセックス産業の延長線上のものであり、むしろ人間の尊厳を傷つけるものではなく、人間による売春よりも人道的であるという意見もあります」

「その通りです」

「でも、マイナー・オルタマシンは別です。非常に反発が強い。海外からの批判だけではなく、日本国内からも——他社の実施したアンケートですが、マイナー・オルタマシンを〈不快だ〉〈やや不快だ〉とする声が、六割を超えているというデータもあります」

「知っています」

「あなたはマイナー・オルタマシンがなくなると困る人がいると言われた。でも、それは日本人のうち何パーセントぐらいなんでしょうか？」

「あなたもそのうちの一人なのでは？」

小酒井氏は面白がっていた。予想された反論だ。向こうは私の書いた文章をすべて読んでいる。いわば私の手の内を知られた状態での対決だ。

いかにも、私はミーフに会えなくなることを望まない。これからも何度でも会いたいと思っている。もし、マイナー・オルタマシンが廃止されることにでもなったら、きっと苦しみで胸がかきむしられる思いを味わうだろうと思う。

だが、マイナー・オルタマシンを存続すべきかどうかという問題は、私の個人的感情とは切り離さなくてはならない。ジャーナリストとしての私は、虐げられて苦しんでいる黒マカロンの側に立ちたい――いや、立つべきだと信じている。

私は自分の感情を殺し、社会的正義を貫くスタンスで行くことを心に決め、この対決の場に臨んだのだ。

「いざとなれば、〈最大多数の最大幸福〉というやつに従うしかないでしょうね」

私は小酒井氏を正面からまっすぐに見つめた。心のゆらぎを悟られないように。

「もし、日本人の大多数がマイナー・オルタマシンの廃止を望むなら、その決定に従うべきだと思っています」

「少数派の自由が制限されることはやむを得ない……ということですね？」

「ええ」

この日のために用意してきた回答――自分では完璧な答えだと思い上がっていた。

だが、小酒井氏は思いがけない変化球を投げ返してきた。

「あなたは、他人がうんちをしているところを見たいと思われますか？」

「は？」

そう反応した時の私は、さぞやマヌケ面をしていたことだろう。対する小酒井氏は、あくまで真剣な表情だ。

「うんちです。赤ん坊ではなく、成人の男女の。排便しているところを見たいとか、あるいは顔を近づけて臭いを嗅いでみたいとか、あるいは食べてみたいとか思われますか？」

「いえ……」

「つまり、スカトロ趣味などというものにはまったく興味がない。不快だし、見たくもない。そういうことですよね？」

「ええ」

「私もです」小酒井氏はにっこりと笑った。「いや、日本人の大半がそうでしょう。統計なんかはありませんが、たぶんスカトロ趣味を許容するかどうかアンケートを取ったら、九九パーセント以上の人間が〈ノー〉と回答するでしょうね」

「たぶん……」

「でもね、よく考えてみてください。日本人はすでにそれを許容してるんですよ」

「え？」

「スカトロものの映像コンテンツは、昔からありました。まだアダルトビデオが文字通りビデオテープだった時代からずっと。それ以前には、印刷物で出回っていたんじゃないかと思います。今でもそうです。〈スカトロ〉で検索したら山ほどヒットします。もちろん、一般の目には触れにくくなってますよ。その気になって検索したら、ようやく目にできる——興味を持たない人間には、実物を目にする機会どころか、存在を知る機会すらないような代物。でも、確かにずっと存在してきたんです。

いわゆるロリータものやレイプものに関しては、以前から強い反対の声があり、規制されてきました。性的虐待は明白な悪事であり、法律違反ですから。本物のレイプを撮影した映像はもちろん、疑似的な性的虐待――成人女性が未成年を演じるものとか、レイプされているシーンを演じるようなものでさえ、一時、規制対象になっていたこともあります。

それらに比べて、スカトロものに対する規制は緩かった。だって成人の男女が自分の意思で排便し、その光景を撮影するんですからね。撮影を強要された場合を除いては、法で裁くことはできないんです。だから大多数の日本人はそれを許容してきた、見たこともないし興味もないし不快なものだけど、とりあえず愛好家同士がこっそり楽しんでいる分には、自分にも社会にも害にならない――そう判断して、存在を許容し続けてきたんです。

もちろん、業界や愛好家たちも、それを理解していたでしょう。たとえば排便中の写真などを、他人に見せつけたりはしなかった。それは大多数の人間にとって不快なものであり、見たくない人間に無理に見せつけるのは間違った行為だと、彼らも認識していたんだと思います。だから愛好家だけでこっそり楽しみ続けた……」

「マイナー・オルタマシンもそれと同じだと？」

「そうです。世の中には確かに、多くの人間に不快感を催させる趣味が存在します。ペドフィリアもそのひとつです。でも、多くの人間にとって不快だという理由で、存在そのものが否定されていいものでしょうか？

大多数の人間の意見なんて、わざわざ保護する必要はありません。そうした多数派は、多数だというだけで、すでに大きな力を持っているんですから。むしろ少数の異端者——進んで擁護する者がいない人たちの考えこそ、許容されるべきなんじゃないでしょうか？」

「でも、そういう異端の考えに魅了される人間が増えるという危険性も……」

「もちろんです。私たちがどれほどゾーニングに注意したか、ご存知でしょう？　動画はまったく公開しませんでしたし、文章での説明も控えめにしました。マイナー・オルタマシンの姿は静止画のみで、それも小さめの画像だけです。マイナー・オルタマシンとは具体的にどういうものなのか、それを抱くのはどういう感触なのか、キャッスルの内部で何が行なわれているのか、実際に訪れた人間にしか分からないようにしました。

広告が未成年の目に触れないよう注意したのももちろんですが、広告のコピーを選ぶのも大変でした。数え切れないほどの案が出て、何十回も協議を重ねた末に、どこからもクレームがつかないような妥当な文章に落ち着いたんです」

「確かに、パンチに欠けるコピーが多かったように感じます」

「パンチのあるやつは片っ端からボツにしたんですよ」小酒井氏は笑った。「特に注意したのは、未成年者とのセックスに興味を持っていない人に、〝一度体験されてみては〟みたいに呼びかけるようなコピーです。そういうのは一切、やめさせました」

「興味を持たない人に興味を持たせてはいけない……？」

「そうです。そりゃあ、私たちとしては、ゲストが増えてくれるのは嬉しいんですけどね。でも、ペドフィリアというのは確かに反社会的な嗜好ですから。元からそういった嗜好を持っている人ならともかく、嗜好を持っていない人を積極的に目覚めさせるような行為も慎むべきだと考えました」

「面倒な話ですね」と私が呆れて言うと、小酒井氏は「自分の手足を縛った状態で泳ぐようなもんですよ」と笑ってみせた。

「もっとも、勝算はありましたけどね。未成年者との性交渉を夢想しているけども、法律や世間の目があるから自制しているという人は、けっこう多いはずだと予想しました。そうした限られた層だけを相手にしても、ビジネスは成り立つはずだと。

実際、日本版のムーンキャッスルの展開は順調です。マイナー・オルタマシンの稼働率は、当初の試算よりもかなり高く、そこから得られる収入は、来年早々には損益分岐点を越えると予想されています。店舗の拡大も計画中です。特に海外から来られるゲストが、予想よりかなり多かったんですよ。日本観光に来られるついでに立ち寄られる方が」

「〝日本の恥を輸出している〟という声もありますよね」

「恥どころか、日本の誇るコンテンツに成長させたいと思っています」小酒井氏は自慢げだった。「ご存知のように、未成年のキャラクターの性的なコンテンツは、世界のほとんどの国で非合法です。現在、楽しめるのはほとんど日本だけなんです。だからもっと多くのゲストを海外から呼び寄せたいと思っています」

小酒井氏の口調は自信に満ちていた。当然だろう。彼はこれまで、出資者や業界関係者や政治家やマスコミに、自分の構想を何度も語ってきたはずだ。説明には慣れているだろうし、たいていの反論はとっくに論破しているだろう。

無論、私はこの程度で納得したわけではない。

「どうしても理解できないのは、なぜあなたがペドフィルという少数者を擁護されるのかということです。単に擁護しているだけでなく、大変な労力を費やしてマイナー・オルタマシンを作り、彼らへのサービスを提供されている」

「そうですね」

「さっき、単に儲けるためではないと、あなたは言われた。実際、金儲けだけなら、通常のオルタマシンだけで十分だったはずです。なのにわざわざ、反対の声が予想されるマイナー・オルタマシンを作られた。その理由は何ですか？　そこを詳しくお答えいただきたいんですが」

小酒井氏は微笑みを浮かべたまま、しばし黙りこんだ。困惑している様子ではなかった。むしろ私の追及を楽しんでいるように感じられた。

「分かりました」やがて彼は口を開いた。「お話ししましょう——ああ、最初に確認しますが、あなたはペドフィルとチャイルド・マレスターの違いはご存知ですよね？」

「ペドフィルは未成年者との性行為を望んでいる人間ですよね。その欲望を実践する者がチャイルド・マレスター……」

「いや、その定義はちょっと違います。第一にペドフィルの大半は、あくまで妄想を抱いているだけで、現実の——つまり肉体を持った子供をレイプしようとは思っていません。第二に——」

「チャイルド・マレスターは必ずしもペドフィルとは限らない」私は彼の説明を引き取った。

「一般に、チャイルド・マレスターの中で、ペドフィルの占める割合は三割程度。それ以外の者は、状況に応じて成人も児童もターゲットにする、いわゆる状況的児童性虐待者である……ということですよね？」

そう、これぐらいの基礎知識は、この取材をはじめる前に予習してある。

ちなみに、ペドフィルでない人間が子供を狙う理由は簡単。弱いからだ。とにかく性欲を満たしたい、痴漢やレイプをしたいと願っている奴は、どこにでもいる。彼らにとって、相手の年齢なんて関係ない。か弱い子供の方が、押さえつけるのが楽だから狙うのだ。

また、犯人が父親や兄や教師など、被害者の子供に対して優位に立つ者の場合、子供を脅して、喋らせないようにさせることも多い。黒マカロンの父親が、まさにその例だ。

「もうひとつ、ペドフィルとロリコン、ショタコンの違いはご存知ですか？」

「ええと……」

私は詰まった。高校時代に同人活動にのめりこんだことがある関係で、「ロリ」「ショタ」「おねショタ」「ロリショタ」といった言葉はごく普通に使っていた。だが、それらはたいていスラングなので、厳密な定義があるわけではない。違いを説明しろと言われると困ってしまう。

「まず、ロリータ・コンプレックスというのは精神医学用語ですよね」私は何とか説明しようと試みた。「でも、それを〝ロリコン〟と略すと、意味は違ってきます。本物のロリータ・コンプレックスよりも開放的で、範囲が広い印象があります。実在する少女だけではなく、アニメやマンガに出てくる架空の美少女を好むこともひっくるめて〝ロリコン〟と呼ぶ……」

「ええ、そうですね」小酒井氏は嬉しそうにうなずいた。「若い頃の私の場合、ペドフィルやロリータ・コンプレックスではなく、まさにロリコンと呼ぶべきだったと思います。もちろんチャイルド・マレスターなんかではありません。美少女は好きでも、本人の意思を無視して手を出したいとは思わない――もっとも、健康な少年であれば、かわいい少女に惹かれるのは当たり前ですからね。そういう意味では、大半の少年はロリコンだと言ってもいいんじゃないでしょうか？

特に私の思春期の頃――一九七〇年代後半から八〇年代には、〝ロリコン・ブーム〟というものがあったんですよ。美少女の出てくるマンガやアニメがもてはやされてたんです。当時、ロリコンというのは決して淫靡な響きはなかった。むしろオタクの間でファッションのようにもてはやされていました。

架空の美少女だけじゃありません。この時代には美少女ヌード写真集というものも流行していました。本物の裸の少女の写真を集めた本です。それも裏モノなんかじゃない。完全な合法で、普通の書店で、普通に売られてたんです」

私は驚いた。「普通の書店で、児童ポルノを売ってたんですか？」

「まあ、今の基準では児童ポルノなんでしょうがね」小酒井氏は昔を懐かしんで苦笑した。「でも、実態はポルノなんかじゃありません。きれいな女の子を普通に撮っていただけです。股をおっぴろげたりなんかしていない。健全なものでしたよ」

「でも、裸の女の子を――」

「ああ、そのへんの感覚は今とまったく違いますね。今は〝少女のヌード〟と言われると、成人女性のヌードよりも背徳的で淫靡なものを想像してしまう。でも、当時は逆だったんです。

八〇年代当時、日本ではヘア解禁が論議されていました。それまで禁止されていたヘアヌードが、写真集などにそろそろ現われはじめていたんです。でもまだ、ヘアを猥褻なものとみなす意見は根強く、なかなか受け入れられませんでした。

そんな中、まだヘアも生えていない幼い少女のヌードは、成人女性のそれよりも清らかなものだとみなされていたんです。ヘアが見えないから修整もされず、18禁ですらありませんでした。だから人気が出て、いくつもの出版社が競って写真集を出した……」

「信じられませんね」

「信じてください。あの時代を生きた私の証言です」

「では、あなたもその児童ポルノを──」

「美少女ヌード写真集」

「そのヌード写真集を買われたんですか？」

「ええ、何冊か買いましたよ」小酒井氏はけろりと言う。「こんなこと、隠してもしかたないでしょう。繰り返しますが、当時は合法だったんですから。もっとも、私もまだ一〇代でしたから、そんなにたくさんは買えませんでしたけどね。高校時代にバイトで手に入った金で、たまに買ってたんです。石川洋司《いしかわようじ》、清岡純子《きおおかすみこ》、ジャック・ブールブーロン、ジャン・ルイ・ミシェル……」

「あなたはそれらの写真で、そのう……」

「ヌイたかどうか？」小酒井氏は恥ずかしそうに笑った。「ああ、そうですね。正直に言えば、ヌクこともありましたよ。そりゃあ思春期の少年ですからね。ヌードがあればヌキますよ、普通はね。それに私が一五歳ぐらいの頃に、写真の中の女の子は一一歳とか一二歳ぐらい──それぐらいの差は異常でもなんでもないんじゃないですか？　三〇代ぐらいのおばさんでヌクよりも、よっぽど自然じゃないですか」

「はあ……」

「でもね、これも正直に言うんですが、ああいう写真を見て、実物の女の子に触りたいとかエッチしたいという衝動は、あまり起きませんでしたね。美少女ヌードというのは、どうも高尚すぎるんです」

「高尚？」

「あるいは〝高貴〟と言いましょうか。成人のモデルのヌードと比べて、圧倒的に清らかなんですよ。明らかに処女ですしね」

「それはそうでしょうね」

何でこう男というやつは処女を崇拝したがるんだろうか。

「だから眺めている分にはいいんですよ。ソフィーやビルジニーといった女の子が、裸で目の前にいると空想するのはね。でも、たとえ妄想の中でも、汚そうとは思わないんです。妄想の中でも自制が働く。こんな女の子を傷つけたくないと思っちゃうんです」

「当時の少年はみんなそうだった？」

「いや、もちろん、私の個人的体験ですよ。他の人はどうだったか知りません。写真の中の女の子を陵辱するところを妄想している奴も多かったかもしれません。実際、ブームも後期になると、質の悪いものも増えましたし……」

「質が悪いというと？」

「明らかに写真家のレベルが低い。写真家の名前が載っていない本もあるし、他の写真集の写真を勝手に使い回しているのもある。モデルの女の子の名前にしても、日本人の名前だけど、顔は明らかに東南アジア系……そんなの、アブナいじゃないですか。どこかの国で非合法に女の子を買って、虐待して撮ってるのかもしれない。まさに性的虐待が行なわれてるのかもしれない。実際、本物のロリータポルノ――本物の女の子にセックスをさせるような非合法なビデオもあったと聞いています。でも、私はそういうヤバそうなブツは避けてました。名の知れた写真家の本を選んでましたよ」

「それらの本はどうされたんですか？」

「処分しましたよ。しかたないでしょう？　二〇一四年、児童ポルノ法が改正された時に――当然、条文はご存知ですよね？　児童ポルノ法の」

「はい」

「児童ポルノ法については、よく誤解している人が多いんです。児童ポルノは不快なものだから取り締まるんだと思っている人が。でも、正式な名称は『児童買春、児童ポルノに係る行為等の規制及び処罰並びに児童の保護等に関する法律』。実在の児童を保護することが目的なんです。

さっきも言ったように、美少女ヌード写真集の中には、虐待によって作られたものがあった。でも、それを写真から見分けるのは難しい。そこで、未成年者のヌードの写っている作品をすべて禁止したわけなんです。そうした写真が拡散すること自体、被害に遭った児童を傷つけることになりますからね。

でもその結果、何の罪もない健全な作品も観られなくなった――でも、私はしかたがないと思ってました。実在の児童を保護するという名目はもっともですし、逆らえませんでした」

「だからご自分の本を処分された？」

「最初はまだ単純所持――配布や販売や公開を目的としない所持は合法だったんです。でも、二〇一四年の改正で、単純所持まで違法になった。昔買った本をただ持っているだけでもお縄になるというんです。しかたないじゃないですか。あきらめてすべて捨てましたよ。でもね……」

ふと、小酒井氏は悲しげな顔を見せた。

「……何年かして、突然、思い出したんです。若い頃に手にしたそれらの本のことを。妖精のような美しい女の子たちの、まさに芸術と呼ぶべき写真の数々をね。でももう、私の手元にはない。それどころか、ネット上で検索しても見つからない。その存在そのものが、時とともに、人々の記憶からも消えてゆく。あなたのように、すべてが児童ポルノだったと思いこんでいる人もいる。実際はそんなものじゃなかったと示したくてもできない……。

それに思い至った時、愕然となったんです。私たちは何ということをしてしまったんだろう。一時期、日本を席巻した、膨大な数の美少女ヌード写真集。その文化が歴史の中からごっそり消え失せてしまったんです。今さら取り戻すことはかなわない――これは恐ろしいことだと思われませんか？　誰かの愛していたものが失われ、存在した証拠すら消えてしまうというのは？」

小酒井氏は熱っぽく語る。しかし正直、美少女ヌード写真集とやらに何の関心もなかった私には、ぴんとこない話だった。そもそも私の祖父母の時代の話だ。

「つまりマイナー・オルタマシンを作ったのは、そのリベンジだと？」

「リベンジというか、オマージュですね。実在の美少女のヌードを見ることはかなわなくなったけど、３ＤのＣＧで、本物の美少女と同じものを再現できる。今度は完全に非実在の存在で、合法だから消されない――もちろん、美少女だけじゃなく美少年もですけどね。

あと、世間への警告の意味もあります。美少女ヌード写真集は消えてしまったけど、二度と同じことを繰り返してはいけない。大多数の良心の声が〝それを消せ〟と叫んでも、おとなしく従ってはいけない。大多数の声が罪もない少数者の声を押し潰すなんて、あってはいけない。そんなのは本物の民主主義じゃない。まず議論して、少数者の意見を聞くべきなんだと。

だから、マイナー・オルタマシンをめぐる議論が起きるのは、健全なことだと思ってます。あなたの連載に協力しようと思ったのも、もっと世間の注目を集め、議論の起爆剤になってほしいと願ったからです」

「議論をすれば勝てると思っておられる？」

「議論をすること自体が重要だと思っています。オルタマシン――特にマイナー・オルタマシンは、大きな可能性を秘めています。おざなりな議論だけで結論を出してほしくないんです」

ようやく小酒井氏の結論が見えてきた。なるほど、それなりに立派な主張だと思う。私が記事に書けば、納得する読者は多いだろう。

しかし、私が見るところ、まだ彼が触れていない論点がある。

「前にナッツ99さんにインタビューしたんですが」

「読みました」

「そこで気になったことがあるんです。彼が言うには、九歳のマイナー・オルタマシンに乱暴に挿入したら、〝痛い痛い〟と泣き出したと……」

「ああ」小酒井氏は苦笑した。「もちろん、演技ですよ。実際にオルタマシンは苦痛を感じるわけじゃありません」

「それは分かってます。分からないのは、なぜ苦痛を覚えているような演技をさせるのか、ということです」

「それはオルタマシンを保護するためです」

「つまり、マシンを乱暴に扱う人にやめさせるために？」

「ええ。成人用のオルタマシンでは生じなかった問題です。マイナー・オルタマシンの方が、故障する率が高いんです。最初はボディが小さい分、脆弱《ぜいじゃく》なのかなと思っていました。でも、脆弱性を計算に入れても、やはり故障率が有意に高いんです」

私ははっとした。「つまりマイナー・オルタマシンの方が、ゲストから乱暴に扱われる率が高い……？」

「そういうことになります。もちろん、成人型のオルタマシンでも、サディストの傾向があるゲストはいて、問題視はしていました。しかし、マイナー・オルタマシンの被害の多さは、予想以上でした」

私はショックを受け、ぼうっとなっていた。

チャイルド・マレスターが子供を標的にするのは、自分より弱いから――それが証明されたということか？　成人型のオルタマシンの場合、ゲストはマシンに逆襲されるのを恐れ、傷つけまいとして無意識に力をセーブしているのではないか。でも小さくてひ弱そうな子供の姿のマシンに対しては、歯止めが利かなくなる……。

私はぞっとした。ミーフはどうなのだ？　彼もまた、残酷なチャイルド・マレスターのゲストに当たってしまい、暴虐の犠牲になることがあるのか？

「……対策は？」

「もちろん立てています。オルタマシンを乱暴に扱って破損した場合、賠償を請求するということは、以前からゲストに警告していましたが、その文言をやや強いものに改めています」

そう言えば、初めてミーフに会った日、受付でそうした警告を受けた気がしたが、すっかり忘れていた。「子供を傷つけてはいけない」なんて当たり前のことで、そんなのをわざわざ注意する必要があるのかと思っていたのだ。

失念していた。この世界には、弱者に対していくらでも残酷になれる人間がいるのだということを。

「もうひとつの対策が、マイナー・オルタマシンを泣かせることです。泣いて〝痛い〟と言わせれば、ゲストの良心に訴えかけて、被害を減らせるかと思ったのですが……」

「結果は？」

小酒井氏は苦笑した。「だめですね。むしろ〝泣きわめかれるとそそる〟という感想が増えまして」

そりゃそうだろう。

「それは明白に児童虐待ですよね？」と私。「もちろんロボットだから痛みは感じないでしょうけど、キャッスルの中でそんなことが行なわれていると知ったら、多くの人が虐待としか思えないんじゃないですか？」

「でしょうね」

「それでもやめさせようとは思われない？」

「もちろん、人を不快にすることは承知しています。しかし、それを上回るメリットがあると信じています」

「メリット？」

「チャイルド・マレスターを世に出さないということです。子供を虐待して楽しみたい人間がいても、キャッスルに来れば、その欲望は発散される――その分、この世界から児童虐待が減ると思いませんか？」

「つまり、マイナー・オルタマシンに虐待を代替させる？」

「本物の児童が虐待されるより、ずっといいんじゃありませんか？」

その発想は、私に吐き気を催させた。

「それは……受け入れられませんね」

私は礼儀正しさをかなぐり捨て、露骨な侮蔑の笑みを浮かべた。

「キャッスルの利用料は、かなり高いじゃないですか。チャイルド・マレスターの中で、欲望を発散するためにキャッスルを訪れる人は、そんなに多くない気がします。だいたい、一回や二回の利用で、欲望が発散されるものなんでしょうか？　むしろ虐待行為に病みつきになって、現実世界でも繰り返すようになる可能性もあるのでは？」

「それはあくまで可能性ですよね」

「でも、十分にありうる可能性だと思います」

「逆に減少する可能性だってあるじゃないですか」

「証明できないでしょう？」

　そこで私たちの議論は唐突に途絶えた。お互い、相手に対する有効な反論が提示できず、水掛け論になっていると気づいたのだ。

　私は自分の表情筋が突っ張っているのに気づいた。まずい。今の私、たぶん怖い顔してる。こんなにあからさまに自分の敵意を表に出すなんて、ジャーナリスト失格だ。

「……とりあえず」私はどうにか平静を取り戻そうとした。「今回のインタビューは記事にさせていただいてよろしいんでしょうか？」

「かまいませんよ。何でもご自由に。他にも必要な資料とかがあればお渡しします」

　対する小酒井氏はまだ余裕があった。その悠然とした態度が、私をさらに苛立たせた。

「それと、以前から、キャッスルの裏側を見せていただきたいとお願いしていたんですが。働いている従業員の方にもインタビューしたいと……」

「ああ、そうでしたな。いいですよ。こちらから手配しておきましょう」

　自分で言い出したことなのに、私は少し驚いた。小酒井氏へのインタビューが取れたことも意外だったが、キャッスルの裏側は絶対極秘で、マスコミの取材は一切拒否していたのだ。

「ただし、カメラの持ちこみはご遠慮ください。レコーダーのみでお願いします」

「分かってます」

「あと、エンジニアが技術的な問題を口にするかもしれませんが、そこはオフレコでお願いします」

「絵は？　載せていいんでしょうか？」

「うーん」小酒井氏は顔をしかめた。「ちょっとまずいですね。スキンなしの――つまりARをまとっていないオルタマシンは、人によっては嫌悪感を覚える代物なんですよ。だからなるべく公開したくないんです。たとえイラストでもね」

「分かりました。文章で描写するだけにします」

「いいですよ」

「それと、今回はもしかしたら、かなり敵意に満ちたものになるかもしれませんが？」

「悪意ではなく敵意であれば歓迎です。事実に反したことでなければね。隠さなければいけないようなことは、何も言っていませんから」

「あなたがかつて児童ポルノを買っていたことも？」

「美少女ヌード写真集」

「そうでした」

「繰り返しますが、当時はまったく問題なかったんです。社会の方が変わったんです。そこを強調してください。売春防止法ができて、売春が禁止されたようにね。それまで日本人の男性はごく普通に赤線に通っていた。売春が悪いことだと思ってなかったんです。でも、法律ができて、考え方も変わった……。

　だから、さっきも言いましたが、あなたの記事がきっかけで論争が起きるのは、私としては歓迎してるんですよ。みんなが事実を知り、それを基にいろんな意見をぶつけ合ってほしいんです」

インタビューは終了した。私たちはぎこちなく握手を交わし、別れた。

意見が合わず、不快に思うことも多かったが、少なくとも小酒井氏はフェアな人物だった。ある一点に関して、私たちの意見は一致した——マイナー・オルタマシンの提示した問題は、もっとみんなで考え、話し合わなくてはならない。

私の抱える悩み——ミーフを愛しているけども、マイナー・オルタマシンの稼働停止を望むという矛盾に対しては、もうしばらく棚上げにしておいていいと思っていた。今後の議論がどう展開し、世論の趨勢がどちらの方向に進むのかは予想できないが、何にしても一年や二年で決まるはずがない。それまでに、あと何度かミーフに会いに行ってもいいかなと、気楽に考えていた。

私は愚かだった。

これからどんな波乱が起きるか、この時点ですでにほとんど決定していたことに、まだ何も気がついていなかったのだ。

14　メンテナンス・ルーム

小酒井氏との会見から一週間後、私はムーンキャッスル川崎店を訪れた。今度はゲストとしてではなく取材で。

メンテナンス・チームの責任者である中郷理央人《なかざとりおと》氏という年配のエンジニアに案内され、エレベーターに乗って一〇階に上がった。人間の場合はＩＤカード、オルタマシンの場合は監視カメラによる確認がなければ開かない扉を開け、秘密の区画に足を踏み入れる。

私は圧倒された。マスコミ関係者が初めて目にするメンテナンス・ルームは、外からは想像もつかないほど広く、まさにハイテク機械工場そのものだった。私が名前も知らない機械類が並び、意味不明の単語が並ぶ箱が積み上がり、搬送用ロボットが忙しく走り回っている。青く清潔な作業服を着たスタッフたちが、金属のベッドに横たわるマシンを点検していた。見たところ、作業員は一人を除いて全員が男性だった。

「あいにくミーフは今、稼働中でして。戻ってくるのに一時間ほどかかります」

当然、中郷氏はミーフのことを知っていた。私の記事を読んでいたからだ。私は「そうですか」と、素知らぬ顔で応じた。その話題には触れてほしくないと無言でサインを発していたのだが、中郷氏には通じなかったようだ。

「いやあ、あなたの記事が出て以来、リクエストが増えましてね、ミーフ」中郷氏はにこにこ笑う。「ここんとこ毎日、メンテナンスの時間以外、ほとんど稼働し続けてます。大人気ですよ」

中郷氏の嬉しそうな様子とは反対に、私は恥ずかしくて消えてなくなりたいと思っていた。もちろん、少年型のマイナー・オルタマシンがどのように人間の女性を愛撫するのかも、中郷氏は職業柄、熟知しているだろう。私が記事でぼかして書いた箇所も、実際はどうだったか理解しているはずだ――ああ、やっぱりあんな記事、書くんじゃなかった。

スケルトンボット――ARに覆われていない〝生《なま》〟のオルタマシンも、覚悟はしていたが、衝撃だった。

最初に見たのは中学生ぐらいの少女型のマシンだった。ベッドに横たわっていた。女の子だと分かったのは、体型と髪型からだ。全裸で、ライトグリーンのツインテールの髪以外、全身が白いプラスチックで覆われている。

中でも不気味なのは、その顔だ。いちおう人間の顔のような凹凸はあるが、眼は無機的なカメラのレンズで、それが絶えずぎょろぎょろと上下左右に移動している。製作者はロボットに目蓋《まぶた》は必要ないと思ったらしい。確かに、セックスの最中でさえ、人間は他人の目蓋に触れることはめったにない。目蓋はARで代用し、ちょくちょくまばたきをさせれば生命感が生まれるのだろう。

顔の下半分も不気味だった。眼とは対照的に、やけにリアルなのだ。特に唇は本物そっくりで、確かに中学生ぐらいの少女の愛らしい唇だった。濡れたような艶がある。

「ルージュつけてる……？」

私のつぶやきが耳に入ったのか、中郷氏は「リアリティのひとつです」と言った。

「もっと小さい子や男の子には不要なんですけどね。これぐらいの年齢の女の子ならリップは不可欠でしょう」

「でも外見はARで補完できるんじゃ……？」

「まあ視覚的なイメージだけならね。でも、キスした時の香りとか、後で服についていたことに気づく口紅とかは、実物を使わないとね」

「……妻帯者にはトラブルの原因になるかもしれませんね」

「いやあ、妻帯者はあまりこんなとこに来ないんじゃないですかねえ」

「奥さんに満足してるから？」

「いえ、奥さんに財布を握られてるから」

「ああ、なるほど……」

「でも、聞いた話じゃ、わざと浮気しているかのような証拠を残して、パートナーに疑惑を抱かせるのを楽しみにしてる人がいるそうですよ」美浦悦司《みうらえつし》という若いエンジニアが話に割りこんできた。「〝オルタマシンとセックスするのは浮気じゃない〟〝パートナーから疑惑の視線で見られるのが背徳的でぞくぞくする〟って」

「パートナーの女性にしてみれば、たまったもんじゃないですよね」

「いや、どっちも男性だそうですけど」

人間心理というやつはどこまで複雑なんだ。

おりしもエンジニアがマシンに、ゲストとやったプレイの内容を喋らせているところだった。今の私はアーゴを着けていないので、マシンの方の声は聞こえない。しかし、発音に合わせて唇が開閉するのがよく分かった。

「聴覚障害者向けです」と中郷氏。「唇を読める人のために、唇は正確に発音に合わせて動かすように心がけています」

「それこそＡＲがあれば十分なんでは？」

「いや、喋っている最中のオルタマシンに触りたがる人もいますからね。発音とは無関係に唇がぱくぱく動いてたら、すぐ見破られます。それに唇は舌と同じぐらい複雑な構造になってますからね。声に合わせて動かすのは造作もないんです」

エンジニアはマシンに口を開けさせ、口腔内を点検しはじめた。口の周辺の表皮の素材は、ある種の合成ゴムのようだった。きわめて伸縮性に富み、大口からおちょぼ口まで自在に変形する。口というものがどれほど複雑な機構でできているか、私は思い知った。眼と異なり、ゲストに触れられる機会がきわめて多いので、可能なかぎりリアルに作らねばならないのだろう。

口腔内も見えた。歯は透明な樹脂でできている。メンテナンスの際に口腔内が見えやすくするためだという。歯の奥にある舌は、唇よりもさらにリアルだった。濡れてぬらぬらと光っていて、ナメクジのように柔軟にうごめく。見ているだけでどきどきしてきた。ああ、私の舌とからみ合ったミーフの舌も、こんなだったのか……。

「舌の内部には、サーモレクトリウム——微妙な温度変化で変形する形状記憶物質が、網の目のように張りめぐらされています。それを小さなヒーターで部分的に温めることで、素早く柔軟な変化を可能にします。もちろん、ヴァギナやアナルの内側も同様の構造になっています。ペニスはもうちょっと単純な構造ですけどね。膨張と収縮はしますけど、変形はしませんから」

「口がこんな複雑な構造になってるとは思いませんでした」

「我々は、口というものを〝第四の性器〟と位置づけています。人工のヴァギナは、何十年も前から何種類も開発されていました。私たちはその技術のライセンスを買い取って、改良しただけです。でも、唇や舌は違う。ほとんど一から開発しなくてはなりませんでした。構造もヴァギナとは比べものにならないぐらい凝っています」

ミーフとの体験を思い出し、私は納得した。

驚いたのは、顔以外の部分だった。もっと全体が人工の皮膚に覆われていて、全身タイツをまとったようにのっぺりしているのかと思っていたが、意外に継ぎ目が多い。たとえば胸の部分は、肋骨の曲線に沿って何本もの線が平行に走っている。胸から腹にかけては、一枚の曲面ではなく、何枚もの三日月形の曲面が重なり合って、海老の殻のような曲面を構成しているのだ。それらの継ぎ目が上下左右にずれることで、全体が柔軟に屈曲するのだ。

「こんなに継ぎ目があるなんて……」

驚いている私に、中郷氏が「触ってみますか?」と声をかけてきた。私は少女型のマシンの胸に触らせてもらった。

表面に沿って指を走らせる。梨地《なしじ》のような感触だ。継ぎ目の部分に差しかかると、指がかすかにひっかかるのが感じられる。

「眼を閉じて触ってみてください」

私は指示に従った。まだひっかかりは感じるものの、眼を開けていた時ほどではない。

「ご存知でしょうが、人間の触覚はかなりの部分が視覚に影響されてるんです」中郷氏が解説する。「アーゴを着けている人間の眼には、オルタマシンの表面の継ぎ目は見えなくなる。それで触覚的にも、継ぎ目が存在しないように感じられるんです」

「原理は知ってましたけど、驚きですね」と私。「全身を皮膜みたいなもので覆ってるとばかり」

「メンテナンスの都合です。たとえば腕の部品が故障して交換する場合、全身を完全に皮膚で覆っていたら、皮膚をすべて切り開いて脱がさなくちゃならない。だから交換する際、パーツごとに取りはずせるようになってるんです」

マンガやアニメなどで、人間そっくりなアンドロイドは何度も目にしていたが、現実のアンドロイドの場合、パーツを交換するだけでもそんなに手間がかかるとは思わなかった。

さらに中郷氏は、オルタマシンは場所によって材質が微妙に異なることや、感覚センサーの分布密度も違うことを説明した。特に少女型オルタマシンの胸の部分はきわめて柔らかい素材でできているとか、尻や太腿にはまた別の素材が使われているとか。

別の少女型オルタマシンが、ヴァギナ・ユニットを交換している場面も見た。ユニット自体は金属で覆われた円筒形なのだが、一方の端に、本物の生殖器にきわめて似たゴム製の器官がある。恥丘の部分には金色の毛がまばらに生えていた。それを取り除かれた後のマシンの股間には、ぽっかりと空洞ができている。

「故障したんですか？」

「いや、これはウィッグを交換するためです」

そのマシンはウィッグをはずされ、頭部が露出していた。

「アンダーヘアの生えているマシンは、ウィッグを交換する際、必ずヴァギナ・ユニットもいっしょに交換します。同じ色の毛に」

「どうして？　ヘアの色なんてゲストに見えないでしょう？」

「いやあ、それが……」

中郷氏は少し声をひそめ、言いにくそうに言った。

「むしる人がいるんですよ」

「むしる？　髪の毛を？」

そんなに激しいプレイをする人がいるのかと、私は訝った。

「髪も、アンダーヘアもです」

「何で？」

「持ち帰ろうとするんです。キャッスルに来た記念に」

「…………」

「写真が撮れませんからね。それでせめて毛の一本でも抜いて持って帰って、宝物にしようと――もちろん規則で禁止されてますよ。オルタマシンを傷つける行為はね。でも、毛の一本ぐらい、いくらでも隠して持ち出せます。見つかっても〝ついつい興奮して〟とか言い逃れられるし、被害額も少ないから、ばれたって高額な罰金を請求されるわけじゃない。それをいいことに、ちょくちょく盗んでいくゲストがいるんです」

「……ひどいですね」

「だから全身をARで覆っていても、髪の毛やアンダーヘアだけは、じかに見られてしまう可能性がある。それで毛の色はAR映像と同じにするように設定しています。表面上は変化はありませんが、ウィッグはだんだん毛が抜けてくるから、損傷が激しくなってきたら交換しなくてはなりません。そのついでにヴァギナ・ユニットも交換して、アンダーヘアの損傷も修復します。ああ、こいつもそうです。ヴィチローク――毛の色がきれいな子なもんで、よく狙われるんです」

中郷さんは取り出したヴァギナ・ユニットを私に見せてくれた。眼を近づけると、なるほど、恥丘から毛が何本も抜かれ、無残な傷跡ができている。

私は啞然となった。いくらオルタマシンが人間のように痛みを感じないといっても、子供の髪の毛やアンダーヘアを引き抜くことに良心の痛みを感じない人間がいるとは――いや、むしろ良心が痛むからこそ、罪悪感を楽しんでいるのかもしれないが。


私はメンテナンス・ルームを回り、スタッフにインタビューしていった。彼らはオルタマシンの技術的なことをあれこれ語るが、私はあまり興味がなかった。私が関心を持つのは、もっと人間的な問題――彼らが何を考え、この仕事をしているかだ。

私は唯一の女性スタッフに意見を聴いてみた。城ケ崎優衣《じょうがさきゆい》さん。年齢は私と同じぐらい。他の男性エンジニアと同様、アーゴをかけ、長い髪をポニーテールにしている。化粧はしていなかった。階下から上がってきた少年型オルタマシンの洗浄作業を、仏頂面でてきぱきとこなしている。いくらこんな仕事をしているからって、もうちょっと女性としての身だしなみに気を遣ってもいいのにな……と私は思った。

「感想？　そんなものはありませんよ」

城ケ崎さんは無表情で答えた。

「いえ、あの……個人的感情というものがあるでしょう？」

「ありません。仕事ですからやっているだけです」

「どうしてこの仕事に？」

「オルタテックジャパン社が従業員の募集をしていたからです。大学でロボット工学を学びましたから、うってつけだと思って」

「ロボット工学なら他にもっと職場があるのでは……？」

「そこそこお給料はいいですから」

「この職場に何か不満は？」

「ありません」

「マイナー・オルタマシンについて、どのようなお考えをお持ちですか？」

「特に何も。仕事ですからメンテナンスをしています。それだけです」

参った。私との会話を早めに打ち切りたいのがはっきりと分かる。もしかしたら、言葉に反して、女性なのにこんな仕事に就いている自分を恥じているのでは……と思ったのだが、どんな質問に対してもそっけない返答しか返ってこないので、本心がまったく読めない。

私があきらめて城ヶ崎さんから離れると、美浦氏が話しかけてきた。

「いやあ、いつも通り不機嫌ですね、彼女」

「いつもああなんですか？」

「ええ。仕事の後で飲みに誘っても、必ず断られます。何が嬉しくてこんな職場を選んだんですかね――おっと」

彼はアーゴをかけた眼で空中を見上げた。何か表示されているメッセージを読んでいるのだろう。

「ミーフが上がってきます」

「え？」

私は狼狽した。唐突すぎる。心の準備ができていない。

その数秒後、エレベーターの扉が開き、マイナー・オルタマシンが出てきた。

最初、それがミーフだとは分からなかった。確かに髪はライトグリーンだが、ミーフのそれとは透明感がまるで違う。やけに地味なのだ。おまけに少女のようなミニスカートだ。もちろん、顔は他のオルタマシンと同じく、不気味だった。

最初、何かの間違いかと思った。しかし、彼はつかつかとエンジニアの一人に歩み寄り、何か報告をすると、さっさと服を脱ぎだした。下着を脱ぐと、股間に小さなペニスが垂れているのが見えたので、ようやく分かった。ゲストのリクエストに合わせ、女装をしていたのだ。

中郷氏がヘッドホンを貸してくれた。これがあればアーゴなしでもオルタマシンと話ができる。

「はい、ミーフ」

私は勇気を出して声をかけた。ベッドに四つん這いになったオルタマシンは、私の方を振り向いた。

「ああ、ミリさん、こんにちは」

マシンの口が開閉すると、それに合わせてヘッドホンからミーフの声が流れ出した。それでようやく、私はそのマシンがミーフだと確信できた。

「あなたが来られることは聞いていました。ここに外部の方が来られるのは珍しいです。ボクのスケルトンボットを見られるのは初めてですよね。ご感想は？」

私はとまどった。喋り方がよそよそしい。前に二回会ったミーフのどちらとも、ぜんぜん違う。思い出した。ゲストがオルタマシンに設定した性格は、ゲストと別れるごとにリセットされる。つまり今のミーフは、何も性格を持たない、いわばまっさらのミーフなのだ。

「ああ、うん……ちょっと混乱してる」

「こんなボクは嫌ですか？」

「いえ、そんなことはないけど……」

「良かった。またゲストとして来てくださいね。お待ちしてますから」

どう答えればいいのか。私は詰まってしまった。この胸の中に渦巻く複雑な感情を、どう表現すればいいのか。嫌悪、失望、悲しみ……でも、それと同じくらい、依然として愛も感じていた。

これがオルタマシンなのだ、と自分に言い聞かせた。人間のリクエストに従い、人間の命令通りに動き、人間の望みを叶えるためにロールプレイをする。それ自身の欲望も意志も持たない……。

あまりにも悲しい。でも、私が悲しいと思うのは、今も私が彼を愛している証拠だ。中身のない、機械人形の彼を。

私は何か話そうとした。だが、できなかった。美浦氏がミーフのアナルに器具を挿入し、洗浄作業を開始したからだ。

私は涙を見られないよう、その場を離れた。

15　破局

二〇四三年は暮れかけていた。

連載原稿の最終回が掲載された頃、私はほっとする暇もなく、単行本化に向けての書き直し作業に追われていた。インタビュー部分など、連載ではスペースの関係で省略したところを、大幅に復活させた。もちろん文章も書き直した。さらに、連載には登場しなかった人物——宗教家、法律学者、人工知能研究者、性風俗研究家——のインタビューも追記した。私はこの本を、単なる好奇心本位の本にしたくなかった。マイナー・オルタマシンというものが抱える諸問題を、多くの人に真剣に考えてもらいたかったのだ。スケジュールが詰まっていて、執筆作業は年末ぎりぎりまでかかりそうだった。

クリスマスが近づいても、遊びに行く予定もない。そもそも今年は、クリスマスにデートするような異性はいなかった。いや、同性もだ。このシーズンになるとちょくちょく「寂しいなら慰めてあげようか」と冗談で誘ってきている藤火《とうか》も、今年はパートナーができたとかで、イヴの予定をうきうきと話していた。

寂しいかって？　ええ、そうよ、寂しいわよ。表面的には仕事一筋に生きているように振る舞っていたって、クリスマスに抱き締めてくれる人がいないというのは、すごく寂しい。

自然とミーフの顔が思い浮かぶ。私の背中に回された彼の細い腕、口の中でなまめかしくうごめく舌、ヴァギナを貫く小さくても熱いペニス、そして私の全身を優しく撫でさする指、何もかも懐かしい。忘れられるわけがない。あれからもしばしばメールが届く。このところ来てくれなくて寂しい、また来てくれると嬉しいと。彼の方でもまだ私のことを忘れていないらしい――マシンが忘れるわけもないのだが。

しかし、そうした熱く心地好い記憶に重なって、真実の映像が――ドクロを思わせる顔面の内部構造や、人工アヌスを機械で洗浄される情景が二重映しになって蘇る。それを忘れるのは難しい。彼の見かけの姿がすべて幻影であることは、理性では知っていても、それを見せつけられるのは苦しかった。

だが、あの体験から一ヶ月が過ぎ、鮮烈だった印象にしだいに記憶のヴェールがかかってくると、私も冷静に事実を見つめ直すことができるようになっていた。なぜ悩むことがある？　ARを剝ぎ取ったオルタマシンの真の姿を知るということは、人間の皮膚を剝ぎ取った姿を見るのと同じではないか。醜く見えるのは当たり前だ。

そう割り切れたわけではないが、それでも納得するしかなかった。そんなにも私のミーフへの愛は熱くて、私の中に深く根づいていた。あんな光景を目にしてもなお幻滅することがなく、それどころか嫌悪感を超えるほどの愛おしさが息づいている。

ああ、まずい。私はこれまでに出会ったどんな男性よりも、ミーフにのめりこんでいる。プラスチックのボディの上からCG映像で覆っただけの、本物の心を持たない作り物の少年に。

そんなものは本物の愛じゃない――そんな声なき嘲笑が聞こえてくる。うるさい。そんなことは分かってる。これは人間が人間に抱く愛とは、明らかに違うものだ。たとえて言うなら、小説やアニメのキャラのような、実在しないキャラクターに惚れる感情だ。

違うのは、ミーフは本物の人間と同じように、私の言葉にリアルに応答するということ。本物の人間のように私を抱き締めること。本物の人間に匹敵する確固としたリアリティを有していること。

いくら理性で「本物じゃない」と分かっていても、心がその事実を受け入れてはくれない。だいたい、小説やアニメやゲームのファンの中にだって、かなり本気でのめりこんでいる人がいくらでもいるではないか。架空の存在を実在の人間のように語り、何万、何十万という金を貢ぐ（イベントを観に行ったり、キャラクター・グッズを買い漁《あさ》ったり、レアカードのために課金したり）人たちが。彼らの愛を「本物じゃない」と嘲笑《あざわら》ったら、猛烈なブーイングを受けるだろう。

こんなにもミーフにのめりこんでしまったのは、出会ったタイミングが悪かったのかもしれない。あるいは、良かったのかも。たまたま、プライベートで誰かとつき合っていない時期だったから。たまたま、男に幻滅を感じていた頃だったから。もし私に愛する人がいたら、いくら美少年だからって、さすがにこれほど心は動かされなかっただろう。私の心の一角がたまたま空白だった時に、ミーフがすっぽり入りこんだのだ。

ジグソーパズルの重要なピースのように、今やミーフの存在は、私の心に同化し、かみ合い、一体となっている。とても小さなピースではあっても、もはやそれなしには私という絵が完成しないほどに。

またそろそろキャッスルに行こう。ミーフに会いに行こう。

あの激しい二度目の逢瀬以来、私は彼に会いたい気持ちをずっとこらえ、メールでのやり取りだけを続けてきた。ずっと経済状態は苦しく、原稿料だけでは生きてゆくのに精いっぱい。月に何度もキャッスルに通うなんて贅沢はできない。だから我慢してきた——我ながらたいした自制心だと思う。

でも、新しい本が出る目処《めど》は立った。本が出版されて印税が入ってくるのはまだ何ヶ月も先だが、そんなに待てない。まだ少し早いが、我慢してきた自分へのご褒美として、散財したっていいではないか。

そう思って、キャッスルの予約を取ろうとしたのだが、少し遅かった。予約の状況を見ると、クリスマス前後のミーフのスケジュールはびっしりだったのだ。私のように、クリスマスにいっしょに過ごしてくれる相手がいない人たちが、オルタマシンで寂しさを紛らわせようと思っているのか。スケジュールが空いているのは、来年一月の、それも中旬以降だ。

しかし、予約が取れないということは、ミーフはメンテナンスの時間以外、ほぼ一日中、誰かの相手をしているということではないか。無理をしてどこかが壊れたりはしないだろうか、乱暴なゲストに当たったりはしないだろうか……。

ミーフが苦痛を感じるはずがないことは分かっている。だが、それでも私は、彼が壊れたらと考えると苦痛を覚える。

結局、私は予約を取った。来年一月一四日の午後二時。その時になればまたミーフに会える。そう思って、仕事に専念することにした。

だが、その機会は訪れなかった。


一二月二〇日、黒マカロンからメールが届いた。

〈お久しぶりです。

突然ですが、あなたにぜひ見ていただきたい映像があります。失礼とは思いますが、メールに添付させていただきましたので、ご覧になってください。マイナー・オルタマシン問題に関心のある方なら、必ずや興味をそそられると思います。

なお、あなたのパソコンに害を与えるものでないことは保証いたします。できれば多くの方に拡散していただくようお願いします。

黒マカロン〉

簡潔だが、不穏な文面だ。だいたい、「拡散してください」とお願いするメッセージなんて、ろくでもないものと決まっている。

だが、相手は黒マカロン。高い知能を持ち、狂信的なところなどない女性だ。実際、これまで彼女が書いてきたものをかなり見てきたが、こんな風に情報の拡散を積極的に呼びかけたことなんて見たことがない。ということは、それほどまでに重要な内容ということなのか。私は興味をそそられた。

パソコンに害、というくだりには、まったく心配はしていなかった。ウイルスの入ったメールを開封したらパソコンが乗っ取られるとか、不具合が生じるなんて話を、今でも本気で信じているのは、かつてウイルスでひどい目に遭った経験のある年寄りだけだろう。現代のＯＳはみんな二重構造になっていて、うっかりウイルス入りメールを開封してしまい、サブＯＳが感染しても、メインＯＳには影響が出ないようになっている。黒マカロンが悪魔的な能力を持つハッカーで、二重のセキュリティを破る画期的な方法を発明したというなら話は別だが――まあ、そんなことはあるまい。

私は添付メールの解凍をムーピーに指示した。何も言わなくても、同時にウイルスのチェックもしてくれる。

案の定、ウイルスは検知されなかったが、その代わり、ムーピーは変な警告を出した。

「この動画は不快な内容を含んでいます。また、日本以外の国の法律に違反している可能性があります。国外に送信することはおすすめできません」

「法律？」

「児童ポルノに関する法律です。未成年による性行為の動画が収録されています」

コンパニオンはメールの内容を読み、スパムと判断したメールを自動的にはじいてくれるだけでなく、添付された画像ファイルや動画ファイルの内容もチェックし、違法なものや有害なものであれば警告を発することがある。職業柄、いつもいろいろなデータをダウンロードしているので、警告が出るのは珍しくないが、それにしても、いつもより強い警告のように思えた。

私は悪い予感がした。

「児童ポルノなら、日本でも違法でしょ？」

「明らかに実写映像ではなくCGです。日本では成人が視聴するのは合法です。しかし、あなたが視聴なさることはおすすめできません。かなりのハードコアですから」

コンパニオンは、動画からおおよそのレーティングまで判定する知能があり、ユーザーの過去の履歴から、嗜好に合うかどうか判断することもできる。そう言えば、私はこれまで、オルタマシンについての情報はずいぶん検索したし、文章に書いたりもしたが、ハードコア・ポルノを（実写であれCGであれ）視聴した経験がない。ムーピーのAIは、私が厳格な性格だと判断したのか。

「いいわ。見せて」

「了解しました。再生します」

眼前に仮想モニターが現われた。いつも映画やドラマの視聴に使っているモニターより、やや小さい。ムービーが私に気を使って、いきなり大画面で18禁映像を見せつけないよう、調整しているらしい。

真っ暗な画面に白いテロップが浮かび上がる。ありきたりの素っ気ないフォント。BGMはない。

〈これはオルタテックジャパン社が経営しているムーンキャッスル川崎店で行なわれている行為の記録です〉

最初のテロップがフェードアウトし、次のテロップが出る。

〈映像はゲストが着用しているARゴーグルに投影されているものです。着用者の姿勢や動きに呼応して変化しています。揺れているのは着用者が揺れているためです。

着用者以外の視点からAR映像を見ると、人によっては不快感を覚える場合があります。気分が悪くなったら、ただちに視聴を中止してください〉

きわめて冷静な注意文。私は疑問を覚えた。ゲストの見ているAR映像？　どうやってそんなものが入手できるのだ？　キャッスルで受けた説明では、セキュリティは万全で、外部に情報が流出する可能性はきわめて低いはず……。

考えているうち、新たなテロップが出た。〈2043/04/29〉という日付。そして〈リッカ〉という名前。

それに続いて、いきなり「いやあ！」という少女の悲鳴が流れ出し、少女の顔がアップになった。

「いやあ！　やめて！　乱暴にしないで！　お願い！　もっと優しく！」

カメラは少女の頭のすぐ上から見下ろすアングルだ。顔を大きくのけぞらせているので、あえぎ、もがき、逃れようとして泣き叫んでいる少女の表情がよく見える。画面が揺れ、少女も揺れている。人間にはありえない、宝石のように鮮やかな深紅の髪。おそらく小学生ぐらいの幼さだ。胸のあたりまでしか見えないが、たぶん全裸なのだろう。胸は膨らんでもいない。

相手の男の声は聞こえなかった。しかし、性交しながら視点が激しく揺れていることから、エキサイトしていることが分かる。少女の嘆願など聞こえていないかのように。それどころか、泣き声を聞いていっそう興奮しているようだった。

「やめて。お願い。優しくして……」

ゴーグルから流れ出す少女の悲痛な声。私はというと、衝撃のために息もできず、麻痺したように画面を見続けていた。マイナー・オルタマシンに対する虐待行為が行なわれていることは、知識として知っていたが、実際にその映像を目にしたことによって惹き起こされる感情は、想像によるものとはまるで次元が違っていた。はるかにおぞましく、はるかに嫌悪に満ちていて……。

どんな言葉も空《むな》しくなるほどの激しい感情の混乱に、私は打ちのめされた。それはもう単なる

「映像」ではなかった。魂の芯を全力で殴りつけてくるかのような、ほとんど物理的な打撃となって、私をふらつかせた。

慌てて仮想モニターの隅にあるスライダを動かし、ボリュームを半分以下に絞った。少女の声がささやくぐらいの大きさになって、衝撃はかなり和らいだ。それでも画面の中ではおぞましい行為が続いている。私はさらに画面も小さくし、名刺ぐらいのサイズに変えた。

映像はほんの一分ほどで唐突に終わった。真っ暗になったのでほっとしていると、またテロップが現われた。小さすぎて読めないので、また画面を少し拡大する。日時を確認するよりも早く、次の動画がはじまった。

今度は紫色の髪の子供だった。やはり全裸で、ベッドにうつ伏せに横たわってもがいている。背中からのアングルなので、最初は性別もよく分からなかった。ただ、ボリュームを絞ってもかすかに聞こえる「ああ、ああ」という苦しげな声から、どうやら少年らしいと分かった。まるで浅瀬に引き上げられたイルカのように、全身をびくんびくんと震わせていた。その股間にはピンク色の器具が突き立てられていて、尻が左右に動くたびに揺れている。責めている側のゲストの姿は見えない。しかし、ちらちらと画面の端に映る手は、マニキュアをした女性のものだった。

その次はまた少女だった。上品そうな顔立ちで、波打つようなウェーブのかかった長い金髪。中学生ぐらいだろうか。前の二人とは異なり、声を上げていなかった。太いペニスを口いっぱいに頬張らされていたからだ。ゲストの男は少女の髪をつかみ、乱暴に揺さぶっていた。声は聞こえなくても、言葉で何かを強要していることは察せられた。口を封じられた少女は、眼をとろんとさせ、無抵抗で、悲しげに見えた。

次の映像では、ゲストは二人の女性だった。一〇歳ぐらいの少年を二人がかりでベッドに押さえつけ、いたぶっていた。視点は一方の女性に固定されているので、もう一方の女性の顔が見えた。おそらく高校生ぐらい。もっとも、キャッスルは成人しか利用できないはずなので、顔はARで修整されているのだろう。テーマパークを楽しんでいるかのように、とても陽気そうに笑っていた。

相方の女性の方が、少年の顔の上に馬乗りになった。両膝で少年の肩を押さえつけ、股間を開いて、自分の性器を少年の顔面に押しつける。その間に、視点の側の女性は少年の股間にかがみこんだ。屹立した少年の小さなペニスが、画面にアップになる。

それからも一分ごとに、次々といろいろな映像が登場した。マイクロビキニを着せられ、恥ずかしいポーズを強要されている少年。セーラー服姿で立ち、自らスカートをまくり上げ、ノーパンを覗かれている少女。全裸で逆立ちをさせられ、股間をいじられる少女。下着姿で淫《みだ》らな言葉を繰り返し言わされている少女。六尺ふんどし姿でマスターベーションをさせられている少年。スクール水着姿で尻を突き出し、悶《もだ》える少女……。

オルタマシンが人間に反抗できないのをいいことに、ゲストたちはありとあらゆる淫らな悪行を繰り広げていた。私は気分が悪くなってきて、途中で何度も視聴を中断しなくてはならなかった。

当然の帰結だ——そう思った。オルタマシンに人権はない。どれほど非人道的な振る舞いに及んでも、決して罪に問われない。しかもオルタマシン自身は苦痛を感じない。苦しんでいる演技をしているだけ。それを知っているから、ゲストは調子に乗り、要求をエスカレートさせる。罪に問われる心配がないことで、彼らは安心し、自分の中の獣をどこまでも解放してゆく……。

ここに映し出されているのが、人間の真の姿なのだ。

しかし――まだ心の中にひっかかっているものがあった。この映像は事実なのか？　これがAR映像、つまりCGであることは分かっている。だったら、キャッスルの中で行なわれている出来事の記録だという主張は嘘で、すべて黒マカロンの一味が作った捏造《ねつぞう》映像だという可能性もあるのではないのか？　これだけのCGを作るのは大変な作業だろうが、不可能ではあるまい。だいたい、厳重なセキュリティに守られているはずのキャッスルの内部情報を、どうやって手に入れられるというのか。そう、その点を説明してくれないことには、うかつに信じるわけにはいかない……。

そう思いながら映像を見続けていた私は、二十数本目の映像で凍りついた。

タイトルは〈ミーフ〉。

画面にアップになったのは、見覚えのあるライトグリーンの髪の少年だった。ゲストに押し倒され、陶酔した表情を浮かべ、髪はひどく乱れているが間違えようがない。声も確かにミーフだ。

誰かが捏造した映像かもしれないという可能性は、この瞬間に消えた。外部の人間が目にできるミーフは、公式サイトのきわめて小さい静止画と、私が記事に描いたイラストだけだ。あれだけの情報から、ここまで本物そっくりのミーフの映像を作り上げられるわけがない。これは確かに、キャッスル内のサーバにあるミーフのオリジナル・データから作られた映像だ。

ゲストの全身は見えないが、ミーフにまたがり、騎乗位で攻めているようだった。ミーフは逆に腰のバネを使ってエビのようにびくんびくんと跳ね、ゲストを押し上げている。視点が地震のように上下左右に揺れる。ミーフの激しい息づかい。女の方もエキサイトしているらしく、画面は時おり激しくぶれた。誰だか知らないが、私の愛するミーフを押し倒してセックスしている女に、一瞬、私は強烈な嫉妬を覚えた。

　そして、唐突に、あることに気づいた。

　既視感がある——前に観たドラマをもう一度観ているような感覚。それがなぜなのか理解できず、混乱した。やがて、信じられないことに思い当たった。嘘だと思って振り払おうとしたが、その認識は私の混乱した印象と噛み合って、しっかりと根づいた。

　そして、あえぎ声の合間に、ほんの一瞬、小さい声が混じっていたことを、私は聞き逃さなかった。他の人には分からなかったかもしれないが、私は気づいた——「ミリ」と。

　これは私だ。

　あの時のプレイそのままだ。ミーフに貫かれ、突き上げられているのは私だ。私が体験したことなのだ。

　最初は混乱した。理解できなかった。なぜ？　どうしてそんなことが起こりうる？　私のＡＲゴーグルのデータが何者かにハッキングされていた？　いや、ゴーグルに記録機能はないはずだし、ワイヤレスの信号がキャッスルの外部から読み取られるはずがないと、最初の日に案内役のアンドロイドが言っていた。だとしたら、ゴーグルに外から入力する前のＡＲデータを読み取っているのか……。

　統合頭脳《ユニファイド・ブレイン》——アンドロイドが口にした単語を思い出した。キャッスル内のすべてのオルタマシンの頭脳であり、スケルトンボットからの情報を受け取って統合している。オルタマシンの人工意識《AC》はスケルトンボットの中にあるのではなく、ユニファイド・ブレインの中に生じているのだと。

あの時、私はオルタマシンの方にばかり関心が向いていて、大事な質問をしなかった。ゲストの装着しているARゴーグルの音声や画像のデータは、どこから送られてきているのか？　市販のARゴーグルなら、所有者のウェラブル端末にダウンロードされたARアプリで処理されている。それが当たり前だと思っていて、疑問を抱かなかった。しかしキャッスルの場合、ゴーグルからの情報を基に、ユニファイド・ブレインで処理されているのでは？

オルタマシンのACは、通常のコンパニオン・アプリよりもはるかに大きな容量を必要とするという。そして当然、オルタマシンの意思による動作のひとつひとつは、ゴーグル用のARデータとして変換しなくてはならない。ならば、オルタマシンを制御しているサーバで、ゲスト用のARデータもまとめて処理した方が合理的なはず。もちろんゴーグル着用者の姿勢や動きも、ワイヤレスでユニファイド・ブレインに読み取られ、それに同調したAR映像がゴーグルに送られてきているのだろう。

だとしたら、ゲストの声が入っていない理由も説明がつく。ゲストの耳にするオルタマシンの声は、ゴーグルから聞こえてくる立体音響だ。ゲストの口から発した声は、ゲスト自身の耳によって聴き取られる。だからゲストのゴーグルにゲスト自身の声を送る必要はない。

一方、オルタマシンの聴くゲストの声は、スケルトンボットに内蔵されているマイクで聴き取られ、ユニファイド・ブレインに送られて処理される。オルタマシンのACにとって必要な音声情報は、自分のマイクに捉えられる範囲の音声だけのはず。つまりゲストのゴーグルのマイクが（マイク機能があればの話だが）拾ったゲストの声は必要ない。

これまでユニファイド・ブレインをハッキングしようとする者はいなかった。アンドロイドが言っていた〝高度なセキュリティ・システム〟に守られていたからだろう。しかし、黒マカロンがそれを破る技術を開発したのだとしたら……。

画像はゲストの顔を映さなかった。たとえ映っていても、ゴーグルをかけた顔にさらにARをかぶせているから、ゲストの正体が判明する可能性は低い。その点では安心である。しかし、私のゴーグルに投影されている私の裸体——胸や腹や太腿が、私自身のものであることに間違いはない。視点が下を向いた瞬間には、ミーフのペニスと私の性器が結合していることが、一瞬ではあるがはっきりと分かった。それに「ミリ」という声に気づく者もいるかもしれない。

動揺し、興奮し、怒りを覚えた。人生の中で、こんなにひどい恥辱を味わわされたのは初めてだ！

しかし、ほんの少し冷静さを取り戻してみて、恐ろしいことに気がついた。これまでミーフとセックスした人間は何百人もいるはず。なのにわざわざ私の映像を入れたというのは、偶然とは考えられない。つまり黒マカロンは、ここに映っているゲストが私であることに気がついている……。

もし彼女が本当にキャッスルを管理するサーバをハッキングできたのなら、顧客に関するデータを手に入れたとしても不思議ではない。予約の記録を読み、私が何月何日にキャッスルを訪れるかを知っていて、ミーフとセックスしているまさにその場面を覗き見たのではないか？

黒マカロンは何を考えているのだ？　なぜファイルの中に私の映像を入れた？　私への制裁か？　彼女の境遇に同情していること、主義思想に理解を示していることは、はっきりと伝えたはずだが、それでもミーフとセックスした私を敵とみなしたのか？

そして、私に何を要求しているのか？　この映像が自分のものであることを世間に知られたくないなら、言うことを聞け？　いや、そんなゴロツキのような手口は、黒マカロンらしくない。

黒マカロンにメールを送ったが、反応はなかった。ぜひ彼女自身の声で釈明を――あるいは犯行声明を聴きたかったのだが。

彼女の意図が分からない以上、私としても動けない。メールを受け取ってから、たっぷり一時間以上も、どうすべきかと自室で悶々としていた。ようやく外界に関心が持てたのは、ムーピーが注意をうながしたからだ。

「ネット上で騒ぎが起きています」

コンパニオンはアプリの空き時間を利用して、ネットを巡回し、ユーザーにとって興味のありそうなニュースを見つけてくる。

「どんな？」

「ムーンキャッスルから流出したと思われる動画が、多くの人に送りつけられているようです」

「ええ!?」

16　ミーフの真実

私が黒マカロンの動画への対応に悩み、手をこまねいている間にも、彼女は各方面にせっせと動画ファイルを送りつけていたのだ。テレビ局、新聞社、雑誌社、ネットニュース、大物ブロガー、風俗関係のライター、タレント、コラムニスト、政治家、学者、教育者、反オルタマシン運動家……他にもインフルエンサーになってくれそうな人に手当たりしだいに。もちろん海外にもだ。海外向けの動画にはモザイクがかけられ、英語のテロップがつけられていた。

そのうちの何人かは、私のように躊躇《ちゆうちよ》することなく、たちまち情報を拡散した。動画投稿サイトにアップする者もいた。すぐに通報され、動画の削除、アカウントの凍結が行なわれたが、アップされてから削除が実行されるまでの数時間のタイムラグの間に、多くの人間にコピーされ、さらに拡散した。その勢いは「爆発」と表現すべきものだった。

最初のうち、疑問の声もあった。私と同じく、これが本当にキャッスルから流出したものなのか、疑う者が多かったからだ。しかし、勇気ある数人のライターが、ここに記録されているのは確かに自分の体験したものだと認めた。

私の映像もそうだったが、彼らが自分の体験だと主張している映像は、他のものに比べて過激さが少なかった。確かに未成年に見えるロボットとセックスはしているが、虐待と言えるほどの暴力行為は見られない。彼らにしてみれば、自分の評判が少しぐらい傷ついても、大勢の人の注目を集め、アクセス数を稼ぐことの方が得策だと判断したのだろう。

未成年型オルタマシンとのセックスを売り物にしているキャッスルから、ハードコアのポルノ映像と個人情報が流出している――今以上に名前を売ることを切望している者たちにしてみれば、この特大のスキャンダルに乗らない手はない。

オルタテックジャパン社の反応は迅速だった。ネット上で情報が拡散しはじめてすぐ、川崎店だけでなく日本全国のムーンキャッスルの臨時休業を宣言し、予約客すべてにお詫びのメールを送った。その一方、マスコミ各社からの問い合わせには、最初の二四時間、ノーコメントを貫いた。もちろん彼らも、画像が本物であることにすぐ気がつき、調査を開始したのだろうが、流出経路はすぐには分からなかったようだ。翌日になってようやく、サーバから漏洩《ろうえい》した本物の情報であることを認め、内部の人間の犯行らしいとほのめかした。

私はというと、ミーフとセックスしているのが自分だと、自ら名乗り出るつもりはなかった。しかし、すでにネット上では、私の書いた記事との関係から、ここに映っているのが私だと推測する声が増えていた。何ということだ。不本意だが、いずれ事実を認めるしかなくなるだろう。

しかし、その前に確認しなくてはならないことがあった――黒マカロンの真意を。


黒マカロンのアカウントは、重大な規約違反（スパムメール、公序良俗を乱す、誹謗《ひぼう》中傷、などなど）を犯したことで、とっくに凍結されていた。しかし彼女は、こうした事態になることを予見して、ずっと以前から別人格で裏アカウントを取得し、信頼できる何人かの人間にこっそり教えていた。私もその一人だ。

大騒動の発生から約二日後、ようやく黒マカロンと裏アカウントで連絡がついた。

『連絡が遅れてごめんなさい』

モニターに現われた彼女は、初めて会った時と同様、黒いビロードのようなドレスに身を包み、豪華な椅子に深く腰を下ろしていた。あんな大騒ぎを起こした後だというのに、興奮するでもなく、勝利の余韻にひたるでもなく、女王のような気品のある態度を崩さない。

『動画を拡散してから、しばらく推移を見守っていたんですけど、どうやら私の想像以上にうまくいったみたいで。それですっかり安心して眠ってしまったんです。疲れてたんですね。起きたのはついさっき』

「どれぐらいの人に拡散したんです?」

私の口調にトゲがあるのはしかたがない。信頼していた人物に裏切られ、恥ずかしい映像を世界に流されたのだから。

『たぶん三〇〇人かそこらですかね。正確な数は覚えてません』

「なぜこんなことを?」

『なぜ?』

黒マカロンのアバターは、「そんなことをいちいち説明しなくちゃいけないほど愚かなの?」とでも言いたげな、小馬鹿にしたような笑みを浮かべた。

『前に私の動機はお話ししましたよね?』

「ええ、覚えてます」

『目的がマイナー・オルタマシンの全面廃止だということも?』

「ええ」

『変化は穏やかではない。いずれ急展開があるかもしれない——と、警告もしたはずですよ』

「ええ、ええ、その通りです」

私は腹を立てていた。黒マカロンに対してだけじゃない。彼女の警告を本気にしなかった私自身のマヌケさに対しても。

彼女の悲惨な過去を聞かされていたのにもかかわらず、彼女が反マイナー・オルタマシン活動にかける熱意がどれほど真剣で奥深いか、見誤っていた。

「でも、まさか、あんなことをされるなんて想像もしていませんでした」

『そりゃあ、事前に教えるわけにはいかないでしょう？』

「どんな方法でハッキングされたんですか？　できればお教えいただきたいんですが」

私は怒りを抑えて訊《たず》ねた。そう、それが今、多くの人が知りたがっていることのはずだから。

『そんなたいした方法じゃありませんよ。とても原始的な――キャッスルの構造を熟知してさえいれば、誰でもできる方法です』

「じゃあやっぱり、キャッスルの関係者なんですね？」

『ええ、もうオルタテック社もとっくに気がついてるはずですよ。三日前から風邪を理由に欠勤してますし、メールや電話での呼び出しも無視してますから』

そう言いながら、王宮のように見える室内を軽く見回す。

『ここも私のマンションの自室じゃありません。安いビジネスホテルとかネットカフェとかを転々としてます。まあ、警察も捜索してるでしょうから、この部屋にしても、踏みこまれるのは時間の問題ですけどね』

「逮捕されるのは覚悟のうえだと？」

『当たり前でしょう？　こんなことをやらかしておいて、逃げ切れるわけないじゃないですか。

私の本名だって、たぶん明日にはネットで流れるでしょうし』

「なら、本名をお教えいただいてもいいんでしょうか？」

『あなたはすでに知ってますよ』

「え？」

『まあ、隠しておいてもじきにバレることですからね。お教えしておきます』

そう言うと、彼女は魔法でもかけるかのように、ひょいひょいと指先を動かした。眼前にある仮想パネルから、映像の設定を変更しているのだろう。

モニターの映像が変化した。王宮のような豪華な部屋から、ありふれたホテルのシングルルームに。玉座に腰を下ろしている黒いドレスの神秘的な美女は、ベッドに座っている安っぽいカーディガンとジーンズ姿の、ぱっとしない女性に。

その顔に見覚えがあった。

「城ケ崎《じょうがさき》さん……!?」

キャッスルのメンテナンス・ルームで働いていた、ただ一人の女性スタッフだ。

『ああ、この前はそっけない態度を取ってごめんなさい』

一瞬にして神秘的なイメージを脱ぎ捨てた城ケ崎さんは、もうアニメ声優のような芝居がかった声ではなかった。親しみやすい気さくな喋り方だ。

『実はびくびくしてたんですよ。ほら、顔や声は違ってても、喋り方ってついつい癖が出るもんじゃないですか。うっかり黒マカロンみたいな喋り方をして、ぼろが出るんじゃないかって。それであなたの前では、なるべく口数を少なくしてたんです』

私は呆然となっていた。しばらくは疑問が頭の中でぐるぐると渦を巻き、何から切り出していいか分からなかった。

『さっきも言いましたけど、逃げ切れるとは思っていません』彼女は落ち着いて喋り続けた。『ただ、逮捕されるまでに、ちょっとだけ時間を稼ぎたかっただけです』

「何の時間を？」

『あなたと話すための時間』彼女は微笑みを浮かべ、冗談めいた口調で言った。『この会話は当然、記録されてるでしょうね？』

「……はい」

『だったら公表してください。評判になりますよ。あなたにはご迷惑をおかけしたから、罪滅ぼしです』

「……だったら最初からあんなことをしなければよかったのに」

『どうしても必要だったんですよ。あの動画がフェイクじゃないことを証明してくれる人がね。一人だけでは頼りにならないので、何人も。あなたはその一人です』

「…………」

『あの動画の中には、他にも何人も有名人が映ってるんですよ。まだ名乗り出てはいませんけど。あなたもそうですけど、早く名乗り出た方がいいですね。みんな鵜《う》の目鷹《たか》の目で探してますから。画面の隅にちらっと映ってる手がかりを見つけて、映ってるのが誰なのか知ろうとして。後で暴かれるより、ダメージは少なくて済みますよ？』

「でも、全員が有名人じゃないんでしょ？」

『もちろん。特に最低の連中――マイナー・オルタマシンに対してひどい性的暴行を加えている者たちについては、単なる一般人です。キャッスルの中で何が起きているか、多くの人にてっとり早く知ってもらおうと思って、選びました』

「じゃあ、もしかして、あなたがキャッスルで働くようになったのも……」

『もちろん、最初からこの目的のためです。映像を手に入れるため――だって、具体的な映像がなければ、大衆は理解してくれないじゃないですか。大人たちが未成年者を性の対象にするのが、どれほどおぞましく、邪悪なことなのか……。

潜りこむのは簡単でした。成績はけっこう優秀でしたし、他の会社で働いてた時期もあります。母は父と離婚する際、旧姓に戻してましたから、私の名前で検索したって、小学生の頃のあの事件は出てくるわけがありません。もちろん、目的を悟られないよう、男子社員とはなるべく個人的につき合わないようにしてましたし』

「それでサーバに接近した？」

『物理的にね』

「物理的？」

『キャッスルのサーバは電磁的に外部と隔離されています。とても容量の小さい回線でしかつながってないんです。ですから、そのノードを監視していれば、外からのハッキングや外部へのデータ流出はほぼ完璧に防げます。でも、内側からの攻撃にはもろい。穴だらけなんです。私はとても小さな回路とメモリをキャッスル内に持ちこみました。ヘアピンにしか見えないようなやつを。それを職員専用トイレに隠したんです』

「トイレ？」

『ゴーグルはワイヤレスである関係で、光回線じゃありませんから、どうしても電波は洩れるんですよ。ビルの外への電磁遮蔽《しゃへい》は完璧でも、ビル内に洩れている微弱な電気信号は隠せません。

図面を調べてみたら、サーバのケーブルのコンジットが、トイレの通風管と並走してることに気がついたんです。前にＩＴ系の技術雑誌で読んだことがあります。コネクタの形状によっては、本体から発生してる電磁雑音が外部に洩れることがある。ケーブルそのものを伝わるんじゃなく、ケーブルとケーブルの隙間に生じた、幅数十ミクロン程度の空間を伝わって。実験によれば、数十メートルの距離でも、屋内で、なおかつ十分な長さのアンテナがあれば、映像信号を受信することも可能だって。

それで試してみる価値はあると思ったんです。トイレの通風管全体をアンテナにして、横を通ってるケーブルから信号を読み取れないかって。それで女子トイレの掃除用具入れの天井裏に、回路を取り付けました。そして何週間かに一度、メモリを回収して、自分の部屋に持ち帰って信号を復元したんです』

「あの映像のテロップが正しいなら、今年の四月から続けてこられたんですね？」

『もっと前からですよ。取り付け方に工夫したり、クリヤーに受信できる位置を探し当てるまでに、ずいぶん試行錯誤しましたし。最初は失敗の連続で……』

「怪しまれたことは？」

『まったくないです。もともと女子の職員は私だけですから、一日に一回、トイレに何分かこもっても、誰かに見咎《みとが》められる心配はありません。それに、こういう原始的な手段によるハッキングって、最近は流行《はや》りじゃないみたいで。スマートじゃないから』

「油断してた？」

『まあ、そうですね。ベリーさんに陽動も頼みましたし』

「陽動って……キャッスルに出入りしてる車を見張ることを？」

『実のところ、あんなことをする意味はないんですけどね。だって、何月何日に誰が来るかなんて、職員には——つまり私には、みんな筒抜けだったんですから』

「ああ……」

『でも、ああいう下手くそな手段で監視すれば、相手を油断させられるでしょ？〈私たち〉はキャッスルのサーバに直接アクセスする手段を持たない。キャッスル内部に入りこんでいる者なんかいないんだって……』

「じゃあ、ゲストの予定もサーバから読み取ってた？」

『いいえ。映像データのセキュリティは厳しかったけど、口頭で伝わる程度の話に関しては、みんなけっこうルーズでしたね。ゲストの予約スケジュールなんて、メンテナンス・ルームのモニターから、誰でも簡単に読めましたし』

「ええ⁉」

『ほんとですよ。まあ、みんな守秘義務はきちんと守ってましたけどね。外部に洩らしたら一瞬でクビですから。こういう業種の中ではけっこう高給ですから、みんな職を失いたくないんですよ。でも、職員の間ではしょっちゅう情報交換はしてましたよ。有名人の誰それがお忍びで来るなんて噂は、あっという間に広まります。あなたが訪問される日を知ったのも、そのためです』

私はあきれた。それではプライバシーなどないも同然だ。単に物理的なセキュリティが脆弱《ぜいじゃく》だっただけではなく、職員のモラルも低下していたとは。

「でも、たった一人であれだけの映像を集めるのは大変だったのでは？　それも誰にも知られずに」

『まあ、大変なのは大変でしたけどね』城ヶ崎さんは苦笑した。『でもね、もっと大変だったのは動画の編集作業ですよ。部屋に帰ると、毎晩毎晩、取り組んだんです。収集した動画は何千時間にも及びます。そこから目的に合った動画を選んで、最も大衆にアピールするであろう場面を抜き出して……』

城ヶ崎さんは急に暗い顔になり、大きくため息をついた。

『きつい作業でした。子供たちが――マイナー・オルタマシンが、いたぶられる姿を見てると、トラウマを強烈に刺激されるんです。私が父にやられたことを思い出して。作業中、しょっちゅうフラッシュバックに襲われました。吐いたこともあります。一度、どうにも耐えきれなくて、生理痛を理由に欠勤したことも。それでもどうにか、やりとげましたけどね』

執念――その二文字が、私の心に焼きついた。城ヶ崎さんにとって、その作業は地獄の苦痛だったはずだ。でも彼女は、その苦痛を乗り越えて動画を完成させた。どうしても完成させなくてはならないという、強い執念に支えられて。

私は素直に畏敬の念を覚えた。

だが、彼女のやったことを肯定することはできなかった。どんな理由があれ、罪もない人間のプライバシーを暴くことは許されない。

「ひとつ疑問があるんですけど」

『何でしょう?』

「確かにあのファイルには、マイナー・オルタマシンを虐待している人物が何人も映っていました。でも、全員がそうじゃないですよね? たとえば私はミーフを虐待してなかったはずです」

『相手が本物の一二歳の少年であれば、性的関係を結ぶだけで、立派な性的虐待ですよ』

「ええ、そうでしょうね。でも、ミーフは人間じゃない。もちろん子供の姿のロボットをいたぶることが好きな最低の連中がいることは事実です。でも、私はそんな人間じゃない。それは自信を持って言えます。

あの映像に映っていた、他のゲストもそうです。単にマイナー・オルタマシンを愛玩《あいがん》していただけの人が多いように思います。でも、虐待していた映像と混ぜたせいで、あたかもキャッスルのゲストのすべてが、マイナー・オルタマシンを虐待していたかのような錯覚が生じる……」

『そうでしょうね』城ヶ崎さんはうなずいた。『実際、ペドフィルでない人間には、区別はつきませんよ。子供を愛《め》でているか虐待しているかなんてね。裸にしてセックスしていれば、同じじゃないですか』

アブノーマルな嗜好すべてをひとくくりにしようとする城ヶ崎さんに、私は反発を覚えた。

「違います。確かに児童虐待は忌まわしい行為ですし、非難されるべきです。たとえマシンに対する疑似的な虐待であっても、肯定されるべきじゃないと思います。でも、ただマシンを愛玩しているだけの人を巻きこむのは間違いじゃないですか？　それはデマを広めて罪もない人を侮辱していることになりませんか？」

『小さな子供を性の対象にすること自体、世間の大多数の人にとっては許されないものですよ』

「そうかもしれません。でも、モラルは多数決で決められるわけじゃないでしょう⁉」

私が少し興奮して語気を強めると、城ヶ崎さんはくすくすと笑いはじめた。私はむっとした。

「何がおかしいんです？」

『失礼。本当に想定通りだなって思ったもんで』

「想定？」

『私はね、この計画を思いついた時から、ずいぶんシミュレーションをやってきたんですよ。この計画は間違ってるんじゃないか。私に反対する人は、私にどんな風に反論しようとするか、説き伏せようとするだろうかってね。こんなのは正義じゃない。無関係の人に迷惑をかけるのは間違ってる。なぜ言論で決着をつけようとしないのか。こんなことをして何になる。すべてのゲストがチャイルド・マレスターであるかのような印象を与えるのはフェアじゃない……ええ、あなたの今言われたこともすべて、事前に想定していましたよ――でもね』

城ヶ崎さんは「でもね」の次の言葉をなかなか口にしなかった。ベッドに脚を組んで座り、私を愉快そうに見つめている。

『……そういう主張は、私はもうすべて論破済みなんですよ』

「論破済み？」

城ヶ崎さんは薄笑いを浮かべて、地獄の底から響いてくるような声で言った。

『……〝それがどうした〟』

「え？」

『こんなのは正義じゃないとか、誰かに迷惑をかけるとか、こんなことをして何になるとか、そんな理屈はすべて、私にとって〝それがどうした〟なんです』

「…………」

『たとえば、私は今回の件で、多くの人に迷惑をかけ、ダメージを与えました。じゃあ、私自身は？　何かメリットがあったでしょうか？　復讐ができてすっとした？　正義が実行されて満足した？　心の傷が癒された？』

城ヶ崎さんは悲しい顔でかぶりを振った。

『……ノーです。すべてノー。やり遂げたけど、すっきりしたり満足したりはしませんでした。

そして、こうなることは最初から分かっていました。心の傷？　そんなものが癒されるわけがないでしょう？　だって、私が父から受けた傷はあまりにも深くて、取り返しなんかつかないんですから。どんなことをしたって、一生、癒されるものなんかじゃないんですから』

「だったら……」

『何もしない方が良かった？　ええ、そう考える人もいるでしょうね。復讐なんか忘れて、穏やかに暮らせばいい。第二の人生を歩めばいい――確かに賢明な考え方です。

でも、それは私のような目に遭っていない人の考え方です。悲惨な過去なんて忘れることができる。復讐なんて考えるな。人生なんて簡単にやり直せる。そう安直に思っている人たちの考え方です。とても単純明快で、賢くて、でも――』

城ヶ崎さんは、口角を歪めた。

『お話にならない』

「…………」

『ええ、そうです。あなたのような人、私のような目に遭っていない人には、決して理解できないんですよ。自分が論理的に正しいと思うことが、絶対的に正しいことだと信じている人にはね。分からないんですよ。どんな論理を振りかざされても、絶対に許せない、動かせない、妥協もできないものがあるということが。

だから私にできるのは、行動を起こすことだけでした。チャイルド・マレスターをこの世から根絶すること。犯罪者を見つけて逮捕し、処罰するだけじゃなく、児童性的虐待という概念自体をこの世から根絶することです。そのためには、マイナー・オルタマシンというものも全否定するしかなかったんです。

不可能なことかもしれません。間違っていたかもしれない。でも、私はどうしても行動するしかなかったんです。だってそうでしょう？　私は被害を受けた。なのに何もしなかったら、私の傷だけが残るんですよ？　誰にも癒せない深い傷が。私は傷を癒したいんじゃない。私だけが傷を負ったという事実に我慢ならないんです』

城ヶ崎さんは決して興奮してはいなかった。あくまで冷静に――でも、どうしようもない激情に支配されていた。

「……でも」私は反論を試みた。「それでも私は、間違ってると思います」

『ええ、間違ってるでしょうね』

「あなたが考えている以上に間違ってますよ。確かにマイナー・オルタマシンが禁止されれば、児童への性的虐待も減るかもしれません。あなたのような人が苦しむことはなくなるのかも――でも、これがハッピーエンドと言えますか？　逆に苦しむ人も増えるんじゃないですか？　あなたの動画のせいで、単にマイナー・オルタマシンを愛玩していただけの人たちが、チャイルド・マレスターだと誤解されるかもしれない。世間から白眼視され、社会的地位を失うかもしれない。そんな危険性を考えてましたか？」

『考えてました』

「だったら！」

城ヶ崎さんの平然とした口調に、私は怒りを爆発させた。

「だったら何で、あんな編集のしかたをしたんですか!?　世間の人から誤解を招くような編集を！　チャイルド・マレスターを糾弾する、それだけでいいじゃないですか!?　なぜ罪のない人間を巻きこむ必要があったんですか!?」

『罪のない人間って、あなたのこと？』

城ヶ崎さんはせせら笑った。私は顔が熱くなった。

「ええ、私のことです。他にも迷惑を蒙《こうむ》った人はたくさんいるでしょうけど、この際、そんなことはどうでもいい。私はあなたに傷つけられた！　あなたがお父さんに傷つけられたように、私も傷ついたんです！　あなたがしたことが正義だとは、私は思いません。だって、傷ついた犠牲者を減らすどころか、むしろ増やしてるじゃないですか!?」

『そんなことですか』城ヶ崎さんは平然としていた。『それこそまさに……』

「それがどうした？」

『ええ』

私はまだ腹を立てていたが、説得をあきらめざるを得なかった。

彼女は妄執に支配されている。小学生時代のおぞましい体験が植えつけた、暗くて強烈で根深い感情に。だからその信念は揺るぎない。それこそ論理なんかでは突き崩せないほどに。まさに鉄壁。私の説得ぐらいでは、解放されることは決してないだろう。

それでも私はぶつけなくてはならなかった。私のありのままの思いを。城ヶ崎さんほどには奥深くないかもしれない。それでもまぎれもなく、これが私の感情なのだから。

「……あなたのせいで、今、世間は大混乱です」

私は落ち着きを取り戻した。怒りを抑え、静かに語りかける。

「あの動画のおかげで、誤解する人が確実に増えました。今やキャッスルの利用者の多くが、チャイルド・マレスターだと思われてる。子供を面白半分に虐待するような最低の人間だと。弁明は難しいでしょうね。そういう人間がいるのは事実ですから。いったん捺《お》された烙印は、そう簡単には消えないでしょう。

おまけにゲストの個人情報の漏洩……オルタテックジャパンにとっては大打撃でしょうね。信用を完全に失ったでしょう。このままマイナー・オルタマシンから撤退することも、十分に考えられます……」

『私としては、そうなってくれるのが理想なんですけどね』

「ええ、そうなんでしょうね。あなたにとっては正しい結末なんでしょう」

城ヶ崎さんの落ち着いた口調に、私の神経は逆撫でにされた。だからこそ、興奮してはいけないと自分を諌《いさ》めた。城ヶ崎さんは今もぴんと胸を張り、前を見つめ、自分の行為に対して一点の曇りもない。だから私もそうしなくてはならない。本当は怒りをぶちまけ、悪態をつき、泣き叫びたかったが、そんなみっともないまねをするわけにいかなかった。感情的になればなるほど、私の方が一方的にみじめになってゆくのは明らかだ。

私が勝てるとしたら、彼女と同じように胸を張ること――負けてはいないことを見せつけること。

「でも、私には受け入れられません。あなたは間違ってます」

『へえ』

城ヶ崎さんは楽しそうに、軽く眉を吊り上げた。

『どういう点が？』

「あなたはこの前、マイナー・オルタマシンに対して敵意を抱いていないと言われましたよね？　憎むべきは子供を虐待する人間であって、機械に罪はないと……」

『ええ。そういうことを言ったと思います』

「キャッスルのメンテナンスで見たあなたは、確かにオルタマシンに敵意を抱いていないように見えました。でも、好意も抱いていないようでした。忠実に、機械的に職務を果たしていただけ。自動車修理工が自動車を直すように、単に機械を整備しているだけで、それ以上の感情はない……」

『そりゃあ、それが仕事ですからね』

「私がひっかかったのはそこなんです。マイナー・オルタマシンは確かにただの機械です。でも、明らかに自意識を持つ存在です。人間とはまったく異なる知性を有していますが、それでも知的存在であることに間違いありません。私はミーフと出会って、それを思い知りました。

なのにあなたは、マイナー・オルタマシンを単なる機械とみなし、全面稼働停止に追いこもうとしている――車と同じように、スケルトンボットも常にメンテナンスが必要なんですよね？　働いていなくても、単に待機しているだけで、少しずつ古くなって、使いものにならなくなってゆく？」

城ケ崎さんはうなずいた。『そうですね』

「電源を入れてるだけでもコストがかかる？」

『ええ。スケルトンボット本体もそうですが、ユニファイド・ブレインも電力を消費しています。オルタマシンはゲストの相手をしていない間も、本を読んだり映画を観たりして、常に情報を収集してますからね』

「そうした情報を基に学んでるんですよね？　現実世界や人間のことを」

『ええ』

「それって思考活動ですよね？　人間で言うなら、本を読んだり映画を観たりして、あれこれ考えをめぐらせる……」

『そう言っていいと思います』

「つまり、マイナー・オルタマシンを停止するということは、ユニファイド・ブレインの電源も切るってことでしょう？　しかも、再稼働する保証なんかない。時代遅れになって、このまま朽ち果てるだけかもしれない――それって殺人じゃないんですか？」

否定するかと思ったが、城ヶ崎さんは『そうですよ』と、あっさり認めた。

『AIには常につきまとう問題です。記憶を消去したり、プログラムを書き換えたり、リセットしたりするたびに、私たちはAIを〝殺して〟きたんです。昔のENIACとかの時代なら、たいして問題にはなりませんでした。その頃のコンピュータが自意識なんか持っていないのは明白でしたから。でも、ハードやソフトが爆発的に進歩して、人工知能や、さらに人工意識というものが現われてきて、境界が曖昧になってきたんです』

「ACを〝殺し〟てもかまわないと？」

『私の意見じゃありませんよ。今はそういう基準になってるというだけです。だってAIやACに人権を認めたら、大変なことになりますからね。架空のキャラクターの記憶を消去したり、アンインストールしただけで、罪に問われることになりかねません。だからみんな、そんな面倒な問題には首を突っこみたがらないんです。そもそもACたち自身、自分たちが殺されることに恐怖を覚えていませんし……』

しめた、と私は思った。彼女の論法に穴を見つけたのだ。

「でも、あなたはマイナー・オルタマシンに対する虐待行為を非難されてるんじゃなかったんですか？　架空のキャラクターが人権を持っていないし、苦痛も恐怖も感じないという理由で、虐待を正当化するのは間違いだと。それはダブルスタンダードじゃないんですか？」

『かもしれません』城ケ崎さんはひらりとかわした。『もしACに人権を認めよという声が大きくなってきたら、私もそれに同調するかもしれません。でも、今はまだその時期じゃありません。とりあえず私が禁止したいのは、性的虐待行為だけです。それもマイナー・オルタマシンがかわいそうだからという理由じゃなく、私のように虐待行為の犠牲者にとって苦痛だからです。オルタマシン自身が苦痛を感じているかどうかは別問題です』

「でも、あなたの作った動画を観た人の大多数は、子供の姿のロボットが虐待されること自体がかわいそうだと思ったのでは？　それはあなたの主張が誤って解釈されるということじゃありませんか？」

『誤解されたとしても、私にとっては好都合な誤解ですね。それでマイナー・オルタマシンの禁止に賛成する人が増えてくれるなら、私は歓迎します』

「そういう手法はフェアじゃないのでは？」

『私は公正さを求めてるわけじゃありませんから。マイナー・オルタマシンというものを許容する今のこの風潮――それを覆したいだけです。人間であれロボットであれ、小さな子供に対して性的興味を持つこと自体を否定したいんです』

「そのためには人殺しも辞さない？」

『人殺し？　ああ、そうですね。あなたの立場からするとそうなんでしょうね』

「それは悪魔的な考え方ですね」

『悪魔的！』城ケ崎さんは苦笑した。『なんだか〝悪魔〟というラベルを気安く人に貼りつけるんですね。悪魔の安売りですか。冗談じゃないです。本当の意味で悪魔と呼んでいいのは、私の父です』

「……………」

『ええ、そうです。父はまさに悪魔でした。私は地獄に落とされました。いまだに這《は》い上《あ》がることができない闇に。だからまあ、私だって、ちょっとぐらい卑劣なことをやってもいいんじゃないかと思ってるんですよ。父や、父の同類のような、悪魔たちに鉄槌《てっつい》を下すために』

「……お気の毒です」

私はそんな感想しか抱けなかった。

城ケ崎さんを恨む気持ちは、急速にしぼんでいった。彼女の考え方が歪んだのは、彼女自身のせいじゃない。彼女は何も悪くない。幼い頃に父親から受けた虐待——まさに〝悪魔の所業〟としか言いようのない行為の犠牲になっただけなのだ。

それを責めることは、私にはできない。

「……でも、私にも言わせてください」

『どうぞ』

「このまま、あなたの構想通りに、マイナー・オルタマシンが廃止されたら——ミーフが死ぬことになったら、私は悲しく思います」

『あんなにアドバイスしたのに、まだ幻想から抜け出せていないんですか？』

「いいえ、幻想だということは分かってます。彼の容姿も、喋る言葉も、みんな本当じゃない。機械によるロールプレイにすぎない。人間のような愛もない。それでも——」

一瞬、こらえていた心の防壁が緩み、涙があふれ出た。私はアーゴをずらし、両手で涙を拭《ぬぐ》った。

「それでも、私にとっては愛だったんですよ！　幻想じゃなく、本物の愛だったんです！　だって、これが単なるロールプレイにすぎなかったら――この気持ちが偽物だったら――こんなに苦しいわけがないじゃないですか！」

それ以上、言葉が続かなかった。

城ケ崎さんは言う。自分と同じ体験をした人間でなければ、自分の心情は分からないのだと。しかし、それは私も同じだ。彼女はマイナー・オルタマシンと恋に落ちたりなんかしていない。だったら、私の心情が分かるはずがない。

キャッスルの裏側の世界に精通している彼女にしてみれば、私の体験は何もかも虚構にすぎないのだろう。私はただシナリオに踊らされていたんだろう。だが、体験したのは彼女じゃない。私だ。愛も、とまどいも、後悔も、怒りも、私自身が経験したことだ。

だから誇りを持って言える。私のミーフへの愛は本物だったと。


『……なるほど』

城ケ崎さんは悲しげにつぶやいた。その口振りには、私への同情が感じられた。

『警告したのに、あなたはやっぱり魔力に囚《とら》われてしまったんですね……』

「ええ。でも後悔はしてませんよ」

『あなたが事実をすべてご存知なうえでそう言われるのなら、私もとやかく言いませんけどね』

その口調には不穏な響きが感じられた。私は慌ててアーゴをかけ直した。

「どういう意味ですか？」

『あなたはまだ幻想に囚われています』

「幻想？　ミーフが人間のように私を愛していないということなら――」

『そんなことを言ってるんじゃありません。あなたがまだご存知じゃない重大な真実があるってことです。それを知ったうえで、あなたはまだミーフを愛し続けていられるんでしょうか？』

私は不安に襲われた。重大な真実？　何だろう？　見当もつかない。

『いいでしょう。あなたを救えなかった責任は私にもあります。職員の一人として、事実を知りながら、キャッスルの規約に縛られていて、あなたに真実を告げられなかったから——でも、こうなった以上、ぶちまけるしかないですね』

「いったい何を……？」

私は身構えた。城ケ崎さんの告白を聴きたいと思う一方、聴きたくないと思った——聴いてしまったら、もう後には引けないという予感がしてたのだ。

『長谷部さん』彼女は私を真正面から見据えて言った。『あなたはミーフがたった一人だったと思ってるんじゃないですか？』

私は混乱した。城ケ崎さんの言っている意味が理解できない。

「一人って……だって、一人じゃないですか」

『違います。何十体ものオルタマシンのACは、ユニファイド・ブレインの中で同時に走ってるんです。一体のオルタマシンについて一体のAC、なんて制限はありません。同時に同一のオルタマシンのACが複数、並列に動いていることも珍しくないんです。

スケルトンボットもそうです。たとえば川崎のキャッスルには、一二歳少年型のマシンが、ミーフも含めて三体います。髪の色はみんな違ってますけどね。でも、常に同じスケルトンボットが同じオルタマシンを演じるとは限らないんです。

乱暴に扱われたオルタマシンに、手間のかかる複雑な修理をしなくてはならない場合はよくあります。マイナー・オルタマシンの場合、特にね。デリケートなパーツの場合、調達するのに何日もかかることだってある。修理している間、そのオルタマシンは使えなくなります。そうならないよう、あらかじめ予備のマシンも用意しておくんです。ウィッグやペニス・ユニット、少女型の場合はヴァギナ・ユニットは装備していません。それらは故障したオルタマシンと交換する際、装備するんです。

それだけじゃありません。オルタマシンの間には、人気の差が歴然と存在します。キャッスルとしては、リクエスト数に大きな不均衡が生じるのは好ましくないんです。特定のオルタマシンにばかり人気が集中して、予約が取りにくくなる一方、予約数が少なくて稼働していない時間が長いマシンが生じるのは、大きな損失です。だから予約数の少ないマシンを一時的に改造して、人気のあるマシンの代役に回すことは、ごく普通に行なわれています。ウィッグや性器のユニットを交換するのは、簡単な作業ですし。

特にミーフは、あなたの記事のおかげで人気が急上昇しました。最初の記事の直後、リクエスト数に大きな不均衡が生じたんです。だからキャッスルでは、急遽、ミーフを増やすことにしました』

「増やす……？」

『交換用に用意されていた予備のマシンを、ミーフにすることにしました。緑色のウィッグをかぶせ、標準的な一二歳のペニス・ユニットを装着する。さらに精液の味や匂いで見破られないように、体液のタンクも交換しました。また、予備のマシンを投入するだけでは足りなかったので、リクエストの少ない、同じ年齢層の少年型オルタマシンもミーフに改造しました』

「そんな……！」私は息を飲んだ。「ありえないでしょう⁉ だって、オルタマシンは一体ずつ微妙に違ってるって……」

『ええ、ゲストの間では、そういう都市伝説が流れてますね』

「都市伝説……？」

『そういう風に思いこんだゲストが多いっていうだけです。自分の出会ったマシンには、他のマシンとは異なる特徴があるって。実際にはそんなものはないんですけど。ARによる印象によって、触覚情報はほぼ完全に隠蔽されています。手触りだけで、スケルトンボットの体型が同一か違うかなんて、見抜くことは不可能なんです。さらに、人工の体臭や精液の味を変えることで、オリジナルのミーフのボディとまったく同じものができます。

　キャッスルとしては、その手の誤ってはいるけども無害なデマに関しては、肯定も否定もしません。ゲストが勝手にオルタマシンに幻想を抱いても、何ら問題はありませんから――ああ、もちろん職員には守秘義務がありますから、外部には洩らしたりしませんけどね。だって、オルタマシンは唯一無二の存在だって、ゲストたちは信じたがっていますから。自分の愛するオルタマシンが、実は何体も存在していて、キャッスルを訪れるたびに、実は違う個体を抱いてるのかもしれないなんて、みんな信じたくないでしょう？』

「…………」

『もちろん、念のために警戒はしてましたよ。たとえば、あるゲストがミーフを指名した場合、そのゲストのモニターの予定表には〈予約済み〉と表示されますが、他のゲストのモニターには、まだスケジュールが空いているように表示されていました。明らかにゲスト同士が知り合いである場合などは、同じ日の同じ時刻に予定が重ならないように配慮しました。実際には何人ものミーフが働いていても、外部の人には分からないようにしてあったんです。あと、視覚障害者の方が来られる場合も配慮します。ああいう人は、触覚が発達していて、違うオルタマシンのはずなのに同じボディだということに気づかれる可能性がありますから。

あなたが二回目に来られた日、つまりあなたとミーフがセックスされた日、予約が立てこんでいたので、実際には四体のミーフが同時に稼働していたんです。あなたの相手をしたのは、一回目とは別のミーフです。もちろん、AC同士の間では、体験の記憶は共有されますから、前回とは別のミーフであっても、問題ないんですけどね』

「その記憶は」私は恐る恐る訊ねた。「正確に受け継がれるんですか？　その……別の個体に」

『いいえ。シナリオ化についての説明は受けませんでした？』

「受けました……」

『だったら理解できるでしょう？　確かにスケルトンボットに入力された情報――カメラの視覚、マイクの聴覚、それに触覚センサーからの信号は、ユニファイド・ブレインに送られます。でも、そのまま記憶されるわけじゃありません。シナリオ化され、オルタマシンのACによって処理されたうえで、やはりシナリオ化されて記憶されます。最初に入力された生《ナマ》の情報は、シナリオ化処理のために一時的にバッファされますが、すぐに消去されます。そうした一次情報って、まさにプライバシーの侵害ですからね。一秒の何千分の一とかいう短い時間、存在するだけで、即座に消すしかないんです。

だから、あるオルタマシンが体験したことは、映像とかじゃなく、シナリオ化された物語として伝えることしかできません。ディテールが極端に省略されてはいますが、実際の体験にほぼ忠実な物語――人間の〝思い出話〟に似たようなものです。

それでもあなたにとって、十分にリアルだったはずですよ。どうですか？　あなたが二度目に会ったミーフ、一度目のミーフと別の個体だなんて認識できました？』

「いいえ……」

確かに、最初の時とは性格を根本的に変えていたので、強い違和感はあった。しかし、まさか最初のミーフと別の個体で、〝思い出話〟でしか記憶を受け継いでいないなんて、想像できるわけがない。

「じゃあ、メールは？」

『メール？』

「私に何度もメールを送ってきたミーフは、いったいどれだったんです？」

『さあ？』

「さあって……」

『そんな細かいところまで、私も把握してませんね。おそらく何体も稼働していたミーフのうち、たまたまメンテナンス中で手の空いていた一体が担当してたんじゃないでしょうか。それにメールの内容なんて、わざわざシナリオ化するまでもなく参照可能ですからね。あなたの記憶と矛盾しないように文面を書くなんて、たいして難しいことじゃないでしょう』

私は打ちのめされた。

城ケ崎さんの言う通り、私はミーフが一人しかいないと信じて疑わなかった。まさか何人ものミーフが入れ替わり立ち替わり演じていたなんて……。

そして気がついた。最初の時にミーフが言った「一日あたり五・三人」というのは、あくまであの時点での数字だということを。あの後、私の記事の影響で、ミーフを指名するゲストは何倍にも増えた。二度目に私が訪れた日だって、四人のミーフが稼働していたという。私とミーフが愛を交わしていた時間、ビル内のどこか他の部屋では、私が名前も知らない男性または女性が、ミーフと抱き合っていたのだ……。

『そう言えば、あの時、記事に変な注文、出されませんでした？　日時を明確に書かないでくれって』

「出されました……」

ゲストが何日の何時にキャッスルに来たかは、セキュリティの関係で外部に公開してはいけない規則になっている……という、よく分からない理由だった。インタビューなどで、「ここは書かないで」みたいな注文を出されるのはいつものことなので、深く考えはしなかったのだが……。

そうか、私と同じ日、同じ時刻にキャッスルにいた客が記事を読んだら、トリックがバレてしまうからか。

「……だからなんですか？」私は呆然とつぶやいた。「メンテナンス・ルームを外部に公開しなかったのは……」

『ええ、あなたがメンテナンス・ルームに来られた日も、実は調整が大変だったんですよ。あの日には三体のミーフが活動してましたから。同時にメンテナンス・ルームに現われないよう、二体目と三体目のミーフは、お仕事が終わってもしばらく別の階に待機させておいたり……』

「そんなこと、してたんだ……」

『ええ。これがすべてです。私はもう、キャッスルの規則を守るしがらみはないので、これぐらいバラしたってかまわないと思ったんですが……どうですか？　幻想から覚めました？』

「分かりません……」

私は正直に答えた。

「その事実をどう受け止めていいか……私には分かりません……」

翌日、城ケ崎さんは逮捕された。

エピローグ

二〇四五年三月。

黒マカロンこと城ヶ崎さんの逮捕から一年以上が過ぎたが、まだ裁判は継続中だ。人権擁護派、表現規制派と規制反対派、保守とリベラル、教育者や運動家や芸術家やメディアが入り乱れての議論は、法廷の外にまで広がりを見せ、なかなか収拾がつかない。やらかしたことの大きさを考えれば、有罪判決が出ることは間違いないのだが、彼女の過去を考えれば、量刑に手心を加えるべきではないかという声も強い。

私も動画を公開され、被害を受けた側だが、それでも彼女に恨みを抱けないでいる。怒りをぶつけるべきは、彼女自身よりも、彼女の運命に対してではないかと、痛切に感じるからだ。できれば適切な罰を受けたうえで社会復帰してほしいと願っている。

一方、法廷の外での動きの方は急速だった。城ヶ崎さんのばら撒いた動画の効果は絶大で、マスメディアでもネットでも、マイナー・オルタマシンに対する規制運動が爆発的に盛り上がったのだ。もちろん海外からの反響もすさまじく、「日本ではこんなことが平然と行なわれているのか!?」という怒りの声が世界を駆け巡った。

当然、国会でも問題にされ、児童ポルノ法の改正が叫ばれた。規制慎重論もあったものの、子供の姿のマシンが虐待されるあの絵を見せられた後では、大きな声を上げる者は少なかった。下手に擁護すれば、自分もペドフィルだと誤解されるかもしれないのだから。

問題は、一部の強行派が主張した、いわゆる「非実在青少年規制」だ。マイナー・オルタマシンだけでなく、海外のアニメなどではすでに規制されている、一八歳未満のキャラクターの性的な映像（セックスそのものだけでなく、入浴シーンとか胸が見えるとかパンツが見えるとか衣服の面積が小さいとか）を、海外に倣《なら》って禁止しろというのだ。しかし、各方面への影響が大きすぎることから、反対の声も強かった。そんな規制案が採用されたら、新作が作れなくなるだけでなく、過去何十年も日本で放映されてきたアニメの多くが配信できなくなるからだ。

その代わり、マイナー・オルタマシンが集中的にやり玉に挙げられた。さすがにあれを放置しておくのはまずい。日本の国際的な評判に傷がつく。法律を変え、禁止すべきだ——そんな声が急速に社会の主流になっていった。

二〇四五年一月、児童ポルノ法改正案はあっさりと国会を通過した。これにより、未成年に見える3DCGで、なおかつ性的な内容を含むものに対して、細かな規定が設けられることになった。性行為はもちろん、全裸や、性器の部分的露出はすべてNG。異性間だけでなく同性間の性行為や、準性行為（マスターベーション、フェラチオなど）もNG。キャラクターが性行為を行なっている、もしくは行ないたいと願っていることを示唆する台詞もNG。肌の露出度の高いコスチュームや、下着が見えている姿勢もNG……。

がんじがらめに縛られ、もはやマイナー・オルタマシンは存在できなくなった。

もっとも、事件発生の直後から、オルタテックジャパン社は、すでにマイナー・オルタマシン事業からの撤退を表明していた。依然として成人向けのオルタマシンのサービスは続けるが、マイナー・オルタマシンはすべて廃棄する。また、被害者への謝罪と賠償に応じると同時に、新たにセキュリティを強化し、同様の情報流出は二度と起こさないと断言した。

小酒井氏は責任を取って辞任を表明。オルタテックだけでなく、すべての事業から撤退し、隠遁生活に入った。

私はというと、連載の内容を大幅に書き直し、この事件を描いたドキュメントを発表して、好評とまではいかないが、そこそこの評価を得た。まだしばらくはライターとして食っていけそうだ。

本業の傍ら、新しい本を書きはじめた。タイトルは『プラスチックの恋人』。あの事件をドキュメントではなく、小説の形で語り直してみようと思ったのだ。というのも、ドキュメントは事実に即して客観的に書かなければならず、私自身の本音をストレートに語る部分が少なかったと痛感していたのだ。

あの一連の事件の最中、私の感じた怒り、喜び、驚き、悩み、悲しみ……それらは神の目で客観的に書くのではなく、私というありふれた一個人の視点から、主観的に書くべきではないかと思った。


小酒井氏からメールが来たのは、児童ポルノ法が改正されて二ヶ月後のことだった。個人的なコレクションが完成したので、マスコミへの披露に先だって、私に見せたいというのだ。

彼は破棄される予定のマイナー・オルタマシンを買い取り、自宅で半永久的に保存することにしたのだ。無論、すべてのマイナー・オルタマシンを保存するのは高くつきすぎる。メンテナンスも大変だ。そこで、キャッスルで人気のあったマシンの中から、少女型六体、少年型三体、計九体を選んで保存することにしたという。

選ばれた少年型マシンの一体はミーフだ。もちろん私は喜んで誘いに応じた。

職を退いたものの、小酒井氏の経済状態には、ほとんど変化はなかった。社長を辞めても、退職金とかこれまでに貯めこんだ資産とかがたんまりあり、計算上はあと三〇〇年ぐらいは暮らしていけるらしい。小酒井氏自身にも、表面上、大きな変化はないように見えた。たいして落ちこんでもいない様子だ。

「いやあ、甘く見てたんですよね。人間というものをね」

彼は笑って頭をかいた。

「子供の姿のロボットを虐待する人間がいることは分かっていましたが、全体のごく一部だからたいして問題はない、無視できると思いこんでたんです。本当はもっと暴力行為を強く禁止すべきだった。その油断を黒マカロンさんに突かれました。完敗です」

「じゃあ、オルタマシンはもう……」

「まだオルタテック社自体は事業を存続させますけど、私自身は撤退します。もう歳ですし、辞める潮時だったと思います」

「でも、まだACに興味を示されていると聞きましたけど？」

「ACOMですね。ボディを持たない、立体映像のみのAC。あれはこれからの狙い目だと思います。今後、どんどん普及するでしょう」にやりと笑って、「なんといっても、セックスがからみませんから」

「じゃあ、ACOM関連の事業を？」

「いやあ、みんなの度肝を抜くようなことは、もうやめておきます。冒険をするのは若い人にまかせましょう。それよりも、社長時代になかなか没頭できなかった趣味に、時間を割きたいと思ってます」

氏の邸宅の大きな変化は、九体を展示できる離れを増築したことだ。もっとも、一度に九体も活動させるのは無理なので、普段はほとんど休眠状態らしいが。

「ほら、世界の金持ちの中には、クラシックカーのコレクションをしてる人がよくいるじゃないですか。でも、私は車には興味はなくてねえ。私がコレクションするなら、やっぱりロボットだろうって思って、マイナー・オルタマシンを買うことにしたんですよ。それも単に展示するだけじゃなく、ちゃんと動くやつを」

アーゴを装着した私は、離れに案内された。円形のホールはちょっとした美術館のようだった。床面には魔法陣のような多角形が描かれ、周囲には円筒形のアクリルケースが並んでいる。

ケースのひとつひとつに、ロココ調の椅子とともに、とびきりの美少年・美少女が封じこめられていた。みんな椅子に行儀良く腰を下ろし、正面を向いて微笑みを浮かべている。サファイアのような青い髪、ルビーのような深紅の髪、深海のような青い髪、メタリックな銀色の髪、闇のように黒い髪……年齢も一六歳ぐらいから九歳ぐらいと様々だ。少女たちはドレスアップして、少年たちは燕尾服を着て、舞踏会がはじまるのを待っているかのようだ。

その中にミーフもいた。ソーダのように透き通った緑色の髪。きりっと決まった燕尾服。清潔な白いシャツ。首には小さな蝶ネクタイを締めている。

その瞬間、私は懐かしさで胸が締めつけられるのを覚えた。

小酒井氏はサーボロボットに命じ、アクリルケースを開けさせた。ケースが開くのを待つ間に解説する。

「ご覧のように、普段のAR映像は静止画です。動かそうとすると、キャッスルのサーバが必要なんですが、あれがけっこう金と手間がかかりましてね。結局、サーバ全体を移すのは無理と分かったんで、最小限のワークメモリとデータだけを買ったんです。だから一度に動かせるのは一体か二体までです。あと、ARは顔とか手足とか、ドレスの場合は肩までです。服から露出した部分にしか貼りつけていません。もう裸を見せる必要はないから、服の下の映像なんて省略してかまわないだろうと」

アクリルケースが取り除かれると、小酒井氏は「ほら」と言って、ミーフのズボンとパンツを脱がしてみせた。露わになった股間を見て、私はショックを受けた。

服の下にあったのは素肌ではなく、白っぽいプラスチックのスケルトンボットだった。しかも性器がない。股間にはぽっかりと穴が空いている。

「児童ポルノ法の規定に従い、性器、およびアナル・ユニットは、すべて取り除きました。あと、舌も」

「舌?」

「舌も性的な器官とみなされたんです。それらをすべて取り除かないと、所有することが許されなかったんです。あと、全身の触覚センサーも切断しています。触れても快感を覚えないように。セックスと関係のある、あらゆるものを省略しました」

私は空しさに襲われていた。

かつてのミーフの裸身は美しかった。それはもちろん、見ている私の側に性的なまなざしが存在したからだ。淫らだったからこそ、セクシャルだったからこそ美しかったのだ。

だが、もうその美しさは永遠に失われた。

「起動してみましょう」

小酒井氏は私の前にタッチパネルを表示した。

「性格を入力してください」

「性格？」

「記憶は残ってますが、性格はリセットされてるんですよ。まず性格をリクエストしないと」

私は眼前に並ぶメニューを見た。見覚えのある項目がずらりと並んでいる。私はためらいながらも、メニューをタッチしていった。

〈純真〉〈やや内気〉〈正直〉〈恥ずかしがり屋〉……私が初めて会った時のミーフだ。

最後に〈ＯＫ〉をタッチした。すると、ミーフがぱちぱちとまばたきをして、私を見た。

「ああ、ミリさん。お久しぶりです」

一年以上の空白などなかったかのように、ミーフは立ち上がり、話しかけてきた。私は微笑んだ。身長差があるので、やや腰をかがめて話す。

「私のこと、覚えててくれたんだ」

「当たり前ですよ。またお会いできて嬉しいです」

「ええ。私も嬉しい」

そう答えながら、私は考えていた。これはどのミーフなんだろう？　最初に会った時の？　それとも愛を交わした時の？　あるいはどちらでもない、三体目か四体目のミーフ？

いや、そんなことを追及しても無意味だ。確かにミーフは私を偽っていたが、それは彼にとって悪ではなかった。だって、オルタマシンにとって、ゲストを楽しませるのが第一目的であり、最大の善なのだから。誠実さとかモラルなんてものは二の次だ。

オルタマシンとしてのミーフは、確かに人間から与えられた使命を正しく遂行したと言える。

「ここで話すのは無粋ですね」小酒井氏は気を利かせてくれた。「庭を散歩して来られては？」

「散歩？」

「この家の周辺、電波が届く範囲なら行動可能ですよ。外を出歩くのは、ちょっと問題かもしれませんが、庭を歩くぐらいなら……どうです？　積もる話もあるでしょう？」

私はその好意に甘えさせてもらうことにした。


小酒井邸の庭には花壇が広がり、気持ちいい風が吹いていた。

「わあ、太陽だ！」ミーフは額に手をかざし、まぶしそうにした。「CGじゃない本物の太陽！見るの初めてです」

「じかに見つめちゃだめよ。カメラアイが損傷するかもしれない」

「分かってます。注意します。それに風！」

ミーフは風の中で大きく腕を広げた。

「へえ、こういうものだったんですね。知らなかったなあ」

「機能を停止していた間、何があったか知ってる？」

「はい。もうキャッスルで働けなくなっちゃったんですよね」ミーフはちらっと寂しげな表情を浮かべた。「とても残念です」

「残念という感情はあるの？」

「もちろんです。ボクは本当に、ヒトを喜ばせることが好きだったんですから」

なるほど、オルタマシンならそう考えるんだろうな。

ミーフたちはこれから半永久的にここに保管される。存在している時間の大半は、意識は起動することはない。もう誰かと愛を交わすこともない。いわば無期懲役刑。罰を受けるような悪いことは何もしていないというのに……。

いや、それでも破棄されることになった他のマイナー・オルタマシンに比べれば、ずっと幸運なのだろうが。

そしてミーフは、そんな自分の運命を素直に受け入れている。ACには死に対する恐怖も、自由のない世界に対する絶望もないから。私は、そんなミーフに同情している。胸がかきむしられるぐらいに悲しく思っている。

でも、その思いは決して彼には伝わらない。

「あそこに座りましょ」

私は小さな東屋《あずまや》に彼を誘った。白いベンチに並んで腰を下ろす。直射日光の強い場所では、CGがわずかに実景に干渉されて、身体が少し透けて見える場合があるのだが、ここは日陰なのでそんな心配はいらない。

「そうそう、あなたに見てほしいものがあるんだけど……メール、使える？」

「はい。これが新しいアドレスです」

ミーフの前の空中に、二次元バーコードが出現した。私はアーゴからそのアドレスにメールを送った。

「受信しました」ミーフは虚空を見上げて言った。「何ですか、これ？」

「小説よ。書きかけの小説。私たちのことを書いた話。読んでほしいの」

「へえ」

ミーフは開封し、読みはじめた。

プロローグは、ミーフと私が出会う直前のシーン。ミーフの一人称で書いてみた。男性ゲストとの事を済ませた後、メンテナンス・ルームに向かい、洗浄処置を受けるミーフ。きっと彼は、こんな風に考えていたんだろうなと想像して書いた。

ミーフは十数秒で読み終えた。

「どうだった?」

「ええ、面白いです。ミリさん、ボクをこんな風に考えていたんだなって」

「リアリティはあった?」

「リアリティ?」

「あなた自身の考え方に似てると思った?」

「うーん……」ミーフは口ごもった。

「どうなの?」

「正直に感想言っていいですか?」

「どうぞ」

「ぜんぜん似てません」

「やっぱり……」

私は肩を落とした。覚悟はしてたけど、そこまでばっさり言うか。

「そもそもボクたちACの考え方を、ヒトの言語で表現するのが無理なんですよ」

「それは知ってるけど」

ACに小説を書かせる試みは、世界中で行なわれているが、成功例はない。ヒトの文章を模倣して、そっくりに書くことは、もちろんできる。だが、AC自身の心理は文章にできない。比喩表現にしても言い回しにしても、ヒトにはまったく理解できない奇怪な代物になってしまうから。

私たちは——私たち人間とACは、同じ地球の上に生きているが、まったく異なる知性体だ。ACは死への恐怖を持たないし、種族維持の本能もない。だからヒトに対して性的な感情を抱くこともない。愛も知らない。辞書の定義では知っているが、それがどういうものなのかは理解できない。

一方、私たちの方でも彼らを理解できない。死の恐怖とか愛とかいう感情が存在しない知性体が、世界をどんな風に見ているかなんて、どれほど想像をめぐらせても分からない。

昔読んだH・G・ウェルズの「盲人の国」という小説を思い出す。すべての住民が生まれつき視力を持たない国に迷いこんだ男の話だ。男は、自分には「視覚」というものがあること、世界には「光」や「色」というものが存在することを説くのだが、住民たちは誰も信じない。そんなものは彼らの想像を絶しているからだ。

たぶんACもそうなのではないか。人間のような愛を理解できない代わり、人間には見えない「光」や「色」が、彼らには見えているのかもしれない。そして、その美しさを私たちに伝えようとしているのかもしれない——私たちには意味不明のたわごとのようにしか受け取れないけれど。

でも——それほどまでに異質で、決して相手を理解できない私たちであっても、同じ地球の上で共存している。言葉を理解し、意思を交換し、互いを尊重し、存在を認め合っている。

久しぶりにミーフと再会して、私は確信を得た。あの時、心の中に湧き上がっていた感情は、今は消えてしまっている。今の私は、もうミーフを愛してはいない。

今だけではなく、これまでもそうだ。私はミーフのことを理解していたと思っていたが、本当の意味では一度も理解したことなどなかった。ミーフも私を愛せなかった。私が愛だと思ったものは、すべて錯覚だった。

それでも私は、あの頃のことが――ミーフと出会ったことや愛を交わしたことが、間違いだとは思っていない。

城ヶ崎さんがどう言おうと、私に芽生えたこの感情は、無意味ではなかったと思う。幻想だったかもしれない。嘘だったかもしれない。でも、断じて無意味なんかではなかった。あれは私の人生にとって、とても大きな体験――意味のある体験だった。

もしかしたら、私たちとACをつなぐものは、それなのかもしれない。人間と機械、現実と虚構、真実と虚偽――そんな境界線を超えたところにある「意味」なのかも。

「ねえ」私はバッグから小さなスケッチブックを取り出した。「久しぶりに絵を描いてみたいんだけど、いいかな」

「いいですよ」

ミーフは脚を揃え、ポーズを取った。ちょっと気取りすぎてるな、と私は思った。「もっとリラックスして」と注文を出す。ミーフはベンチの上で脚をだらしなく投げ出す。堅苦しいパーティで息が詰まった少年が、控室でほっとくつろいでいるような感じ。

「ねえ、描き上げたら、またボクにくれるんですか?」

「ええ。あげる」

「良かった。ミリさんの絵、好きですから」

「おだてちゃって」

「ほんとですよ」

私はペンを走らせはじめた。久しぶりに描くミーフだが、手がすっかり馴染んでいる感じがする。

もっと描きたいな、と思う。これから何枚でも、何十枚でも、ミーフのイラストを。

もう彼は私の恋人ではない。二度と愛し合うこともない。それでもやはり、私にとって大きな意味のある人だと思う。

「ねえ」ペンを動かしながら、私は言った。「何か話しない？」

「どんな話？」

「あなたの好きな古い映画の話とか」

「いいですね」

「そうだ。この前、あなたが褒めてた映画、観たの。『晴れた日に永遠が見える』」

「どうでした？」

「うん、面白かった。ハッピーエンドじゃないけどバッドエンドでもない、不思議な結末。心に残る」

「でしょ？」

「でもあれって、オカルト的なファンタジーよね？　輪廻転生とかが出てくる」

「ええ」

「あなたはどこが気に入ったの？　あの映画」

「絶対ありえないところです」

「ありえない？」

「ええ。ヒトって可能性の低いことを語ってるだけじゃなく、可能性がゼロのことでも真剣に考えてる。ゼロ以下の世界まで考えてるんだなあって……」

ミーフはそう言って、にっこりと笑った。

「ねえ、それってすごいと思いませんか？」

本書は《ＳＦマガジン》二〇一七年二月号から二〇一七年十二月号にかけて全六回にわたり連載された作品をまとめたものです。

プラスチックの恋人《こいびと》

二〇一七年十二月 二十 日 印刷
二〇一七年十二月二十五日 発行

著 者 山《やま》 本《もと》 弘《ひろし》

発行者 早 川 浩

発行所 株式会社 早川書房

郵便番号 一〇一 - 〇〇四六
東京都千代田区神田多町二ノ二
電話 〇三・三二五二・三一一一（大代表）
振替 〇〇一六〇・三・四七七九九
http://www.hayakawa-online.co.jp

定価はカバーに表示してあります

印刷・精文堂印刷株式会社　製本・大口製本印刷株式会社

ISBN978-4-15-209736-1 C0093